雾中河

李晁 著

广西师范大学出版社
·桂林·

雾中河
WU ZHONG HE

图书在版编目（CIP）数据

雾中河 / 李晁著. -- 桂林：广西师范大学出版社，2023.4
ISBN 978-7-5598-5924-2

Ⅰ．①雾… Ⅱ．①李… Ⅲ．①短篇小说－小说集－中国－当代 Ⅳ．①I247.7

中国国家版本馆 CIP 数据核字（2023）第 048725 号

广西师范大学出版社出版发行

(广西桂林市五里店路 9 号　邮政编码：541004)
网址：http://www.bbtpress.com

出版人：黄轩庄
全国新华书店经销
广西广大印务有限责任公司印刷
(桂林市临桂区秧塘工业园西城大道北侧广西师范大学出版社集团有限公司创意产业园内　邮政编码：541199)
开本：880 mm × 1 240 mm　1/32
印张：10　　　　字数：190 千
2023 年 4 月第 1 版　　2023 年 4 月第 1 次印刷
印数：0 001~4 000 册　定价：50.00 元

如发现印装质量问题，影响阅读，请与出版社发行部门联系调换。

目 录

1　雾中河
29　集美饭店
60　小卖部之光
85　风过处
125　裁缝店的女人
151　澡堂男人
177　家庭相册
197　赶在暴雨来临
220　花　匠
244　母女与蛇
261　傍晚沉没
294　午夜电影

雾中河

哭喊声穿透雾气,往拱桥下游移动,抵达河水转弯的铁路桥时,变成了哀号。前方没了路,高耸的山崖收走了河岸线。女人瘫软下来,身后的几只手没有赶上女人,女人一把坐到露水浓重的草甸上,屁股落地,双手就拍打起来。哭号声在河谷里持续回荡,一个中年男人在土路上高喊,快叫船,去下游。

船在码头,码头在河的对岸,一艘趸船旁系着一排白色快艇和黑色皮划艇。太阳还没有升起,河面的雾气将对岸的趸船遮掩了大半。

趸船有人看守,一个叫朱伍的老头住在船里,通往趸船的跳板前竖着一道铁栅栏,栅栏门上着锁,人喊起来,老头惊醒,窗帘一撩,才看到一堆惊慌失措的人架着一个穿深色圆领衫的女人,女人佝偻着身子,一只脚悬空,有熟人喊,老五哥老五哥,快救人。

老头明白了，猛然翻身，去开门。

一行人挤上趸船，趸船似乎也往河里沉了沉。女人又哭喊起来，声音已经沙哑，有气无力了，我是造了什么孽哟……是旁人招呼起来的，老五哥，快开船，去下游捞人。

老头脸一沉，我不会开船，哪个会？

人群里又嚷起来，哪个会开船？

两个青年没吭声，沿着趸船船沿跳进一只带硬底的能容纳七八人的皮划艇里，皮划艇挂着船外机，青年试了一下，船响起来，另一个解开缆绳，喊一声，再来几个。三个中年人跳进皮划艇里，还有人想出把力被老五拦下，够了，不要挤了。皮划艇很快搅起一片水纹，划出一道弧线，离开了趸船。

老五冲一船人喊，小心点。跟着才对周围人讲，又是哪家小孩？要收钱的，家属去跟船老大谈。

人群里有人说了两句，这时候还谈钱，鬼迷了心窍。老五也不理，对瘫在趸船头的女人说，进去坐，许是人冲到下游，走不上来了，这种事也是有的，到下游只有水路嘛。这话倒有几分安慰的力量，女人死灰般的眼神又燃起一点星火，无动于衷的是周围人，谁都晓得，这几率实在太低。

男孩是夜里下水的，有人目睹，哪想整夜未归，女人大早起来发现，一问人，就往河边赶了。这是旁人讲的，老五听了没有吱声。

阳光开始驱散山间的薄雾，照在河面上，虽是朝阳，也有几分灼人。趸船上挂着几套潜水用的防寒服，面镜也一排排吊在趸船尾，很是醒目。这是马老板口中的雾水打捞队，专替人捞尸寻物。也只有老五知道，潜水队另有活路，专乘夜色去大坝下的深潭捞鱼，都是些大鱼，七八十斤一条不算大，百来斤的有的是，运到省城和外省就能卖出大价。马老板寻朱伍来守船也是有讲究的，老五是他女人的本家叔叔，前年才过了老伴，剩他一个，就被请来守船了。

因了这秘密，这里平日不让闲人进，这次一下涌进这么多人，马老板要是听说，再是亲戚，老五也很难交代。偏偏有人问东问西，那些新来的潜水员呢，白天都哪里去了，跟两个去才好呢。

老五说，我不晓得，我是守船的，你去问马老板吧。老五只叫那人马老板，外人也觉得好笑，问，马老板不是你侄女婿？

老五哼一声，什么侄女婿，那是我能叫的？

有人听懂了，说也是，人家那么大老板。还有人手欠，潜水服挨个摸遍，里外看看，甚至有人把面镜一把戴在头上，挤眉弄眼的，老五简直骂不过来，制止了这个又忽略了那个，老五一生气，就开始撵人，只留了女人的两个亲属，其余人都被老五轰下船去了。

太阳逐渐升高，升到人的头顶，老五才听见船响，皮划艇劈开深蓝的河水,泛出一抹白,打河水拐弯处驶来。老五站在趸船头眺望,女人听说船来了,又哭着从舱里出来,岸边还蹲着几个凑热闹的人,像一群乌鸦围着,大伙的目光都开始朝皮划艇聚拢。

皮划艇减速向趸船缓缓靠近,艇上仍只有那几个人,一个年纪大的摇摇头,冲趸船上的女人说,找到楠木渡去了,没有,已经告诉码头上的人,你不要急。几个人脸上都晒出油来,一一上了趸船,都带着失望和怀疑的神色,岸边几个人见船里空空如也,抱怨几句也就散了。女人被人劝着走上码头,留下一个亲戚慢一步对老五讲,要收多少钱,回头给你送来,她是桥头陈老四家的,邮局旁边开商店,他男人在外跑运输,你晓得吧?老五并不清楚,但也点点头,先去报案吧,再找找。

人走尽后,码头恢复平静,连河水都跟着静默。这河其实叫江,但雾水居民都管它叫河,并不因它在地图上的江名与流域而高看一眼。说到底,它是汇入长江的,在大家眼里,只有长江才配叫江。河的上游有座水电站,六十年代开始修建,镇子因此繁荣。河虽叫河,但雾水人称河两岸作江南江北,镇子的核心在江南,就是码头对面那片徐缓地带。

时间不早了,老五等着人来接班,船队的人不定什么时候来,来了老五就可以回家了,等夜里再过来。

今天人来得晚，老五也没有不耐烦，小孩的事让他还没有回过神。这河每年都收人。老五唯一的儿子二十年前就这样去了，找到已是下游老远一个叫老鹰岩的地方，那时哪有快艇这种东西，是老五和四个哥哥划木船去下游捞的。老五想到这，心里还空落落的，烟头丢了一地。

哟，五哥，一个人抽闷烟啊。管船队的吴家老大过来，吴大和朱伍虽差了一把年纪，论起来矮一辈，但他管朱伍叫五哥。

老五清清嗓子说，上午有人来用船了，去了趟楠木渡，人家会把钱送来。

吴大没有在意，递一支烟给老五，一大早用什么船，散客？

老五摇摇头，去捞人的，没看到，就回来了。

又是哪个冲下去了？吴大见怪不怪，一口烟刚喷出来，河面一阵风起，将那烟全扑回吴大脸上，吴大连声咳嗽起来，骂一句说，格老子，阴魂不散，说都说不得。

跟来的人笑，说，神得很噢，老话说，宁可欺山，不可欺水，真是没错。

等风过了，老五才讲，说是桥头陈老四家的，只来了个婆娘，人又找不到，就回去了。

吴大惊讶，陈老四家儿？我晓得那娃娃，水性好得很，大坝放闸还去捞鱼，回回手不空，怎么会？

老五不说话,这话倒像是说给自己听的,论水性老五的儿子何其厉害,虽小,过河却只靠一双手脚,麻溜得很,像书里讲的"浪里白条",还不是着了道!

吴大隐隐想起老五的心事,就不再讲了,船队里的几个人更是漠不关心,在船舱里打起牌来。

老五走时对吴大说,记得收钱,说了会送来的。

吴大扭头,看着走上跳板的老五,说,五哥,这就不要你操心了,放心,不会收的。

老五步上码头,条石台阶与公路相连,公路边还建了一片停车场与观景平台。一家酒店沿着河岸建起来,临河一面一式的玻璃幕墙,像一排排盒子,老五看来简单得很,价格却贵得吓人。这是马老板的新产业,叫作民宿,名字也取得稀奇古怪,老五都念不齐整,对人讲过,不就是旅馆嘛。

老五的"嘉陵"摩托停在观景平台上,阳光下浑身发烫,坐垫上挂了一夜的露水蒸发得只剩下斑点,卸了锁,老五还是跨上去,虚着屁股坐,一次只坐一边,车动起来,也就凉快了。

老五的家在江北盘山街顶上,就是码头后的山巅,之字形山路是210国道一段,两边挤挤挨挨建着饭馆旅店,从前最是热闹,来往车辆打尖住店,少不了在这里停留;而今两条高速穿越镇子,一条更架起特大桥,高达一百九十米,直接跃过了镇子，江北从此萧条起来。

老五从前也开饭馆，和媳妇一道经营，自己做厨师，因了这门前的路，过了几年扎实日子，后来国道上的车眼见着稀疏，尤其货车和班车，半天听不到响动，加上媳妇历来体弱，赶上一病，老五就关了店，去江南的胖妹酒楼打起了工，还是做厨师，做雾水特有的豆腐鱼。为这，自家侄女马老板的婆娘还讲过闲话，说叔叔去哪家不好，偏偏去胖妹家，也不和我们打个商量，我家老马脸往哪里搁？马老板也是做餐馆起家的，开着雾水第一大豆腐鱼馆，就在江南桥头，上风上水的第一家。虽这样，老五也没走这条门路，偏偏去了后起的对手家，也因为这，两家多年不再走动，直到老五年纪大了，腰杆挺不住，被扫地出门，才去马老板手下守起了趸船。

家里空得能发出回声，老五打开门板，让空气对流，自己坐到靠岩壁的后阳台上，看着阳光下闪烁的镇子和那条碧蓝到发乌的河流，河水没有表情，老五却有。就着泡菜和一碗凉拌折耳根刨完了炒饭，老五就锁了门，往后山去了。绕过山顶的江北中学，老五往沟子里走，那里有片自家的地。这一面背河，显得更热，田坎也硬邦邦的，老五走得歪歪扭扭，老五怀疑这是船上待久了的缘故，身子抑制不住地想要晃一晃，用自家的晃来抵消河水的。老五摔了一跤，有预感似的，一脚踏空，滑到田坎壁下的旱地里，身子倒没摔着，地是半荒的，竖起一根根没人照料的玉米秆，地下是杂草，长的是苦蒿短的是野豌豆，草一垫，等于铺了床棉絮。

老五从地里爬起，哭笑不得，干脆骂一句，来看你娃，还整老子！这话是说给不远处的坟听的，一阵风过，飒飒又止，像是回应。老五看着山沟对岸绵延开去的群山，又得意起来，是个不错地方，一览众山小嘛。

老五有一阵没来了，不是碰到今天这事，老五也不愿意来，来一趟，又能怎样呢？老五与两座坟一一对视，想起从前的一鳞半爪，婆娘的还记得清楚，儿子的就有些飘散了。

算了算了，又来这里做什么。老五觉得今天没个主儿了，想到哪里算哪里。陈家儿子的事，老五也不打算讲，没着没落的事，老五不想议论。看了看坟，到处都还好，也就回去了，仍走得一摇一摆的。

老五早早赶到码头，跫船上忙碌着，赶上周末，游客一拨拨从下游乘快艇上来，一时间热闹得很，老五倒不知所措了，像个外人。

是吴大看见说，五哥，来得早了点嘛，还没收工。

老五说，你忙你的。

吴大问，吃过没有，等下跟我们一起？说完才闻到老五身上散过来的酒气。

老五摇摇头，你们去。

吴大问，家里来了客？整了不少酒嘛。

老五笑一声，来哪样客，我就是客。

吴大停一停，还是说，小子还没找到，下午来人包了艘艇去下游了，怕是要去构皮滩，现在都没消息。

老五像是专来听这信儿的，听了也不评价，只是点头。构皮滩是座新建水电站，才开始蓄水，从这里过去是唯一水路，没有支流，人不会跑到其他地方去。

老五借着酒力坐在趸船边，一直坐到夜里，河水的声音大起来，四周都暗了，只有镇子进出灯火，迤逦如山火，群山只剩下轮廓。

潜水队的人还没有来。

潜水队一共四个人，只有一个是雾水人，大名叫戚邦德的，大伙叫他老戚。老戚刚过四十，不算年轻，却爱打扮，不同的花衬衫配短裤跑鞋，衬衣领口还插一副墨镜，油光粉面的；据说脑子更灵，从没有在水里讨过生活的他却替马老板觅得了这生意。

以前没人敢去大坝基坑捞鱼，想都不敢想，基坑是禁区，不准任何船只人员靠拢，毕竟头上是一百六十多米的大坝，是喀斯特地区第一座大型拱形重力坝，早年还有武警看守。可老戚七枴八拐攀上了电厂保卫科卢科长，两下一勾搭，就觅得了特权，只是船仍不能开进基坑，只能停在电厂油库下的回水湾里，人和设备要沿着碎石河岸摸进去。夜里操作风险不小，收鱼也麻烦，后来老戚干脆把船悄悄靠过去，竟也没事，一伙人就这么干起来。其余三个都是潜水员，从广东请来的，几个人组队做了半年，收获不小，也不定每天都出船，要等卢科长信号。老戚讲起来，牛皮哄哄的，说七八十斤往下的从来不摸，麻烦得很。

眼下正赶上出活的好季节，汛期里，大坝常放闸，大鱼被冲下不少。从库区里冲下来的鱼，除了昏迷的会漂走外，其他的都缩在基坑的深潭里，只有这里的水深，温度也较外头低。真正的大鱼是不会随流水轻轻易易跑出去的。老戚的梦想就是逮住一条两百斤往上的，库区里的鱼两百来斤的多得是，兴许就会冲下一条两条。老戚一讲起，老五只能咋舌，这么大的鱼都成了鱼神了。老五随口说一句，这种鱼怕是抓不得哟。老戚很不以为然，说，反正都是要死的，不如做奉献。老五不好说什么，自己干了半辈子厨子，杀的鱼何止百千条？这时候出来打抱不平，只能被人笑话。再说，这可是马老板的生意，他才是幕后主使。

马老板也不常来船上，头几次起货，他赶在天亮前来看成色，果然意外，百来斤的就弄了四五条，有草鱼、翘嘴、青龙棒和花鲢。有条一百四十八斤重的青龙棒直接被马老板运到省城分店养起来，作镇店之用。

不满归不满，船还得守。今晚老五意外睡得沉，是那半斤酒的效力。一个人喝，再少的量都觉得多，何况是半斤，加上年纪，更觉得酒力翻倍。潜水队来时已是凌晨两点，几个人窸窸窣窣做好准备，就往上游去了，老五也是起夜才发现系在趸船边的那艘大皮划艇不见了。

被吵醒是天快蒙蒙亮，氧气铝瓶的撞击声，水下标枪拖拉在趸船上的剐擦声，一尾尾鱼摆动的砰砰声，让老五醒来。舱外的老戚更扯起嗓子唱，大太保亚赛过温侯貌，二太保生来韬略高，三太保上山擒虎豹，四太保下海能斩蛟——妈的，说的就是我们啊。老戚大笑，其他三个闷不作声，许是累了。老五没想到老戚还会这手，可见今天收获不小，捞了票大的，只是老五懒得起来看，码头上接应的人也到了，一趟趟把鱼搬上去，一个个搬得龇牙咧嘴的。人散后，趸船上还顽固地飘荡着一股浓重的鱼腥味，几套防寒服又吊在了晾衣绳上，水滴打在趸船边的铁皮上，滴答作响。

天色亮得慢，一点点晕染，光如同涟漪般徐徐荡过来，是远处的太阳掉进了夜色，引起震荡，可荡到这里就是强弩之末了，仿佛船靠了岸，不动了。等积蓄的光线真正撕开一角天幕时，才开始加速，口子越大，涌入的光就越汹涌。

老五起身烧了壶水，从柜子里掏出一碗泡面，准备吃个早点的早餐，酒意散了，人就容易饿。

面还没泡好，老五晃过窗口发现一个人，一袭白色连衣裙在河面初升的雾气中若隐若现，女人站在码头的最远端，再往前，就是乱石滩了，不注意还以为见了鬼，可那确实是个女人。河边的风拍打着女人的裙摆，像一朵打上岸来的浪，女人不动，老五看了一会儿也就扭过头去，等待面在碗里慢慢变软。

码头上的民宿一营业，各种稀奇古怪的人就来到这里，老五见怪不见。去年还见过一个来这里寻短见的，直接从观景平台上跳进河里，七八米的高度，没有一丝犹豫，笔直栽下来，幸亏码头做过深挖，炸了礁石，不然后果不堪设想。那也是个女人。老五没有下水，是吴大一个猛子扎下去把人捞起来的。捞起来了，女人也面无表情，没有道谢，更没有哭，好像只是下河洗了个澡一样稀松平常，甚至没留下一句话就往码头上去了。第二天才听说女人从公路桥上跳了下去，当场就摔死了。想到这，老五还觉得有些怕人，一个人怎么可以这样不在乎，还是个女人。

抽上一支烟，泡面也快好了，辛辣味丝丝缕缕从盖着的碗沿口飘出来，老五正打算下筷子，穿白裙的女人就飘过来了。通往趸船的栅栏门没有锁，是老戚他们忘了，女人径直穿过跳板，来到趸船上。老五左右不是，只好在舱里咳嗽一声，也不讲话。

女人听见老五的响动，便呀了一声，说，原来有人啊。也不敢贸然进舱里，只在趸船中空的穿廊左右看看，见到吊在绳子上的防寒服和蛙脚，女人才惊叹起来，噫，这里还有潜水项目。

老五很想先吃一口面，可女人丝毫没有走的意思，还在东瞧西看，老五就没忍住，脑袋探出门说，这里不搞参观的。

不参观？那你们牌子上写的是什么？女人很镇定，指了指头顶，趸船上确实架着一块广告牌，写着游览项目和收费标准。女人举起的指尖鲜红欲滴，再一看，每一只都一样，像落了几片浓艳的梅花。老五感觉不舒服，半天才憋出一句，现在不是时候，船队的人还没有来，现在不营业。

女人也不管，跟着一笑，你们这里大半夜还打鱼？全是大家伙，这河里有这么大的鱼吗？女人说得慢条斯理，老五就知道碰到个难缠的，肯定起了大早，又或许整夜没睡，望到了老戚他们。

老戚也太不利索了，一次比一次起货晚，这么贪心，迟早要出事。老五预感不好，对女人也沉下脸来，走吧，要坐船，等他们来了再说。

女人说，我又不坐船，船有什么好坐的，无聊！又讲，你们这里还有潜水项目，很高端嘛，要玩就玩这个。女人的话简直越来越多，老五有些接不上。走吧，这里没有你说的项目，都是打捞队用的。

打捞队？女人又笑了，笑得意味深长，打捞什么，又没人沉金子，这么大水，能捞什么东西。

捞尸。老五干脆吐出一句,希望能吓住女人。

女人果然撇撇嘴,脸上有一瞬的嫌厌,这神情老五很是满意,可很快,女人哼了一声,想骗我,一股子鱼腥味,你自己闻不到的?

老五头痛,说不过女人,干脆转身进舱,让女人看个够。这时间面已经泡过了,水被吸掉一半,面半干半湿团在纸碗里,吃起来没有滋味,像吃一口口猪脑水。面吃完,女人不见了。

雾气又升起来,老五知道又是个晴热的天。起床没多久,吴大就火急火燎来了,手脸都没洗的样子,皮鞋不知踩到了哪里,一脚的泥。吴大上船就说,五哥,小孩找到了,晚上打了电话来,说冲到构皮滩去了。

老五就晓得孩子没了,一口浊气从鼻腔里长长叹出来。

吴大说,听讲也没个全尸,眼睛被山里猴子挖掉一只,不成个样子。

老五给吴大递过一支烟,先给自己点上,一口浓烈的烟雾喷出来,跟着是另一口,老五说,别让孩子娘看见。

吴大说,放心,备了尸袋下去的。

话到这里也就打住,两人各自坐在板凳上,望着河面,河水显得无辜,流得悄无声息。等两支烟分别燃尽,吴大才又开口,五哥,要不先回吧,人我来接,家属也快过来了,肯定又是一顿乱。

老五说，再等等吧。

船队的人陆续过来，吴大想起什么，掏出电话吩咐，快去老街买挂鞭炮来。

家属一齐涌来了七八位，里头没有女人，老五松了口气。那个一脸死灰，穿着长袖衬衫的男人就是孩子的爹了，老五一看就晓得，男人的一双手臂像是要从衬衫里炸出来，老五开饭馆时见过不少这样的司机，说是司机，其实也是苦力。男人不讲话，谁也没有去打扰他。

可左等右等，还不见船来，八月的阳光又开始蒸烤这片河谷，只有河水全不在意，这会儿正气势汹汹地往下游奔走。趸船上一时容纳不下这些人，其他无关紧要的都自觉待在岸上，一个个都磨皮擦痒的，又不好妄动，一双双目光频频望向河水拐弯的地带，也该来了，有人说。

确实来了。

人群一下躁动。老五一如既往站在趸船头，晒得有些头晕。皮划艇一靠拢，所有男人面色凝重，大伙都憋着一口气，若是添个把女人，早就搅翻了，哪会这么安静。老五看见孩子的爹第一个跳进艇里，随后吴大拦在船舷，说不要上人了。艇里是四个一脸黝黑的男子，开船的是船队的小姜，把船一别进趸船的湾口，人就瘫下来。男人踏进艇里，尸袋在艇中间又晃了晃，艇上人的目光自动望开了，只有艇外人探着脑袋盯住袋子不动,一些人还屏住了呼吸,怕闻到什么。孩子的父亲站在艇里,似乎还不习惯河水的晃动,一迈步差点滑进水里,还是旁人拉住,将男人稳定下来。

一个人率先拉开了尸袋,只拉出一条小口,是头部位置,让男人查看。阳光乘势而入,老五也望见了那张脸,苍白得如同被冰冻过,一只眼塌陷着。男人的身躯瞬间矮下去,不知怎么办才好,直到拳头开始擂击艇板,咚咚直响。艇板是铝制,刻着防滑线,可男人一拳打出一个窝来。是老五先喊起来的,莫乱,先上来,把娃娃接上来。

吴大顺势而动,作势拉起男人,凑在男人嘴边说了句什么,老五听见一句,已经回来了回来了。等蓝色尸袋被众人举起交接到趸船上时,老五才猛然听见鞭炮响,因了这,仿佛一道提醒,男孩父亲再也抑制不住,在鞭炮声的掩盖下痛哭起来。

老五也不禁团紧了大手,指甲嵌进肉里,想到当年的自己,一晃二十年了。

一行人抬着尸体走了。

老五还留在趸船上,打算问小姜,人是怎么发现的。吴大就拉过老五,五哥,今天就不要上船了,等明天请师父驱一驱、祭一祭再来吧。

老五想想,要得。

夜里,老五躺在自家床上,多少夜没睡这床了,床很稳当,也不再有河水的腥味与潮气。老五以为能睡一个好觉,没想半夜噩梦缠身,一道模糊的女声降临,不断冲老五喊,快点走,莫回来,千万莫回来。老五不懂什么意思,形势急迫,声音急切,又不断循环,敲击着老五的耳膜。老五在梦里仓皇赶路。梦的结尾,老五才看见他了,那个人,还是小小的模样。

老五回到船上才又发现那个女人,正是黄昏时分,西边大坝顶上积聚着万千霞光,两岸边一时冒出了更多的人。女人在趸船边游泳,老戚也在,两人在水里说着话。趸船上还剩了两个开船的小伙在打扫卫生,看得出来打扫得心不在焉。两人不时议论一下,见老五来了,也就闭了嘴。

五叔来啦。一个人冲老五喊。

另一个说,热得很,洗个澡再回去。

老五说,我来收拾,你们洗。仿佛就等着老五这么说似的,两人很快丢下扫帚撮箕,扑通两声,老五还没看见水花,两人就插进水里,扎了个很深的猛子,冒头时离趸船有二三十米距离,远远超过了水里的女人。

又是她。老五也懒得招呼,扫起地来,把垃圾倒入一只黑色塑料袋里。

老戚却开始在水里邀请,五哥,你也下来洗个,舒服得很。

老五摇摇头，水凉了，你以为我还是你们，一天火气大得很。

说来也是奇怪，没有人见老五在河里洗过澡，疍水人从不管游泳叫游泳，只叫洗澡，好像这河就是个天然浴池。

老五一回答，女人倒先笑起来。女人憋一口气扎过来，从疍船边的扶梯上爬起，疍船头还挂着一张硕大的白色浴巾，女人一上船就甩了甩脑袋，很快用浴巾把身子裹起来，老五听见河里一声口哨响。

老戚也靠过来，仰着头说，就走了啊，再洗洗嘛。

女人说，下次记得叫广东佬教我潜水。

老戚笑，我也可以教嘛。

女人哼一声，看你也不会。

女人正对着老五，开始用浴巾擦头发，手一抬，身上就打开了一个口子，老五看见被比基尼泳衣粗粗遮掩的身体，白森森一片，也就扭过头去。

女人对老五说，你连游泳都不会吧。

老五也不恼，还是那句，快走吧，天快晏了。

河风是有些大了，天边的霞光也一点点弱下去，太阳走远了。

老五也对河里人讲，你们也快点。

老戚显然听见了女人的话，跟着喊起来，五哥，你不会水啊。

老五有些臊皮,吼出一句,老子不会,老子洗澡时,你们还在穿开裆裤。

女人冷笑一声。

老五一愣,这声音很是熟悉,好像哪里听过,但也不管,又催促起来,快点走,船也要打烊的。

女人很不满地趿上拖鞋,对老五说,我高兴了就来,高兴了就走,马老板允许的。

老五听了,人就定住,不晓得女人什么来头,和马老板有什么关系。女人袅袅走上码头,走得慢,好像此刻的跳板成了块T台,不得不展示自己的身姿,那块浴巾不知什么时候被女人围在了腰上,故意露出尖瘦的后背,肩胛像两把倒插着的匕首,河里又传来两声尖锐的口哨。

等河里人上船来,老五才问,那个女的是哪个,没见过,还认识马老板?

老戚正歪着脑袋单脚跳,跳两下说,你不知道,她是马老板请来管旅店的。

另一个小伙就笑了,管个鬼店,看她那样子,是马老板请来睡觉的吧。

老戚痴痴望着女人走远,又回过头来狠狠剜一眼对方,狗日的,毛都没长齐,不要乱讲。

因了小孩的事,潜水队一连几天没有出活,这天才踅摸过来,来得早,四个人一来就缩进另一头的舱里打起麻将来,麻将撞击声响彻后半夜,还伴着哄吵,属老戚和一个叫作黎家辉的人嗓门最大。

几个人丢下麻将时,老五刚好起来小解,老戚也过来放水,嘴里含糊地喊一声,五哥。

老五问,今天要去?

老戚说,晦气,我早说了不能让小孩从这里上,狗日的吴大就是不听老子的,可以直接开到对岸找个地方上嘛,不是马老板喊停,早就出活了。

老五说,你也信这个?

老戚冷笑一声,我不信,是马老大信嘛,还让停两天,说是找人看了日子,我是等不起了。老戚吭哧吭哧,一口痰恶狠狠啐进河里,哪有这么邪祟,老子才不信。

几个人开始换装备,不多久,老五就听见船响,仿佛也憋足了劲儿似的朝上游去了。

老五回到舱里,继续迷迷糊糊睡起来,直到窗外铁板啪啪直响,一个人喊起来,五哥、五叔——声音有些语无伦次,老五才醒来,以为来了贼,翻身就出门,屋外暗,没开灯,舱里的灯光将将够老五看个轮廓,一个人被人按在地上,两双拳脚正簌簌落下。那人开始哀号,一听是老戚,老五一把摁亮趸船顶的灯,开始喊,住手!

两个人同时用血红的眼睛回视老五,那个叫黎家辉的用一口蹩足的普通话讲，老头，你不要管。

老五说，都是自己人，有事好好说。

对方根本不理睬老五，照着又是一脚踹到老戚身上，老戚杀猪般号叫起来，声音虽夸张，老五还是生气了，冲上去按住那人说，这是什么地方。老五平日和这个家辉说过话，属他年纪大些，关系虽谈不上好，也不恶。老五说，兄弟，有事好商量，不要打人。那人指着地上的老戚，不打人？我要打死他，我们出来是三个人，现在只有两个了，不找他找谁？

老五这才发现回来的人里少了一个，顿时心惊，问老戚，还有个呢，那个小黄呢。

老戚的脸涂了一地的灰泥，像张鬼脸，好不容易爬起来，手背先擦擦脸，确认脸上没有受伤，嘴里还骂骂咧咧的，见老五盯着自己，老戚才说，死尿了，还说自己功夫好，好个屁。

老戚这么一说，另两个又要逼上来，老五还呆呆地站在中间，咋个就死了？老五一下短了气。

淹死的，气管被鱼割断了，老戚说，他自己倒霉，还想算在我头上。你们要算账，我马上给马老板打电话。

老五明白了，来不及说什么，扔下拨起电话的老戚，慌忙绕过两个余怒未消的潜水员，到趸船边去看人了。皮划艇系在趸船边，河水震荡，那人身着防寒服像条黑鱼一样在艇里微微摇摆。

马哥，不好了，出事了……那头传来老戚仓皇的声音。

老五的预感灵验了。

这晚马老板没有出现，来的是他的司机，一上趸船就对老戚说，马总在外地，我来处理。几个人进舱里谈起来，老五一直站在船沿上看着静静躺在皮划艇里的人，那人叫黄小恩，和儿子一年的，今年才三十，老五因此印象深刻，小伙子特别中意自己的发型，是染过的，平时爆炸般奓在头顶，现在那浓密的发丝根根贴服在头皮上，再也飞扬不起来。他是黎家辉的徒弟。老五往日见到这个不大说话的小伙，总像看见自家儿子。小黄还没有结婚，老五问过他，怎么还不娶媳妇？小黄就笑，讲一口软软的圆润的话，说，有钱啦，我们那里彩礼不像你们这边，几千块就可以搞掂。老五听了也不生气，还逗过他，那你从这里娶一个走好了。小黄的小眼睛里就射出光来，也不是不行啦，你给我介绍介绍。这一幕还恍如昨天。老五点燃一支烟，随手摆在趸船边，又怕风吹走，就抓过一块木板压在烟嘴上，烟头在河风下自行燃着，一明一暗的，老五也给自己点上一支。

舱里的人谈了好半天才出来，老五还蹲在船沿，想着小黄那个无法实现的愿望，心里气馁。夜里潮气升起，那个叫大龙的司机很快指挥着三人抬起尸体，老五看着他们一点点将小黄像搬鱼一样搬起来，老五不动，像当年几个哥哥把儿子的尸体捞起，他也没有动一样。河水拍打着趸船，老五听见沿岸的虫鸣，什么东西扑通跳进了水里。等几个人往码头上去了，大龙还没有走，朝老五递过一包烟来，说，五叔，今天的事，不要对人讲，马总不会亏待大家。

老五看都没有看他，眼睛只是照着面前模糊不清的河水，这水黑漆漆的，又沥青般泛出光亮，像团恶水了。老五慢吞吞地说，人死，是大事，什么亏待不亏待。

大龙说，晓得，肯定通知家属，正常赔偿，不会搞其他事，你放心。

老五说，谅马老板也不敢。

人走后，老五又是一个人，河面刮起一阵不寻常的大风，吹得船顶的广告牌嘎吱作响，有什么东西从头顶簌簌飞过，直到风停，梦里的那个声音才又清晰起来，莫停哟，快走快走。

天凉下来，河面的雾气都变作了寒气，船上渐渐待不住人，老五有了去意，该换个年轻的来守船了。老五对马老板提出，马老板在电话里说知道了，会找人来替的，语气平常，听不出什么，也没有挽留。

潜水队还没有散，老五也觉得奇怪，老戚和那两个人很快和好如初了，甚至黎家辉已经开始教老戚潜水。听吴大说，钱是赔了不少，马老板出了大头，老戚也填了些。马老板跟着就退出来了，说是忌讳，犯水。眼下潜水队只是老戚的。老戚也戴上了面镜和蛙脚，开始在向晚的河水里载沉载浮了，说是训练，有时那个女人也在，跟着一起玩。

老戚出活越来越频繁，不再顾忌，老五知他性子，还劝过，说慢点来，何必这么急，鱼不是这么打的。老戚倒嚷嚷起来，说自己被马老板摆了一道，本来是他的生意，自己倒贴进去了，小黄死，我出了八万，马老板家大业大，拍拍屁股走了，我往哪里走？老戚一腔闷火，说得愤怒激昂，老五就不说了。

再次出活女人竟也在，跟着一行人摸上了趸船。老五听出一道女声，在窸窣地问这问那，好奇极了，老五警觉，一下闯出去，女人见了他也不回避，她知晓老五的身份，可也不喊他。

老五见女人杵着，就问，你来做什么？

女人没有讲话，一只手卷着鬓角的发丝。是老戚站出来说的，跟我们去玩玩，你老哥就不要操心了。

胡搞！老五喊起来，这是玩的？老五站在趸船中央，一把挡在女人面前，语气先缓下来，姑娘，你不要糊涂，这不是你该做的事。

女人也不看他，好笑，我做什么要你管。

老戚也拉扯起老五来，说五哥，又不干你的事，现在我和马老板没关系了，你吓不倒我。

老五甩掉对方的手,火气腾地升起,你就好了伤疤忘了痛?小黄是怎么死的,你不要再害人了,今天这姑娘要是敢走,你们的事就做不久。

老戚没想到老头会这么说,简直要跳起来,她又不是你家姑娘,你管这么多!腿长在人家身上,想走就走,谁还拦得住?

老五不听这些废话,仍对女人说,姑娘,开不得玩笑,这河不是让人耍的,哪个耍哪个要出事,你信不信?老五的话有些危言耸听,女人就犹豫了,一犹豫,换好装备的黎家辉就不耐烦起来,手中的标枪跺着船板,对老戚说,戚老板,今天还去不去的啦。老五又盯着他,这个人才死了徒弟,还不收手,积极性竟比从前还高,老五就有些看不懂了。凡是老五看不懂的事,预感就不好,但也不管,今天老五只是想拦住面前的女人。

老戚是个急性子,经不起人催,见老五铁了心,知道拗不过,女人也一下不动,眼神开始淡漠,老戚只好喊,算了算了,我们自己去,扫兴!等上了船,开出一段,老戚还盯着码头,望着女人和老五站在趸船上的模糊身影,这才骂出来,死老鬼,活该绝后。

等皮划艇的声音弱下去,河水的声音大起来,老五才松了口气,女人还站在趸船头,风过,很有些落寞的样子。老五说,走吧,该回哪里回哪里。

女人说，我想走就走，不要以为我会感谢你——你是不是觉得自己是英雄？

老五说，我是什么不打紧，我只晓得你怕了，怕了好。

女人笑起来，是你自己怕吧，我只是不想去了。

老五说，说得对说得对，我是怕了，这个年纪，什么都怕。

女人说，他们说你儿子也是淹死的，那你还来守船，这你又不怕？

老五望着女人，月光下一张脸像镀了层俏丽的银，是好看。老五软下来，说，不相干的，我又不和河有仇。

不和河有，和哪个有？女人追问。

老五被问倒了，一时哑住，最后说，走吧，不早了。

女人说，你就晓得赶人。

老五不作声。

女人没趣，气鼓鼓走掉，走得叮叮咚咚的，一只红牛罐被女人一脚踢到水里，直到身后传来栅栏门被吱呀关上的声音，女人才回头，想看看老五，可趸船上的灯立即熄灭，整个河岸陷入薄薄的月光里，泛出浅浅的银灰，河水正巨蟒般翻滚而下，女人只看到一个影子。

没有人来接老五的班，老五着急，一问才知道，马老板竟把趸船所有权卖给了吴大，码头上的事他早不管了。吴大是想借此留住老五，实在瞒不住了才说，有你老哥在，他们不敢太放肆。

老五晓得是说老戚他们,还是摇头,说你不晓得,以前我住山上,就羡慕你们这些住在河边的,现在倒想回去了,你说怪不怪。

吴大知道留不住,说,也好。跟着打趣起来,他们说你不会水,是不是真的?

老五神秘一笑,你不要告诉他们。

真不会?吴大说,那你敢看船。

老五说,看船嘛,又不是在河里看,以后我就不来了。

吴大点点头,说,要得,我也不敢要你看了。

老五记得离开船上那天是个清晨,雾正浓,不是夏天里河谷地带的薄雾,而是铺天盖地的大雾,整个镇子都笼罩在白蒙蒙的雾气里,秋天了。老五步上码头,迎面撞见一群人围在旅馆的白色房子前,一个熟悉的声音穿透雾气,好个不要脸的骚货,马东明还不能满足你……一个声音立即回应,你算什么东西,来闯我的屋,我做什么干你家老马什么事,我是他娶回来的?给你一家做小吗?你自己守不住男人,跑我这里来乱咬……老五没明白怎么回事,恍惚中就被人拉过,五叔来主持一下,我们都拦不住了。

老五往人群里看,却看不出什么东西,问,搞哪样,大早上的。

那人讲，你侄女来捉人了，本来是捉马老板和店里新来的女经理，哪想捉出戚老板和她了，你侄女正在替马老板出气哟。

老五迷糊了，老戚，戚德邦？

那人说，是戚邦德嘛，胆子硬是大哟，马老板的女人也敢碰。

老五不吭声，想上前劝劝，又不想见女人尴尬，干脆挥手说，我不管，你们也散了。凑什么热闹。

老五走了，头也没回。没过多久，天还没有凉透，就听说老戚戚邦德被一杆标枪射中了眼睛，在河里。

集美饭店

饭店老了。在这处背靠山崖的凹洼地带，四十年前植下的法国梧桐越发壮硕，枝叶覆盖起这栋三层小楼。几年前旅游规划，政府统一修缮，原先的红色砖墙被白色灰浆包裹，打了古怪的格子，架起了新的屋檐，屋旁的停车处也被匆忙铺上渗水砖，那一片曾被姑姑开成菜地，插着棍子，夏天是四季豆和玉米，冬天是白菜和萝卜，现在都消失了。从前的店招在二楼的侧边，"集美饭店"，父亲取的名字，曾名动一时，也透露出往日秘密，不仅仅为了解决长途司机们的温饱，也指向身体的其他满足。父亲为此入狱，店名却奇迹般保存下来，黑底金字的门头，在这前后一公里没有人家的地方，着实更像一家黑店。

她回到这里，在父亲死后第三年，她离婚后的第二年，原以为再也不会回来，可时间改变了什么，她重新面对了召唤——父亲终于离开，她可以独自支配这里。

姑姑递来钥匙时，表示父亲走后她很少去那里，就是父亲在时，她也不再去了，这对兄妹相处了太长的时光，长到令人起疑。她决定回来，姑姑震惊，长久地望着她，仿佛她在外间遭受了什么比待在小镇更糟糕的磨难。她的事姑姑早就清楚，她从不对她隐瞒什么，在她心里姑姑是父母之外亲戚之内的第二种亲人。她的婚姻曾被姑姑念在嘴里，也念在小镇人的心上，可那又如何，她宁愿从未离开这里，她总幻想着和姑姑生活在江南，也开一爿这样的粉面店，挣将将足够的钱，没什么出息，但安稳。

你还年轻，怎么就要回来？姑姑难以理解，在她看来，回到这里是人生最无奈的选择。你爸那笔赔款，我还给你存着。姑姑当然知道她不是来要钱的，那二十万倒像是父亲的礼物，在他可怜的遗产里，也算笔得体的款子了。

那笔钱是留给你的，姑姑。这样的话她说过不少次了，每次都很厌倦。

女人说，我生意好得很，你不用挂牵。

她知道姑姑的能力，饭店靠着她经营下来，父亲的野心永远不在这里，这个好斗的男人开过黄磷厂、养过鸡、包过工程，可样样惨淡收场，黄磷厂死过工人，养鸡场闹过鸡瘟，工程承包更是灾难，父亲被手下工人绑架过，是姑姑凑了二十万现金一个人远赴外乡把那个总梦想发财的男人赎回来的。即便这样，回到饭店的父亲仍不安分，主意不断，那些花枝招展的女人几乎是一夜之间冒出来的，直到入狱，父亲才消停。那五年，她每年去看他，看这个男人一次比一次苍老，出狱后第二年，父亲遭遇车祸身亡。

姑姑说，那里很久没人住，灰都起堆，你怎么住得下去？

所以我来投靠你啊姑姑。她说。

女人沉默，知道她的决心不易改变，她不是那种心血来潮的人，像当初她送她走，她头也不回。

她将车泊下，在饭店门前，没有进门。她绕着饭店走，陈年的落叶在屋子周边堆积，野草侵占了这里，一大片苦蒿和斗鸡草，屋后的桑树还在，叶子没人摘，肥肥地挂在枝头，通往山顶铁厂的小路还是那样幽深，铁厂早已倒闭，再没有工人出没，两旁是松林，就算白日，阳光也稀疏得怕人。她退到国道边，国道也老了，脚下的沥青剥落，再没有沥青车在春秋两季过来铺设新的路面，泛白的道路经过之字形拐弯，下坡过桥，就是小镇，那一片徐缓的丘陵地带，从西边的水电站到东边江水拐弯的铁路桥，一道完美的月牙形。视野里只有新的高速碍眼，特大桥直接从山巅上跨越，高达一百九十米，那曾是小镇天空的位置。

她再次俯瞰小镇，曾经的心愿不过是离开这里，住到对岸去。那里出产一眼优质氡泉，水量极大，唯一的国营疗养院衰败多年,终于在新的拯救中重生,欧式洋楼盖了起来,红黄相间,那片茂林里出现了一洼洼水池,远眺时能看见无数耀眼的反光,像一面面镜子。她记得没有这一切时,父亲带她去过,泉水滚烫的记忆还留在她心里,可长达半月的过敏与感染让她对那里心怀畏惧,她可能是镇上唯一不适合泡温泉的女人。

母亲离开时,她小学还未毕业,一个古怪的高个女生从此变得更不合群。母亲的病一年前就查出,身体里的恶性因子突然让女人失去了所有光华,生命急遽萎缩,她像本图画书一样躺在床上,每一秒都在翻页变形。所有人都瞒着她和弟弟,可她预感母亲再也无法发出爽利的笑声,那些饭后时光,母亲站在柜台后嗑瓜子,盯着一屋打牌人的场景也会一去不返。母亲的眼泪也只有看见姐弟俩在门口一晃而逝时才会掉下来。父亲匆匆出现几面,又离开,直到葬礼开始,一家人才短暂团聚。

姑姑是之前出现的,在这栋歇业半年的小楼,可这挽救不了什么,高大健壮的姑姑看上去和母亲那么不同,她的出现宣告了屋内女主人的更替。小四岁的弟弟迅速接受了她,悲伤在他身上过去得那么快,这让他狠吃了一些苦头。弟弟从小怕她,就因为她总会在他毫无戒备的时候给予惩罚与反击,哪怕时间久到摩擦与仇恨从另一个人心里完全消退,不留痕迹。

那时的她住在二楼左手边的房间，四壁雪白的墙，家具都是老的，上一代人的东西，笨重难看，一部分是母亲的嫁妆，几个大红漆带铜环铜锁的柜子，钥匙也是古怪的长柄，像蛇精的如意，可柜子里没有宝贝，掀开能闻到樟脑丸的臭气，里面全是大红的花布棉被，厚重得每一床都能压死人。弟弟是分给她的，屋正中两张小床，中间隔一道帘子，更小的他睡在她身旁，这让她有种做小妈妈的感觉，可很快厌烦，她更像个"后妈"。父母住在右侧当头的屋里，稍大的面积，摆满了组合家具，隔成两间，外间做成小客厅，里间睡人。父母对面的屋子空着，直到姑姑来填满。楼下是餐厅，大厅加三个包房，厨房是后院加盖的单砖屋，父亲的爱犬德国黑背锅盖就住在那里。楼上的三间房用来堆杂物，也空落落的，好在有一处平台，装着栏杆，视野极好，对岸的小镇尽收眼底。尤其夏夜，一家人在楼顶纳凉，夜风很大很柔和，蚊虫需要花费比平日更大的力气才能在这里停留，找准每个人的血管。那时的星空璀璨，父亲开设的黄磷厂在离小楼五公里远的山头上日夜喷火，熏黄了附近的松林，夜间有运输车驶过，落在路上的黄磷用脚一踩会蹦出好看的火星，这是她和弟弟乐此不疲的游戏，那间厂子父亲却从未带他们去过。

母亲在家中停了三天，碰上她上课，没人给她和弟弟请假，放学时父亲才会派摩托来接。到了饭店门前，会有老人给他们换上孝服，一整匹白麻布，中间掏个眼儿，她把脖子伸进去，腰间草绳一拴，前短后长，可整片布仍是鼓鼓的，胸前卧着一团空气，像老太婆们空荡荡的乳，脚后跟那一块不断翻飞，走起路来竟像是戏台上的人。母亲的灵棚也像另一种戏台，由红白蓝的彩条布扎成，门前挂着道场用的诸天神佛像，加上花圈拱卫，竟也是花团锦簇的。她瞥见外公愤愤然坐在大厅里，在省城做油画老师的舅舅木木地杵在门前，好像还没弄明白这是场什么活动。只有父亲守在棺材旁，一个显眼的悲伤角色。有人前来吊唁，或跪或拜，她也跟在父亲身后还礼，在那只填了稻草的米袋上不断磕头，头低低的，弟弟也傻傻地跟在一旁，头一点一点的，同样没有眼泪。更晚时候，她躲在被子里听楼下的哀乐和道士们隔一小时就唱念起来的经文，在密集的锣鼓声中眼泪都吓得要缩回去。弟弟躺在一旁，帘子拉开，这个小大人屡次想钻进她的被窝都被她踹了下去，她也任他号，哭够了，弟弟才会挺身立在自己床头，灯光投影出巨大的身影，那影子在她看来也是无知的。那截小身体抽动，声音也是一段一段的，爸爸——还要找——一个——妈妈。她就晓得是楼下那群老太婆又在给他灌迷魂汤了，不是他问起，她竟也忽略了这问题，跟着惶恐，觉得这是顺理成章的事情，他们就要有个后妈了！

放屁！她到底不服气说，妈妈只有一个。

弟弟惊恐地望着她，感受着她的怒气，不过这怒气很快转为了安慰，那截身体逐渐矮下去，一抽一抽地睡着了，跟着发出梦呓，妈妈抱抱、妈妈抱抱……她想起更早前，母亲和婴儿期的弟弟，她吞够了嫉妒，可眼下还是眼泪不停。恐惧也最终替代了悲伤，几乎是第二天她就活在另一个女人即将到来的幻觉里了，甚至饭店在姑姑掌舵下重新开业后，她仍然警惕食客中的年轻女性，只要父亲和其中几位搭上话，她的心就擂鼓般震动起来，还是怕啊。

令人疑惑的是，父亲总没带想象中的女人回来，他每日一早到黄磷厂处理事务，中午才回家。饭店照例是中午萧条，晚上热闹，晚饭后饭店也不打烊，那是牌局时间，一楼顿时沦为小赌场，什么人都往里钻。姑姑曾建议父亲停掉这项危险又混乱的业务，可父亲说这才是他的生意秘诀。

女人迟迟未现，她却满心想离开，哪怕去投奔外公。外公的家在电厂，那里有大片的草坪、荷花池、体育馆和游泳池，通往大坝厂房的林荫路上有着长长的花坛。等到汛期放闸，那里就更好看了，巨大的水流白龙般涌出，天气晴好的日子，河谷里总挂着彩虹。可父亲与外公交恶，她和弟弟不常去那里，逢年过节也只是母亲领着姐弟俩去匆匆拜会，吃一顿饭，从不留宿的。外公操一口浓重的湖南话，他们也不大听得懂。他们这一家是从长沙来的，外公四十年前随工程局来这里参建雾水流域第一座大型水电站，后转入电厂，从此扎下根来。这些年，她和外公总共也没说过几句话，她还有些怕他。父亲和外公更不来往，两人在小镇碰面也是尴尬的，父亲立定，冲着外公的方向，也不上前，仿佛等着外公召唤似的，外公呢，从来只顾走路，对男人和男人手里的她视而不见，那份骄傲她看在眼里。只有母亲常说起外公，说他从前在工程局时曾在谭院士手下做过技术员，这是了不得的事情，她却默然，觉得老头看不起人，就算从前当过皇帝也没什么了不起。

她到底无处可去。

女人的风潮一过，她也小学毕业了，好像身份瞬间转变，有了大人的资格，她开始要求和弟弟分房睡，她再不想这屋里还有个磨人的小拖油瓶。她郑重对姑姑提出来，姑姑讲，好呀，也该分了，让弟弟跟我睡，我们可以搭个伴。弟弟却不乐意，明知她对他不怎么样，有时还动手打人，可真要分开了，也还有几分忠心的，嘴里说着，我不要我不要，我要和姐姐睡。姑姑笑，刮一记他鼻子讲，羞羞脸，姐姐已经是中学生啦，怎么好和你一起住的。弟弟说，就是大学生我也要。姑姑就笑得更厉害，转述给父亲听，父亲下了决心，说分吧，都大了。弟弟才恨恨地看了她一眼，没几天，就黏着姑姑了，许是尝到甜头，撒娇到不行，恨不得整天吊在女人身上，看她的眼神也是淡漠的，还有些躲闪，没准儿他已说了一通她的坏话，作为投靠的诚意。她感到好笑，又觉得弟弟是故意做给她看的，简直鬼得很。

这期间父亲更少与他们交流，姑姑的存在解了他的燃眉之急，他整夜都在这栋楼里，却隐身般难见，很晚才上楼来。好几次她碰巧醒来，听见父亲在走廊上小声呵斥锅盖，滚回去，老子要睡觉了。大厅不住人，看守只能是狗，这是父亲养它的原因。锅盖呜呜叫着，粗大的尾巴甩在墙壁上叭叭作响，跟着才传来狗爪子叩击楼道的声音，连贯的，有些清亮，声音消失之后，才是父亲在走廊尽头的浴室解手，门没关，那尿声就格外响亮，咕噜咕噜的，像煮一锅开水。

姑姑的店开在老街，一栋狭长的两层小楼，是离开饭店后姑姑盘下来的，一晃好些年了，其间姑姑作为老姑娘结婚，嫁给了施工局一个张姓的大龄灌浆工，两人还没来得及要孩子，那人就死于一次意外事故。都说姑姑命不好是父亲的缘故，是他耽误了妹妹的青春。那之后姑姑就单着，可她知道想娶姑姑的人很多，姑姑有钱有产业，是不少人觊觎的对象。

粉店是两层经营，原先楼上住人，婚后才被姑姑清空，置了新的桌椅，辟成店面，姑父在留守处有套小三室的房子，姑姑就在那里栖身，从粉店斜对过的职工医院背后穿过，很快就到了。

店子只做半天，主打肠旺粉和鸡丁米皮，中午一过就打烊，堆叠的碗筷摆在塑料大脚盆里，一个妇女清洗着，另一个在店里帮忙多年的老刘在门前的水龙头下翻着猪肠，烫好的猪血和细粉被冷水浸着，姑姑在清理灶台，葱花芫荽蒜苗散落四处。粉店早晨七点营业，姑姑六点即起，在灶前烫粉，配制汤料，一站六七个钟头，没有片刻休息，等歇下来又快到张罗晚饭的时候。她平日晓得姑姑忙，只是没想到会这样没有喘息。她想起多年前，姑姑就是这样，她醒来，她已去镇上买菜，不像母亲会搭一辆三轮回来，双手拎满塑料袋，母亲是从不背背篓的，觉得形象不好，土里土气。姑姑却不，背篓里层层叠叠装到顶，人也是走回来的，短衬衫里满是汗，她总见她拿毛巾往背心和胳肢窝里匆匆一捅又下楼来。

父亲每次说，也坐个车嘛，才几块钱。

姑姑也只是笑，说，才几步远。

这一幕还像是昨天。

她回来，姑姑特意煮了豆腐鱼，是那些年从胖老三手里学到的手艺，经过加工，味道变得迥然不同，多了家常的味道，可她吃得没有滋味。她问姑姑，有没有想关了店，盘出去也好啊。姑姑说，关了我吃什么，你养我啊。她笑，姑，你就不要哭穷了，都晓得你有钱，一年能挣这个数吧。她伸出一只手，五个指头在女人眼前果断地晃一晃。想得美，我又不开黑店，哪能挣这么多。姑姑讲。一半总有吧？她问。女人看着她，扑哧笑出声，你倒调查起我来了，怎么，想打主意啊。她笑，不行啊。女人跟着问，你回来到底做什么？上次找你把饭店卖掉，现在这里火了，人家都出了那个数，你有什么犹豫的？

她说，不是出了那个数，我也不知道饭店这么值钱啊。

姑姑说，现在不一样了，哪像以前——现在人怎么这么闲的！

她说，就该挣这帮人的钱啊。

姑姑讲，世道真是变了，你爸要是还在，指不定又会打什么主意呢，他这辈子就梦想发大财，到头来也没剩下几个，倒是你们一个个出息了，也算有了交代。姑姑哀叹几声，她知道姑姑不是想在她面前邀功，这个家能挺下来，全靠忍耐。她知趣地岔开话题，问，饭店怎么选那个地方，开在江南多好，我以前几多想住这边的。

姑姑说，谁不想呢，那块地是你爷爷的，以前是土坯，你都没见过，是你爸关了赌场才慢慢盖起来的，位置也不坏，生意做得走，只是开始时是真苦，你爸哪里开过饭店，毛焦火辣的，这么折腾，还不是想让你妈过安稳点，不用提心吊胆，在你外公面前也好抬得起头，哪想到呢……

姑姑还是把话题兜回来，不吐不快。她只好顺着讲下去，妈妈还好吧，那时候都没你这么累的。

我哪能和她比哟,你妈妈的手,怎么讲的,十指不沾阳春水,都是你爸惯的,姑姑笑,也该,谁让你爸死乞白赖追过来,我们那时都说他娶了个菩萨回来。

什么意思?她问。

拿来供着啊。姑姑说。

两人笑。母亲的毛病她是知道的,大小姐一个,几乎什么都不会,脾气还不好,就一张脸还可以看,有时散着云鬓,有时在脑后盘一只大髻,对穿着也讲究,会自己动手裁衣,她夏天的裙子、冬天的毛衣都出自母亲之手。

妈妈也是,不像个老板娘。她说。

姑姑不接话,许是不想显得自己才是那个老板娘,转而问她,你外公还在电厂吧,你也不去看看?

她回答,早住到舅舅家去了。关于外公,她确实没什么好讲的,儿时的芥蒂还在,父亲的葬礼,外公也没能出席,她这才发现外公对父亲其实敌意很深,他还是怨父亲拐跑了他的掌上明珠,毁了母亲的前程,更别提母亲的早早病故。母亲的死直接切断了两家的联系。

唉,你爸和你外公真是一对冤家,讲起来,你爸爸没有哪里对不住老人家的,老头也真是,看不起人就是一辈子,连不变的。她就更不懂了,那一代人的事,她没什么好说的。

她正要说点什么,姑姑又开口了,语气一转,目光直直盯着她,有了拷问的神色,你回来到底做什么,不会想继续开店吧，我提醒你啊……

八月的小镇很热，门前国道上的沥青快要化掉，踏上去软绵绵的，不是铺得薄，她和弟弟的塑料凉鞋都要陷进那层黑浆里了。如果你把这条路捅得像蜂窝煤的话，我们就不用烧煤气了，胖老三对门口拿棍子捅着路面的弟弟说。那棍子一上一下，从路面中拔起不少黑丝。弟弟认真地问，为什么？胖老三夹一支烟，坐在门廊的竹躺椅上，背后的电扇摇个不停，可这也没有阻止他的汗流浃背，他几乎是在用汗水洗身上的背心。胖老三没有作答，等她再看时，人已睡了过去，手中的烟蒂掉到地上。姑姑很快下楼来让他们上楼睡午觉，热死人了，有什么好玩的，小心晒脱皮。姑姑小心地绕过打起呼噜的胖老三，金丽还趴在椅子上看午间播出的《新白娘子传奇》。

只有黄昏来了，饭店才变得宜人，山上的风率先搅动了空气，带来凉爽，镇子却还处在白日的余温中，像关火后的开水，需要时间的冷却。这时的饭店早早亮起灯火，陆续有人停车吃饭，三轮车来了一趟又一趟。父亲站在大厅和人讲话，有时也帮着递一递盘子，但让他这么做的食客可不是一般人，他们要么是镇上的官员，要么是和他一样做着生意的人，也就是他口中的老板，他视自己也是其中一员。姑姑才不分什么身份，每个人她都笑脸相迎。客人出现后，姐弟俩就得腾出空间，在屋后的葡萄架下和锅盖待在一起。可要不了多久，她就会上楼，山林里的蚊子成群结队地飞来，她总是被咬得最惨的那个，手臂、脚杆，甚至脚板心都会被钻进去的蚊子亲上一口。她浑身是包，涂了花露水也不管用，弟弟却例外，他身上难得有什么包。看着她手舞足蹈到要发疯的样子，弟弟问，它们为什么喜欢咬你？

因为我的血比你的香。她不屑地看一眼弟弟，看到一只蚊子在他手臂上盘旋，又很快不感兴趣般掉头，她立即跳起来，伸手去抓那蚊子，想问问它是不是瞎了眼。

弟弟却无视她的焦躁，好奇地问，你的血是什么味道的？

也许是芒果味。她丢下一句就走进屋子，再不走，蚊子就会把她抬走。她匆匆逃上二楼，姑姑已准备好一锅艾叶水。从前洗澡，母亲都会让姐弟俩坐在一只大脚盆里，一起洗，现在不同了，总是她先洗，弟弟还要磨蹭好一会儿。

她一次次坐在这盆里，感受着浅浅的水在身下摆动，母亲的手再也不会伸过来，短短时间，她竟想不起那个人的更多事情。她恨自己的粗心，也恨所有人都不再提起母亲，母亲像道穿堂风一样飘荡在她不牢靠的记忆里。一个人死了也许什么都不剩了吧，她想。有时门外传来姑姑和弟弟的笑声，她会无比惊讶，觉得母亲还在这里，可很快意识到这是个幻觉，母亲的笑声不是这样的，她要么大笑，要么冷笑，而门外那含蓄和迁就的笑声从不属于母亲,至少对姐弟俩来说得到母亲的笑是一件奢侈的事,而对父亲那更像是奇迹。

她就是这时开始讨厌笑的,但比起来,她更讨厌哭。在她的认识里笑很肤浅,哭则更蠢。不声不响,才是她觉得唯一合适的状态。

她很快施展了这一本领。

是个周末的清晨,她和弟弟一如往常坐在大厅里吃姑姑煮的面条,一个男人就这样闯了进来,没有预警,锅盖不知野到哪里去了,空空的大厅里只有沉默的姐弟俩和更加沉默的桌椅板凳,这让对方愣了愣神,毫无准备。直到更多人挤占了这不大的空间,像乌云翻滚般使屋内光线黯淡,男人才有了底气似的,指着姐弟俩说,骆老大在哪里?话音刚落,背后就有人纠正,什么狗屁老大,是骆明生!

对,骆明生这个狗日的,躲得了初一躲不了十五!另一个人跟着吼起来。

人群开始骚动,为首的男人也有些无可奈何,她一眼看出他的勉为其难,跟着才注意到背光的人群里还夹着一个女人,一个瘦弱的浑身挂孝的女人,起初女人不声不响,直到背后有人死劲扯了扯她的孝服,嘟囔了声,你还不哭,等什么时候!女人这才抽抽搭搭地悲伤起来,经过过渡,声音逐渐走高,最终迎来了号啕,只是那声音在她听来也是虚弱的,又被一片莫名其妙的声讨声干扰。

骆明生，你个龟儿子，给老子滚出来！有人起头，众人也跟着喊，骆明生，滚出来！

这极像排演然而演砸的一幕看得她只想笑，又不知这拨人到底想做什么。姑姑随后出现，她走出厨房，一下站在姐弟俩身后，看清了形势，竟也不乱的，你们要做哪样！姑姑掷地有声，并不软弱，这让她心安，她用目光牢牢盯着来人，没有退缩，弟弟却"哇"的一声率先哭起来，这扰乱了她的心，她立即狠狠剜了他一眼，左手在桌子下死死拧了他一记，可适得其反，弟弟的哭声更响亮了，甚至盖过了女人的哭腔。

有人指着姑姑说，骆幺妹，不干你的事，把你哥叫出来，今天他休想跑脱！

姑姑斜睨一眼对方，哼出一句，你是哪根葱，跑哪样跑，你们有事不要在这里谈，我这里是饭店。

我看是家黑店！有人回应，那人一脸得意，话音刚落，一个人摔起了饭店的椅子，砸的就是你家店！可屋里人多，动手的人一时施展不开，只好将椅子往跟前摔去，险些砸到一个同行人的脚，那人迅速跳了一下，说，搞哪样，不要误伤！

这句话无疑暴露了这群人的成色，屋里的气氛随之走低，还有人笑起来。父亲是这时走下楼来的，大厅霎时安静，她顺着众人的目光回头望了一眼，看见父亲天神般从楼梯间步下来，毛糙的头发耸立在脑门，父亲的面容有些憔悴，可目光仍然炯炯，似乎还有些生气，好像这群人只是打扰了他的晨觉。父亲平静地下到大厅，无视众人的存在，第一句话是对姑姑说的，把小孩带上去。父亲的声音有些嘶哑，许是烟抽多了，他跟着清了清嗓子，面对众人也不急于给出什么交代。

姑姑很快牵起了受惊的弟弟，将他从椅子上拉下来，又给了她一个手势，她只好跟在身后，甚至对弟弟说了句，不要哭了，丢脸！可一转身，大厅又炸开了锅，辱骂、恐吓及女人的哭诉立即缠绕上来，她都要听不见父亲的回答了。

一上楼，姑姑就把楼道的门带上，嘱咐姐弟俩无论发生什么都不能打开。姑姑转身下楼，弟弟仍抽噎着，还拽起她的手，眼巴巴地问，他们会杀了爸爸吗？

她简直不想回答这么幼稚的问题，在小镇她还不知道父亲怕过谁，也许除了外公。大厅的混乱一直持续，要求偿命的口号喊了出来，很快，警车的笛声一路响来，这过程里，她没听到父亲说什么，她甚至有些失望。接着是另一阵混乱，好一会儿人群才被驱散，父亲跟着消失，回到饭店已是三天之后。

其间，姑姑闭口不提，她是听胖老三和金丽讨论才摸清了事情的缘由的。因为操作失误，一个中年民工在父亲的厂子里死掉，父亲赔了一笔钱，本来事情平息，可不知什么人鼓动，才纠集起了那一伙。

胖老三愤愤地说，不就想多要几个钱吗。金丽却不同意，她和死者是同一个村的，金丽说，人都死了呀，有什么办法，骆老板不赔谁赔？胖老三说，这么说淹死在河里，也要找河赔咯，还要赔两次！吴老七我认得，酒鬼一个，屁本事没有，一天只晓得打婆娘，现在是老天收了他……金丽接不上话，她从来讲不过胖老三，最后干脆不耐烦说，反正人都死屄了。

父亲回来，一进门，她就察觉到了，那道沉闷的身影，总在不声不响中给旁人制造着压力。那几天她和弟弟都知趣地没有打扰他，好在饭店照常营业，父亲看上去也更关心起这里，他竟放下架子出现在不同食客的酒桌上，和人喝酒、大声谈论，好像突然间只剩了饭店老板这一个身份，不得不顾及。

一次她穿过大厅，父亲正背对她和一桌人讲着什么，她毫无防备地听到一句，可可不愧是我女儿！语气里透着得意，她却听得脸颊一红，心跟着狂跳，她不知是该保持步速上楼，还是转身回到后院让蚊子再咬上一会儿。这一刻她无比难堪，甚至有些恼怒，使人难过的不是父亲在背后夸奖她，而是他竟如此轻易地对一帮不配听这夸奖的人夸奖她。

她觉得委屈。

变故还在后头。

那是个雷暴天，雷声一串串在山顶炸响，从山前滚往山后，弟弟还没来得及抱头，胖老三就起身喊，没客咯，我先走了。金丽跟在身后，送我回去呀。胖老三说，我又不是你老公。金丽就垮下脸来，就势踢了一脚眼前人，滚！两人笑着出了门。金丽躲在摩托车的伞架下对她挥了挥手，她也摇了摇手掌，父亲却不动，他背对大堂，望着屋外迅疾降下的雨幕和雨幕中离开的人。世界模糊不堪。她突然有了家的感觉。

来，我们玩牌。父亲转身，面对她和弟弟，弟弟正痴痴对着电视，傻傻笑着，她却低下头来，发现凉鞋里的趾甲又长了许多。姑姑也下楼来，手里一张毛巾搓着湿答答的头发，她的声音也像被什么东西揉搓过，起了静电，你倒教得好，这么小玩什么牌！父亲笑，说，下雨无聊嘛。她不动，弟弟却叫起来，电视也不顾，我要玩，我要玩。姑姑把毛巾往椅背上一搭，蹲下来捏弟弟的脸，你会玩什么？弟弟说，我会打麻将。姑姑就不高兴了，睐着父亲，你教的？父亲哈哈大笑，说，我还用教吗？

姑姑很快被父亲拉过来，她和弟弟早已端坐，父亲洗着牌，一套炫目动作，纸牌在空中钻进了彼此的缝隙，又落成一副完整的新牌。

父亲问，玩什么？

姑姑说，我什么都不会。

父亲说，争上游总会的。

弟弟插嘴，会，我会。

她不说话，目光仍笼着姑姑，生怕她会起身离开，直到女人说，只玩一下，我还有事。

四人抓着牌，父亲坐她下手，故意说，摸快点哟，不然我就摸手了。

她想笑，姑姑却看不惯，把你那套收起来，你以为这是什么地方？

父亲讨了没趣，闭了嘴，只对她眨了眨眼，那意思她明白，他嫌姑姑不好玩。

果然，才玩了几把，姑姑就不耐烦地推了牌，说，不玩了，我还有衣服要洗。

父亲说，急什么，明天也来得及。

她一脸失望地望着姑姑，不懂她为什么要破坏这好不容易出现的氛围，她和弟弟多久没有这样和父亲围坐了，父亲的俏皮话她还没有听够呢，她知道这都是说给她听的，可姑姑很不耐烦，一再出口打击父亲，只有弟弟无知无觉，还在用有限的智慧算着手里的牌。

姑姑起身，父亲搁下牌问，又怎么了，谁惹你了？转而盯着姐弟俩，你们谁惹姑姑不开心了？

她和弟弟彼此望望，完全莫名其妙。

姑姑冷笑一声，关他们什么事，你不问问你自己？

父亲说，我又怎么了？

姑姑说，我就不说你了。

姑姑转身。父亲冒出一句，别听外面胡说八道，累了就休息一下，饭店我来管。

姑姑飞快扭转脑袋，肩头的发丝还未干透，几粒水滴立即溅到她脸上，她听见姑姑冷冷地说，这是你讲的。

父亲笑，他们可以做证嘛。

姑姑说，好，那我明天就走。

父亲嘴皮一搭，咂一声，这是闹哪样，又听不懂话了。弟弟也跟着跳起来，不要，我不要姑姑走！说着用哀怨的眼神望着她，仿佛她能挽留似的。

姑姑看也没看这一家人，径直上了楼，那扇门被关得一点声音都没有，一句话却从门缝里挤出来，你以为我想待在这里——

屋内安静，只有锅盖从厨房里探出头来，看到人都在，又知趣地缩了回去。她偷眼看父亲，父亲想尽力表现出不在乎，她瞧出来，只是那表情逐渐走形，变得比哭还要难看了。

她不明白父亲为什么要这样对待姑姑，或者倒过来。

第二天姑姑果然消失，是弟弟哭着寻到她这里来的，起先她以为姑姑只是去镇上买菜，却怎么也没等回那个人。她洗的衣服还吊在后院的麻绳上（只剩她和弟弟的），太阳要落山，也没人来收。弟弟整天啼啼哭哭，弄得她心很烦，父亲也吼过弟弟两句，哭什么哭，又没死人！

姑姑就这样不见了，一天两天三天……

还是胖老三问，知道你们姑姑为什么走吗？

她和弟弟摇头，胖老三说，你爸爸，就要娶别的女人啦，你们姑姑当然要让位子了。

这消息像根针一样扎进她身体，在这燠热的午后，她简直要起打寒战，母亲去世时的忧虑卷土重来。父亲果然没有兑现承诺，守在饭店，这个人连日不见，她想他一定是去找那个女人去了。

金丽却反驳胖老三，你懂什么，骆老大你还不知道，这些女人谁能进得来呢，都是玩玩而已。

玩玩？你怕是不晓得苏小妹的厉害。

苏小妹，你说骆老大裹上苏小妹了？金丽有些惊讶。

满大街都知道，就你脑壳打铁。胖老三点起一支烟，万事在胸的样子。

金丽也不恼，只是张皇地说，完了完了，骆老大这次……见她在，金丽欲言又止，跟着踱到胖老三跟前，不会的，骆老大不会这么傻，苏小妹是个——

是个什么，她没有听清。

她又一次想逃离，在姑姑离去之后。可姑姑消失的悲伤还没持续多久,她就发现了前所未有的自由。她和弟弟一连几天跑去河边,在沙滩上,她第一次感受到了盛夏河水的冰凉,他们等待了几天,这消息也没有传到父亲那里,胆子就更大了,她跟着一个叫幺鸡的初中生过了一次河,俩人坐在一只T20轮胎的内胎上,抵达河心时,她听见岸边锅盖的狂吠,连它也不敢跟过来。那时她还不会游水,还没体会到一个男人挨着她的快乐。

只有一天的星光越来越盛时,她才会想到姑姑,想到那个尚未上门的拥有传说般美貌的女人。金丽说那是个脏女人,弟弟就呆呆地问,有多脏?这句话让胖老三当场喷出一大口苦丁茶。她很快让弟弟闭嘴,她不想家丑外扬,不想任何人再谈论这件事。如果父亲让她选,她宁愿姑姑回来,可父亲从未提过。

是金丽对父亲抱怨起来的,她一个人要去买菜要给胖老三打下手还要喂狗,忙前忙后,意思很明确,要涨工资,父亲没有吭气,所以他不在时,金丽的嘴巴就有点不客气,她和弟弟忍气吞声,仿佛这个女人已摇身一变,成了饭店新的女主人。父亲央求金丽暂时住在店里,金丽也没有答应。有几晚她和弟弟去推父亲的门,午夜的饭店除了锅盖的鼾声,别无声响,窗外的虫鸣都是寂静的,父亲的门没有锁,一推就开,他们摸黑走了进去,屋里哪里有男人的影子,她是闻出来的,那张空床很快验证了她的嗅觉。

爸爸去哪里了？弟弟惶恐地问。

也许是另一张床。她记得自己如此回答，却不知道这语气越来越像另一个女人。

姑姑，你还记得苏小妹吗？提起这个女人，她也没有准备。

女人望着她，沉默一会儿，说她做什么，现在人家是富婆，桥头饭店就是她开的。

爸爸真的和她在一起过，那时候她是不是在做那个？

是胖老三和金丽告诉你的吧，还有什么好说的，我跟你讲，那时候你们好险知不知道，不是我走了一步险棋，你们现在还不知道在哪呢。姑姑笑，真是危险啊，那时你爸被她弄得五迷三道的，差一点，就一点点啊。

她真的那么漂亮？她不想知道父亲的风流韵事，那些她后来听多了，可没有一个女人像苏小妹那样让姑姑如此严阵以待。

漂亮，真漂亮，不是你爸，我都会多看几眼。姑姑大笑，这地方出这么一个人，也难得啊。

你不恨她？她差点——

姑姑笑声变冷，她要是来了倒好，我哪用这么累。

她自知问偏，只好闭嘴。

姑姑接着讲，还有什么恨的，什么年代的事了，现在她还常过来关照我生意，说起来倒不坏，她也是命不好，不对，现在命倒不错，不过，她现在也是一个人。她看出姑姑的激动，面对昔日敌人，女人还很得意，得意中还掺杂些同情，许是想到自己。

我想见见她。她听见自己这么说。

为什么？姑姑问，就因为她差点成为你妈？

她哑笑，摇头，我想看看她有多美，我没有见过她。这是实话，她连苏小妹的影子都没见过。

你怎么会见过，你那么小就出去读寄宿，见过几个人？姑姑嘀咕，后来你算见过世面啦，什么美女没见够，非要见她。

她笑，也是，又补一句，姑姑，你也很美啊。

女人脸色一沉，哼一声，我美什么美，我从来没美过。

她这才发觉唐突，又伤了姑姑的心。

她还记得姑姑是消失一个月后又出现的，她不知道父亲与姑姑达成了怎样的协议，一定是父亲退让吧，苏小妹被挡在了门外，那以后，姑姑的话父亲言听计从。记得再见到她，是弟弟胆怯地往她身后一缩，仿佛没有认出这个人来，是她带头喊起来的，姑姑——女人的回答她永远记得，家里是出了叫花子吗，你看你们的邋遢样……

弟弟打来电话时，她还在想要不要去桥头饭店，兴许真能见到苏小妹，这念头还是和姑姑聊天时升起的，却没能行动，见到那个女人又如何呢？弟弟的电话更打断了她的幻想，她有事做了。

姐，我们到了，我没带钥匙，手下人把门砸了。弟弟的声音仍怯怯的，害怕她生气，这么多年他还是有些憷她，哪怕他们之间隔了一条电话线的距离。

她很快将车猛甩到饭店门前，弟弟发现了她的红色MINI，兴奋地从二楼窗口朝她挥手，她按了声喇叭，算作回应，却没有下车。

弟弟走出屋子，来到车前，他知道如果自己不下来，姐姐可能会这样一直坐下去，他敲了敲车窗，姐——

她眉头一紧，最听不得弟弟这样叫她，一道拖音，女里女气，她怀疑这是父亲对他放任不管而姑姑对他百般溺爱造成的，但追根究底，是母亲过早地离开，有时她也会怨自己对弟弟还不够严厉，不能培养他的男子气概。

姐。见她皱眉，弟弟很快改了腔调，这一次他收住了拖音，让那个字变得干脆利落。她这才下车，可弟弟仍盯着车子，问，姐，你的Levante呢，姐夫收走了？

注意称呼。她提醒说。

离了也是姐夫一场嘛，怎么，他收了你的车？

他敢。她说。她知道弟弟眼馋那辆SUV，曾借过好几次，最远一次开到三亚，她觉得如果弟弟不是那么轻浮那么想炫耀的话，她没准儿会把车送给他，但如果这是送车的唯一条件，那弟弟一辈子也别想得到它。

可这一刻，她不想考虑这个。

饭店终于动工。

她望着洞开的大门，屋里早早亮起了灯，黑白交错的马赛克地砖上落满了杂乱的脚印。她有些后悔，她应该赶在这伙人闯入前来看看，父亲过世时，她没有进去。她准备进门，可弟弟头顶的安全帽实在碍眼，她忍不住说，你非要戴这个回家？

弟弟这才慌乱地摘下帽子，讪讪地讲，是说进来怪怪的，原来是帽子。

是脑子。她纠正说。

整栋楼的改造设计出自弟弟之手，她庆幸在这件事上弟弟还不算太笨。三维效果图她看过多遍，曾和弟弟反复讨论，在不增加地面建筑的基础上，对饭店做出新的调整，空间自然是重点。三楼的屋顶平台做出扩展，在侧边用钢架撑出一个景观平台，二楼也相应打出门洞，叠加一个平台，弥补室内空间的不足，后院更有地盘施展了，铺设地砖、栅栏，增设植物，就能打造出全镇最漂亮的花园。麻烦来自饭店内部，她厌烦了饭馆，新的定位是民宿，只供应简单早餐和饮品，以保持最大程度的清洁。一楼大厅可做小型工作、休闲区域，从前的包房扩为客房，侧边开出门洞，让活动区域延伸到屋旁的两株法国梧桐下，二楼三楼全为客房，三楼她留下一间自己使用。客房的定位是小而温馨，内饰采用条形材料组合，突出木质感，再配合玻璃墙加百叶窗，三楼增设挑高屋顶，采用有防水层和隔热层的不规则形顶，让夏日的露台有荫翳又不阻挡视野，雨天也能使用。整栋楼的外墙也需重新处理，突出沙石的颗粒感与硬质感，底色仍为白色，不与小镇的整体面貌相冲突。

这方案她多少满意，她简直迫不及待想要看到完工的情景。开设民宿并非心血来潮，这些年她走过一些地方，总是留心那些别致的民宿，还跟丈夫老高说起，有一天我也可以开一家。老高笑，说，不愧是饭店老板的女儿。她哪里想到这一天会这么快到来。结束八年的婚姻后，她果断从工作十年的银行离职，为了这个方案，她预算了所有家当。做工程的老高给了她一笔不菲的费用，她本可坐吃山空，但她无法容忍放任的日子，她有时古怪地想，选择念金融，和大她十八岁的老高结婚，或许都是为了这一天的到来。

屋里的陈设大大改过，她早有准备，父亲的荒唐让这里名声大振，父亲入狱后，她再没来过。二楼的房间果然暧昧，红色的墙漆透着俗艳，似乎还有浓浓的脂粉和劣质香水的混合味道。她的房间不出意料地被一扫而空，她记得父亲为此给她打过电话，借着别的由头，让她交出房间，她能说什么呢，按她当时的脾气，肯定是什么都不要了的，她只是没想到这里会被那些女人侵占。父母的房间倒没变，父亲去世后，没人整理，该烧的都被姑姑拿去烧了，衣柜里空空如也，床也只剩下惨白的架子，墙上挂照片的地方空下来，露出一块突兀的白斑。

她突然不想看了，这里的一切都面目全非。昨晚对姑姑透露后，姑姑仍然震动，嘴里说着，我就知道你回来是打饭店的主意，这么小的地盘，我怀疑你能不能挣到钱，你要是赔了，我可不想再养你。

她笑，说，我就赖在这里啦。

女人的目光垂下去，忧虑地说，这样你还怎么嫁人呢，你还没有小孩啊。

她很想反驳，姑姑你也没有啊。一个显著的事实是，女人也不可能再有了。她不想再伤姑姑的心，至于自己，她没有想过这个问题。

你以为饭店好做？女人讲，你一个人，要吃多少苦头？

姑姑，我不是开饭店，是民宿。她纠正道。

我不管什么民宿不民宿，这里有疗养院还有酒店。我不知道谁会住到山上去，鬼都打得死人。

那才叫刺激啊。她笑。

姑姑却突然厉声说，那我们以前算什么？

她心里诧异，不懂女人心思，姑姑也没有顾及她，一径讲下去，是你爸毁了那里！他这辈子做什么都失败，哪次不是饭店救了他，养活了你们，可他怎么样，集了一群女人在那里，光天化日做那些事，你们倒是一个个跑了，我往哪里跑……

她试图保持镇定，她确实不清楚离开这里后饭店都发生了什么，对于父亲，她多少有些愧疚。她初中就出去念书，很少回来。可眼下不同，她不希望任何人打乱她的计划，她坚定地说，我可以重新开始的，姑姑，你要相信我。

女人盯着她，目光开始变冷，一星一点都射进她心里，可可，不是姑姑说你，你真是狠心啊，说走就走，一走那么多年，说回来就回来，从不顾别人感受，这一点，你倒像你外公。这些年，你要是常回来，你爸会那样吗？

她没想到姑姑会这样说，竟把自己和外公联系起来，而父亲接踵而至的厄运，姑姑也算在了自己头上，她百口莫辩。

你爸为什么会坐牢，你知不知道？女人又问。

她点头又摇头，心里开始抵触，父亲那段历史早有定论，男人也为此付出了代价，她不想再谈论它，何况父亲走了，他的淫威再无法威胁到任何人，她不知道姑姑为什么不肯放过他。

她想结束这场对话，姑，不要说了。

女人看着她，一脸肃然，你应该知道，这些事我也不想带走，你爸坐牢是我去告的，我知道这里告不倒他，就去了区里……不是我狠心，是你爸做在前头，饭店不应该毁在他手里，要毁也应该是我——

姑姑终于说了出来，这才是她想告诉她的，她突然明白了，这么多年，饭店的主人从来都是眼前的女人。

姐，你怎么了？弟弟打断了她的出神，递来一把锤子，老规矩，你来动第一下。她望着弟弟，望着他脸上无知的表情，他真是什么也不知道啊，可他手里笨重的锤子又宣告着什么，她突然想了起来……

可可。父亲转身发现了她，向她招手。她想跑掉已来不及，只好一脸难看地走向他，问，做什么？父亲面露笑意，有了讨好的意味，这神情她可没有见过，也许只有面对母亲，这个男人才会这样低声下气。父亲说，可可，饭店以后就交给你。众人笑，说，骆老大英明。父亲摆摆手，一口酒被他咕隆一声灌下去，这么好的饭店，你要开下去呀。她就困惑了，不明白父亲为什么要说这个，就好像他马上要去死一样。她讨厌这样的父亲，更不想顾及旁人的感受，她用尽全身力气喊道，我才不要！

小卖部之光

老三转过头,连芳在灌开水,大红花色的保温瓶坐在餐桌上,女人手一倾,提壶里冲出滚水,水头找准了瓶口,迭声而落,连起来像箫声。老三惊奇,以前竟没察觉,那声音瓮声瓮气,持续低回,有了悲音。再听,就到了紧要处,尖锐如口哨,预示水将要顶出来。按理,这时女人该收壶了,壶口要平翘,使水流变细,可连芳动作不变,水势不减,保温瓶跟漏了似的不断吞入这落下的滚水。

老三连忙喊,停——

喊声刚出,女人就撤了壶,一只手迅雷般将木塞封在了保温瓶口,动作像落子,没有一滴水洒出,老三看奇起来,连芳嘴角一动,很不耐烦,停哪样停?

老三说,没事了。

连芳说,有病。

老三笑笑,不再理会。正是晚饭后光景,小卖部无客,老三斜歪在躺椅上，不大承力的左脚垫在水泥地上，天气开始转凉，八月快过半，中秋在眼前，那条腿总率先知觉。十年了。

老三捡起手边的书，一册毛边本《聊斋》，摊开是《章阿端》，从前读过，讲一个妙龄女鬼患病死去的故事，有几分香艳，鬼也会病会死，初读只是惊奇，再读就觉出了凄凉，做了鬼，人世的苦还无法摆脱。老三叹一声，路过的陈校长就顿了步子，靠过来讲，你是方圆百里内最爱读书的小卖部老板。老三抬头，看见一对砖似的镜片，陈校长的目光就在镜片后折叠，老三看不明白，只好憨笑，不想连芳钻出来，一把站在门前，陈校长说得对，他还是方圆百里内腿最瘸的小卖部老板。陈校长尴尬，连忙摆手，话不是这么说的。老三不笑了，预备好的话也吞下去。是连芳不依不饶，追着问，陈校长，话不这么说，又怎么说，你来教教我呀。陈校长落荒而逃，老三看笑起来，还是自家媳妇厉害，可又觉不妥，陈校长哪里惹到你了？

女人哼一声，转身朝里屋去，别看他是个校长，打起牌来，斤较得很，哪像个男人！

老三笑，看你下次还去不去。

连芳说，你管我，帮你还不知好歹了。

老三摇头，陈校长没坏心的，你拿话堵人家，什么意思嘛。

连芳说，我管他什么心，难不成老娘话都不能说了？

老三恨不能抽自己一下，连芳的脾气他又不是不清楚，凡事要争个输赢，他就不该引起这话头。老三讨个没趣，只好说，何必让人难堪，以后人家还怎么来买东西。

连芳冷笑，你瞎了，陈校长来买过东西吗？他家里哪样不是人送的……

老三听得警觉起来，你怎么知道？这些话可不要在外面讲，小心招祸！

连芳不知碰到了什么，厨房里砰的一响，女人的声音跟着冒出来，你以为我是猪啊。

谈话到此结束，老三吁了口气，他终于可以看一看门外的景致了。天光已经消退，远远落到了西边大坝的方向，山巅的雷达站还剩了一抹余晖，山腰间的大坝则迅速陷落进暮色里，江水深沉，墨一般黑，沿河谷的房屋冒出了点点灯火……老三很满意这风景，这栋从前拌合楼的两层小楼简直是为他量身定制，他转动脑袋，往另一侧看去，那是坡势渐缓的山腰，留守处密集的建筑从谷地里延伸而来，小山顶上就是那所子弟学校，四五栋红砖教学楼被树影掩盖，三十多年了。小卖部前的马路就是上学的必经之路，每年能热闹上九个月，令老三激动的不是这滚滚的客源，而是像这样每天歪躺在这里，看上九个月的风景和热闹。

还不死进来？连芳在屋里喊，什么天气，小心着凉。老三这才收回目光，他努力撑起身子，就在这时，一阵风起，他闻到了今秋的第一缕桂花香。天，是要冷起来了。

进屋，电视亮着，是连芳特意为他开的，电视就摆在货柜旁的五斗柜上，老三可以边看电视边守店子。连芳从楼上下来，头发已盘成髻，身上的衣衫换成了长到脚踝的连衣裙，一只毛线手袋被女人拽在手里，远远有花露水的味道飘来，这味道顿时冲散了屋外的桂花香。

又是去哪家，不带件罩衣，当心夜里凉。老三说。

还有哪家，中午谭木匠老婆来喊，你又不是没听见。连芳在门前犹豫是不是要换双鞋，小高跟带绞丝绊的如何？就这双了，反正她也没多少可选。老三从没带她去买过什么，和留守处的其他女人一样，连芳样样靠自己。可即便这样，也有人艳羡，设计院的尤婆娘就一本正经说过，你家老三虽有些腿脚不便，但其他地方方便啊。女人们哄笑，玩笑开起来没边没界的。留守处这帮女人一肚子话找不到男人讲，只能说给彼此听，初来不适，久了，连芳也就惯了。

老三看着女人出门，方桌上摆着一杯滚烫的茶水，是走之前女人给他泡的，有了这杯茶，老三就平静了。

半夜连芳回来，被子拽动，身边的位置陷了陷，女人上了床，身上的花露水味已被烟味替代，丝丝缕缕飘过来。女人倒头就睡，凭借呼吸和入睡速度，老三猜测今晚女人的战果，似乎不好不坏，他也就不动，直到身体松弛，再度睡去。

醒来，连芳还在睡，老三下楼，到厨房煮早点。厨房开着扇后窗，足够大，视野很好，除了待在门前的躺椅上，老三最喜欢的就是这里，尤其早晨，天色未明，空气里浮着松枝的香味，白露过后，雾气愈发浓重，它们悬浮在山巅上，又随时低沉，有时推开窗，雾气会裹着寒流涌进来，贯穿人的身体。窗下就是公路，与小楼落差十米，公路一侧是松林，另一侧是留守处机电队和吊装队的家属院，一栋栋红砖小楼沿山体层叠排列。公路一路下行，途经电厂，最终抵达镇子。目光稍稍抬升，江上的三座大桥就出现了——一座老式公路拱桥，一座高速斜拉大桥，一座钢架铁路桥——它们和西边的大坝一道构成了小镇的风景。

老三坐上一锅水，就去卸柜台的排窗，返回时水还没滚，却听到楼下传来一道尖叫，叫声短促凄厉，穿透了鸟鸣。老三惊觉，目光急往窗下探，公路上现出了几个人，一个女人呆呆地立在公路当中，看得出刚打山脚上来，许是一路跑上来的，短暂喘息之后女人身体猛烈抖动，尖叫撞响了窗口。老三没看明白，公路上显然什么都没有，是一面笔直的堡坎挡住了他的视线，他觉得奇怪，女人看上去年轻而陌生，他没有见过，难道——

老三听见水潽，急忙转身，面还没下，连芳就下楼来，一只手搔着脑后的头发,一只揉着眼圈,还没开口先打一个长长哈欠,打足了才说,又是什么人在嚎?

公路上的叫声转而悲切,像是哭死人了。

老三问,要不要吃面?

连芳点头,吃,饿醒了,昨天收场也没消夜,穆婆娘小气,下次鬼才去她家。

老三转身下面,连芳却将脑袋伸向窗口,顿了顿,喊起来,老天——

老三手一抖,一大把面从手里滑了出去,怎么?

连芳说,死人了。

老三移回窗口,低头一扫,果然,一个男人被抬到了公路边,脸上血迹遍布,一半边塌陷得不成形状,整个都硬了,许是夜里的事。老三不禁皱眉,是摔死的!老三脱口而出。你怎么晓得,你看见的!连芳戗一句。老三讲,很简单,这里是转弯,没有车会开这么快,肯定不是被撞。连芳不作声了,也开始察觉旁边的沙石料场有重大嫌疑,那是四十年前修电站时遗留下来的,上边是装料场,下边是出料口,恰是公路的上下边,落差有十米,摔死个把人完全不在话下。

作孽哟,连芳移开目光,都怪留守处那帮吃干饭的,抠得要死,料场边也不晓得装栏杆的,上次就有小孩差点掉下去。还有一次,你记不记得,一台车差点这样开下去啊。连芳确实为此担忧过,打她成为小卖部老板娘那天起,就觉得沙石料场不吉利,早晚有一天会出事。

老三说,可能是个外地人,不熟路。

连芳说,那不一定,人也有糊涂时,夜路走多了,撞了鬼也说不定。

这话老三无法反驳。

连芳跟着说,太年轻了呀,那个是他女人吧,你看看,像不像个高中生?

短短几分钟路边就聚拢了人,多是附近跑来看热闹的,老三好不容易从人群中辨认出女人来,女人蹲伏在死者身前,只露出颤抖的背部,一根油亮的辫子斜斜地垂下来。老三说,这里人结婚早,谁知道呢。老三回到汤锅前,面条都要煮烂了,水潽了出来,等捞进碗里,才发现竟没胃口吃了。老三抑制着想要呕吐的感觉,尽力不让死者影响自己的情绪,虽不是在家门口死人,但也不远,多少让人不适。倒是连芳无知无觉,老三问她要不要等会儿再吃,女人说,不用,现在吃。

连芳坐到桌上,老三把面端过去,问,昨天没听到什么吧?

连芳朝窗外努努嘴,你说下面那个?

老三点头。

连芳说,编什么"聊斋",哪会这么巧,死人还能提前告诉你？

老三摇头，不像是自己跳的，寻死不会寻到这里，万一没摔透，摔个残废——说到这里，老三闭了嘴，想到自己，他多少有些气馁。

连芳也察觉到了，不想让男人难堪，转而说，是刘海那帮人做的也说不定，上次刘海不就把美竹箐一个后生逼跳了堤，当时就摔死了呀。

老三眼皮跟着跳起来，说，刘海都被抓了好几年了。

连芳说，其他人可没有啊。

老三沉默，前些年留守处子弟四处争勇斗狠，名声都传到省城去了，一时间外地年轻人不敢轻易出入这里。老三也和他们打过交道，那时小卖部刚开张，一帮人就打着刘海的旗号过来赊账，多是烟酒，有时还觍着脸，赊起日用品，牙膏香皂香波一类的，老三很是看不上，说过几句风凉话，没想就招来了刘海本人。论年纪，刘海比老三还小几岁，他过来，梳着当年流行的大背头，却因脸小而透出几分滑稽，只有那双小眼睛射出一道灼人的光，显出几分锐利。老三一看，心里就有了分寸，知道这人简单，他只需避开锋芒。老三虽虚长几岁，到底是同龄人，这样的子弟他见多了，他可是从总局基地过来的。两人一碰面，刘海竟也沉住气，说，我找人打听过了，你有点本事，你的腿真是被小张飞碾的？说着也不往老三腿上看，保持了几分派头。

老三不说话，只是一笑。

刘海沉默一时，也哈哈大笑，说，宁可信其有，放心，你来这里，我不能卖了你，小张飞在长沙敢横着走，来这里也得看我脸色，以后不会有人来赊东西，以前的账，给我一个面子，销了吧。

老三盯着对方眼睛，就没记，怎么销？

刘海扭了扭脖子，让脖颈发出咔嚓的声响，也不流露惊讶，他最后点点头，留下一句，你果然不简单。老三事后回想，仍觉得好笑，自己的事传来传去，又和小张飞挂钩了。小张飞是谁？那可是总局基地一霸，总局共有十一个工程分局，分布在大江南北，小张飞一伙却号称"十二局"，小张飞就是"十二局局长"，与这样的人扯上关系，老三也是哭笑不得，不过得益于他，那以后小卖部再无人来赊账闹事。转眼五六年过去了。

老三摆脱回忆，对连芳说，其他人早散了，没了头，群龙无首，闹不起事。

连芳说，那就怪了，难不成真是自己掉下去的？

老三摇头，中午就知道了。

还没等到中午，早上连芳去了趟菜市就摸清了年轻人的死因，是吊装队的王婆娘透露的。女人在菜市门口一把抓过连芳，说，你晓不晓得那个——王婆娘欲言又止。连芳心里狐疑，说，晓得哪个？两人像是对暗号，也不提死人。王婆娘说，那个后生是个小偷呀，要死了，你说偷什么？连芳问，偷什么？王婆娘卖起关子，我问你啊。连芳说，好笑，我又不是半仙，怎么晓得，留守处破破烂烂的有什么可偷的！王婆娘对连芳的鄙夷毫不在意，她挤眉弄眼，弄得连芳一点兴致都没有了。你不说，别耽误我买菜。连芳很反感王婆娘这股傻劲，人都死了，还要故弄玄虚，跟着补上一句，偷什么，难不成偷人啊。王婆娘认真点起头来，笑说，有点关系了。连芳打个冷噤，王婆娘这才揭开谜底，算了算了，跟你讲，偷什么，偷女人内衣裤啊，你说下不下作？这事连芳倒有些印象，留守处女人内衣裤被偷已经传了一个多月了，说是连小女孩的都没放过，这引发了一时的众怒和恐慌，可谁也没有办法，找不出这个变态狂来。连芳却从未担忧过，偷衣贼偷哪家也偷不到她头上来，家里衣裤她都晒在小卖部楼上，不像留守处里晾衣绳拴得四处都是，跟布阵似的，走进去倒走不出来了。

连芳问，你怎么知道，难不成偷了你的？王婆娘说，呸，老娘的贴身衣裤可不随便晒出去，不像有起子人，大晚上也不晓得摘回来，挂在外面算什么，等着开花啊。说着，王婆娘还比了一个夸张的手势。连芳扑哧一笑，觉得王婆娘话里有话，指不定说谁呢。果然，王婆娘没忍住，靠近说，是黄玉欢家呀，她住一楼你不是不晓得，衣服就晾在窗边，夜里也不晓得收，贼就过来了，来得也太不巧，正碰上黄玉欢家那口子刚从工地上回来，你知道老秦脾气暴，那贼在窗前晃，老秦就以为是来找玉欢的，当时提着扳手就追出去了，一路追出好远。谁知道一早就死了人呢。大晚上还听到玉欢在哭，闹得整栋楼都醒了，一早上也没见到玉欢人，说不定被打了脸，不好出来的。说着，王婆娘还连连摇头，你说倒不倒霉，老秦这下摊上事了。

面对王婆娘倒豆子似的讲述，连芳也有些惊奇。事情竟是这样，死得不值啊。她对王婆娘说。她还想说，你怎么晓得对方就是来偷衣服的，万一真是来偷人的呢。只是眼下连芳不想嚼这个舌根，在对老三复述时，才道出了自己的疑惑，她难以理解竟会有偷女人内衣裤的贼，这算什么贼？老三说，这你就不懂了，人都有个恋物癖好，只是程度取向不一样罢了。连芳说，别说了，我恶心。说着朝窗外啐了一口，老三只好打住。连芳上街这时间，死者已被运走，路上很快空下来，像从未发生过什么。

连芳在厨房炒菜，工会的老方路过，冲倚在柜台前擦拭电话的老三说，听说没有，都说是老秦哦。老三不吭声，等着对方继续说，死者是老街上的，听说是个光棍，那个来收尸的不是他女人，是他妹妹哟，我看长得还水灵，蛮标致的。

老三有些走神，忽略了老方最后那句话，他还来不及回答,老方就又问,昨晚你看到什么没有?老方眼睛一眨一眨的,好像等着老三有什么惊人的发现似的。

老三毫无准备,慌忙说,我能看到什么!

老方狐疑地望了老三一眼,咦,你心虚哪样?又没说是你干的。

老方话音刚落,连芳就不爱听了,锅铲一停,在屋里冷笑起来,哟,老方,你怎么晓得别个就长得水灵,你去她家看过了?

老方一愣,这才发现连芳的存在,心里叫苦,连芳可是媳妇的牌友,那句话像根小尾巴似的被捏在她手里,这让老方不安,急忙说,我去她家做什么,我都是听别人说的,你不要乱讲哟,祸从口出哟!

老方的两个"哟"让老三笑起来,连芳却不管,继续冷笑,哪个祸从口出,我乱讲还是你乱讲?

老方被噎住,一时找不到话反击,索性告辞。老方走后,老三才动了动身子,看阳光在路面暴跳,外面又开始热了。

老三踅进厨房,看连芳炒菜,屋里呛人的味道也没把他撵走。连芳从前在江北盘山街开馆子,自己做大厨,不是她那个死鬼丈夫裹上别的女人,她怎么会被人千里迢迢介绍给自己?老三会心一笑,连芳就不高兴了,你就是太软了,谁都来捏一下,老方说什么,你就不晓得顶回去?老三听出来了，女人手中的锅铲猛烈地铲着锅底，像正炒着谁的肉，一下比一下用力，老三更觉得好玩，说，锅都要被你戳穿啦。

吃过午饭，老三身子发软，瞌睡突来。昨夜的梦搅乱了睡眠，那梦不祥，梦里他一路溃逃，先跟随人群，后孤身一人，身边的场景换了又换，越发荒凉，他不知身处何处，只晓得恐惧如影随形，他根本停不下来，不知奔跑了多久，才遇着一个留着短发的年轻女人，女人背对他在路边烧纸钱，他匆忙跑过，一瞥之下才魂飞魄散，他在一笼幽蓝的火焰中看见纸包上自己的名字，火苗一过那名字即时焚灭，老三觉得自己的身体也成了张过火的纸片……老三腿一抽，人就醒来，背后全是冷汗，连芳还没归家，那枕头空着。老三起夜，厕所在楼下，在厨房一侧，侧边还开着扇小窗，他钻进去抖了抖身体，等浑身松弛，脑袋才往窗外一探，月光下，沙石料场一片雪白，一个人正站在料场边缘，影子拖地。老三好奇，咦，这么晚还有人看风景，比自己还有雅兴。这让老三有些不爽，直到那人转身，他才看见一张惊慌失措极度变形的脸，那脸转而狰狞，一下对准了窗口的方向，老三急忙闪身，身子贴到一旁冰冷的墙上。

老三连连打了几个哈欠，对连芳说，你看店，我上去躺一下。连芳正洗碗，也不看他，晚上不好好睡，这会儿挺什么尸！见老三不吭声，连芳又说，大晚上的怪惊叫，吓人一跳，你是不是心脏有问题，他们说心脏不好才容易惊醒。老三敷衍说，也许吧。

老三不常午睡。

下楼时，女人还在店里，没有跑出去。老三一把坐到女人身旁，女人闪了闪身子，手中的一粒桂圆滚到地上，连芳说，别挨着我，我热死了。老三哑笑，屋里没有风，是有几分热气，他伸手捏了捏女人的胳膊，这么热还吃桂圆，也不怕上火的。连芳哼了声，老娘不吃火也大。

傍晚时，小卖部楼下腾起一股烟尘，鞭炮声跟着响起，噼里啪啦一串炸响，响得快，很快到了尾声，当回音寂灭，老三才兴奋地说，那个女人来了！连芳没有理睬，她正择着一盆菜，老三自说自话，不过听声音，才五百响。连芳这才朝窗外瞟了一眼，人都死了，放一万响又有什么用，做给谁看？

老三说，以后我死了，你别搞这套，没用的。

连芳说，呸，要死你现在就死，眼不见为净。

老三苦笑。

吃过饭，老三照例踅到门廊，老秦竟钻了出来，一把从侧边跃上小卖部台阶，倒吓了老三一跳。格老子！都说是老子把人赶下去的——老秦凌空吐一口痰，力度之大，像对谁开了一枪，吐完痰老秦才自来熟地拉过一把竹椅垫在屁股下，摆起摆起，今天和你好好杀两盘。老三稍稍镇定，今天好大的雅兴。老秦清了清喉咙，你不晓得，今天我要过路的都看看,老子才不怕谣言!老秦最后几个字咬得重,像是要咬人了。老三这才说,息怒息怒,人还没来,大声了也没用。老秦也不管,说,先给我来包红塔山,老子要宝塔镇河妖!柜台后跟着钻出一声,要宝塔可以,先给钱!

老秦这才把脑袋扬起,透过柜台冲连芳说,弟妹,不要开我玩笑嘛,我又不是赊账的人。

连芳一笑,一包烟很快被甩了出来,跟着一句,我问你,河妖在哪里?

老秦也憨笑,你不晓得,王婆娘说得有板有眼哦,说我家玉欢被我打得出不了门,那个小偷又是被我撵下堡坎摔死的,说得一套套的,我是疯了吗?不是尤婆娘跟玉欢说,我都不晓得,你说王云是不是个烂嘴巴婆娘⋯⋯

连芳眼皮一跳,是觉得王婆娘的话靠不牢,她对老秦说,你先不慌,跟我们说没用,等王婆娘来了,你再骂不迟。

老秦就闭了嘴,跟着解释,我是先通个气嘛,王婆娘今天要是敢从这里过,老子要她好看。

老三将棋子归好位,对老秦做了个"请"的手势,不要冲动,谣言都不长的。

老秦一激动,你说对了!又一想,好像也不对,捏棋的手就这么吊在空中,迟迟落不下来,直到嘴里一响,我拱,老子拱死她——

老三皱眉，他不大喜欢带着情绪来下棋的，不管是谁，可又不便撵，只好冲屋里喊，连芳，泡两杯茶，要翠芽。停一会儿，屋里回道，老娘有几只手，水还没开！

老三早预感今天老秦无心下棋，果然对方连走了几步臭手，就差车走马路，马走车路了，平日老秦可不是这水平。老三见他频频回头，想瞧路上来人了没有，可今天不知怎么，天色正好，不早不晚，气温也不低，路上却不见往日成群结队的人，好像整个留守处的人都晓得老秦候在这里似的，那些零星路过的人要么老秦不认识对方，要么对方认不得老秦，老秦一肚子火找不到出口。

邪了门了，难道死了人，连路都不过了？老秦对着身后望眼欲穿。

还是连芳出来，手里端着茶，头三天最好不路过，大凶，忌讳，阴魂都没散，你不晓得？

老秦一脸茫然，也不吭声，走了两步后干脆弃子投降，王老板，你赢了，厉害嘛，棋艺大长，我先走了。

老三目瞪口呆，这盘棋还没到分胜负的时候，老秦就吃了连芳的话，心不在焉了。看着老秦跳走的样子，老三说，茶也不喝了？

老秦连连甩手，头也不回。

老三收拾起棋盘，收完才觉得奇怪，今天连芳也没出门，女人破天荒嗑着瓜子守在电视机前，老三进门就问，是不是忌讳哟？说得老秦丢盔卸甲的，棋没下完就跑了。

连芳冷笑，我随便说的，大马路上忌讳什么，哪条马路不死人的？

老三一听就笑了，说，看来你情报不准嘛，不是老秦干的。

连芳说，都是王婆娘说的，我哪知道这么多，还说我，你昨晚就没看到什么？

老三脱口而出，我能看到什么，就是看到也认不出。

连芳哼一声，自相矛盾！

连芳这句话差点让老三和盘托出，只是昨夜看来的那张脸，他还摸不准是谁，那脸在月光下白得瘆人，过滤了好几层肤色似的，他没有任何把握，更不知是人是鬼，老三只恨自己没有多看两眼，那一瞥匆忙，何况那目光朝自己射过来时，自己一心躲避，哪还有心思匹配人选？下棋时，他也想过要不要告诉老秦，这或许能佐证他不是那个追赶的人，但真要这么说，老三又感到不安，他可是在明处的，这趟浑水不好蹚。

老三打定什么也不说。

吃过早饭，窗外的雾还浓着，沿路的松林沉没在白雾之下，江上的三座大桥隐匿了。老三开窗，雾气才似乎流动了一些，有缓缓的气流在身边回旋。直到连芳下楼，对待在窗前发呆的老三说，等下我坐子校的车，陈校长要回城，我顺路去区里打点货。老三怀疑自己听错了，陈校长？你也好意思搭人家的车？连芳笑说，怕什么，宰相肚里能撑船，陈校长是知识分子，不会计较的。老三转身说一句，就你脸皮厚。说完才发现女人换了身衣裳，黑色腰带系着翻领式银灰连衣裙，配着一双尖头皮鞋，老三上上下下看了几遍，还是觉得诧异，每次去区里，连芳都不马虎，打扮精心，比平日更有女人味。老三对这样的连芳没有一点抵抗力，可他也知道，一到家的连芳就会迅速换下出门的衣服，卸下出门的神情，转眼变得和平常没什么两样。

子校的车来得快，快到连芳还没有在柜台前站得不耐烦，那辆黑色桑塔纳就稳稳停在了门口，连芳更是利索地钻了进去，没有一丝寒暄，这让老三惊奇。他斜斜地通过门框看见副驾上陈校长的脸，可那脸一晃而逝，老三也把不准那是种什么表情。

老方现身时，老三还没摆脱午后的昏沉，见老方一路走来的样子，老三就晓得有新闻了。老方也一脸不藏事似的跨上小卖部台阶，老三抽出一支红塔山，迎着对方扔了过去，老方精准地接过，说，死者家属来了，十来个堵在留守处，罗主任一趟就跑了，现在警察也来了，简直乱成一锅粥。老三故意问，那个水灵的女人也来了？老方就笑，你也洗刷我。老三赔笑，他们来留守处做什么？老方感叹，哎哟，还能做什么,来要钱嘛,家属说料场不安全,没装栏杆,也没有挂牌子,人从这里掉下去,就要负责任。说着,老方张开一只手,在老三面前晃了晃,要这个数。老三说,也不多嘛。老方顿时瞪大了眼,你说得轻巧!留守处有个屁的钱,罗主任留下一句话,让警察来查,人是谁追的,谁负责。老三讲,不是说那人是小偷?老方说,就是,街上都偷遍了的,警察也没有办法。老三叹一声,老方就继续讲,想查是谁追的哪这么容易,谁看见了?这话老三认同,说,看来老秦有麻烦了,我看不像他。老方斜看一眼老三,想确认他的口气,跟着才说,这个讲不清,还没闹到他家去,王婆娘可能是乱讲,也可能不是,不过,他们会来你这里了解情况,你要做好准备。老三一下就明白老方的来意了。

老三安心等着,可对方还没现身,连芳就先来了电话,说便车要明天才回,她只好在大姐这里住一晚。老三听着电话那头的声音,平平静静的,听不出什么情况,老三就说,好,不急。等他想说有人要来调查的事,还没开口,连芳就挂了电话。

人迟迟不来,老三有些焦躁,连晚饭也是随便对付,刚放下碗,楼下就再次响起鞭炮声。老三一下蹽到窗前,看到一股火光从女人身边蹿起,女人动都不动,直到响完,女人才蹲在路边点起红烛,手中的纸钱跟着冒出烟来。老三想到那个梦,好像与此有关,可女人的样子与梦中又大大不同。

这一次老三终于看清了对方，关于长相，老方倒是没说错，平静下来的女人确有几分秀气，直到纸钱烧完，老三才断定，对方不是死者的妹妹。

老三一夜辗转，等开出店子来，比平日就晚了许多，连芳也迟到午后才回。桑塔纳一把甩在门前，一股灰尘腾起，连芳挥着手就走下车来，老三等不及，也拖着残腿走到车边，陈校长的声音率先冒了出来，王老板你别动，让小刘来。司机小刘下了车，老三只好让出一个身位，站在一旁看着小刘搬运纸箱，一共五件，这就是连芳打的货了。老三有些不好意思，还有些不安，嘴里却不忘感谢陈校长，说惊动校长，连芳太没规矩了。陈校长听着，也只是笑，目光再次经过镜片折叠，这一次老三就注意了，那目光看上去没什么杂质，平平常常的，是个老好人的眼神。这一刻，老三突然明白，连芳之前关于陈校长的话都是子虚乌有的，都是道听途说的。

你进的什么？等陈校长离开后，老三问。

能进什么，月饼啊。连芳擦一下额头，你烧水没有，我要洗个澡，热死人了。说着就上楼去了，也不管老三在楼下嘀咕，这种东西少进点，哪次卖完过，过了中秋就没人要了……可唠叨归唠叨，老三还是巴巴地把水烧上了。

就在连芳抱怨这个澡白洗了后，警察就过来了，是个年轻警察，跨上小卖部门廊就敲起了柜台，可没人回应，他也低估了柜台的厚度，那手敲上去不但没发出什么声响，指关节还一阵闷痛，小警察倒吸了口冷气，跟着骂了一句。这时，老三还在连芳身上，他自以为偷袭得手。是连芳听到了动静，有人来了！老三说，别管他。话刚讲完，楼下就喊了起来，是王老三家吗？我是派出所的！声音透着不耐烦，是警察无疑了。老三这才想起，真他妈背时，偏偏这时候来！老三意犹未尽地从连芳身上下来，衣服裤子开始胡乱往身上笼，连芳却连衣裙一套，率先下楼了。

老三下楼时，连芳已把警察让进了屋，果然不是老程，老三不认识。小警察沉着脸，对两人的迟迟出现很是不满，见到老三也很不客气，你就是王老三？

老三点点头，是我，警官贵姓？你们老程呢，调走了吗？

小警察说，你别管他，我找你问个情况！

对方这么一说，老三就更客气起来，有事您说——心里却早早结束了谈话。小警察公事公办地从姓名问起，老三一一配合，只有当他问起那晚老三听到看到什么没有，老三才一口回绝，这让小警察很不满意，鼻子一抽，怎么可能没看到？你平时几点关门的，就算看不到，总会听到什么吧？啊！老三就连连摇头，重复一句，我真的什么也不知道啊。老三越这么说，小警察就越是不放过，你再想想，好好想想，你是聋子还是瞎子？怎么会听不见看不见……面对如此敲打，连芳坐不住了，小嘴一抿，从唇缝中挤出一声，好笑，大晚上的，你说为什么？再说了，马路又不归我们管，谁开工资让我们注意这么多？连芳这么说，老三也不吭气，等着对方反应，果然，小警察开始淌汗，正是午后热得不行的时候，年轻人的大盖帽还扣在头顶，粗脖子上青筋暴露，短袖警服的腋下湿了一片。

老三开始替他捏把汗，连连说，喝口水喝口水。

小警察手一摆，示意不要他管，他把焦点对准了连芳，仍用底气十足的话讲，你什么态度？问题调查不清，个个都是嫌疑人！这话说得大了，他以为会管用，可很快知道了什么叫作后悔。

连芳根本不理睬，只是冷笑，说，是，我们都是嫌疑人，你带了几副手铐来，先把我们抓了，手铐不够，我还可以给你一点毛线。说着又一指老三，他腿脚不好，连毛线都不要的。这还没完，连芳边说边做了个拱手的动作，双手并拢，手心朝上往警察面前一戳，你铐啊，铐我们走啊，现在就走！连芳的动作猝不及防，唬得小警察往后一缩，胳膊肘就撞上了身后的高木几，木几上正好坐着老三从长沙带来的一只锦地开窗花卉葫芦瓶，那瓶摇晃一下，懂事地朝地下一滚，小警察脸上的汗瞬间冷了。

瓷瓶顺利碎裂，连芳这才拍着手对老三说，哈，这下好了，你不用每天盯着它像盯着周慧敏了，我说了这瓶子不能摆在这里，你非要显摆，你爷爷传给你的，清朝的了不起啊……

老三什么也没说，立即蹲下去，一瓣一瓣地捡拾起地上的残片，手不时抖动，瓷片就在老三手心刮擦出让人牙龈发痒的声音。小警察在一旁目瞪口呆，脸都要绿了，我不是故意的，是你，你先动的手。小警察看着一脸得意的连芳，开始解释。

哎？我动手？我碰到你没有？我是乖乖让你抓呀，你还讲不讲理了？连芳还要发作，门外就钻进一个人来，是老方，看见他，小警察才发现救星似的，立即往他身后一跳，老方，你来得正好——

天持续回热，散步的人又纷纷冒了出来，小卖部也迎来热闹，这时间，多是来买烟的，还有来挂长途的，以前老三根本懒得应付，让客人自取自便，可现在他开始留意每一个人。手中的《聊斋》真正成了掩护，只有来人间隙，老三才扫一眼书，读完了《金永年》，寥寥数行，似乎预示着什么，没有人察觉到老三的笑意，那笑意轻微而神秘。

路上几个女人过来，到小卖部前时，设计院的尤婆娘刹住步子，冲屋里喊起来，连芳连芳，走啊。连芳在屋里回应，你们先，我马上来，水就开了。尤婆娘说，那你赶后啊。说着对躺椅上的男人讲，你倒好福气，还有闲心看耍书。老三这才抬起头来，目光虚虚地一笼，似乎每个女人都注意到了，跟着一脸堆笑，我看福气还差点，不能陪你们散步哟。女人们哄然一笑，尤婆娘也笑，兰花指一翘，在空中打一下，就这条臭舌头讨厌，割了就好了。又扭头对身边人讲，想陪我们也容易，在家里开一桌就是，你们说对不对？一个声音立即出来附和，就是，还没来你家打过牌呢，怎么，怕我们来摔你家瓶子啊。老三一笑，说，热烈欢迎，今天就来。尤婆娘话锋一转，呸，我们就那么好请吗，你喊来就来，先在千禧园摆一桌再说。说着，女人们丢下他一路笑着摇到前面去了。

路上人开始稀疏，黑暗才真正降临。老秦乘着夜色来买烟，神色平常，开口却要三条红塔山，这让老三起身，亲自去取，柜台后还有三四条的样子。老三说，怎么，要送人？老秦说，送神，你晓得。老三在柜台后笑，说，我不晓得。老秦苦笑，说，还是你送得快，我也想家里有个什么瓶子。老秦竟也调侃起来，只是这调侃多了几分苦涩的味道。老三更是有苦说不出，取了烟，老秦又说，再给我三条红梅。老三跟着翻出，一一码在柜台，像是布阵，红塔山一堆，红梅一堆，然后双手向前一推，问，就要走了？老三晓得每次老秦来买整条红梅，就说明要回工地了。老秦说，那盘棋还没和你下完。老三微笑，现在杀一盘？老秦愣一下，摆摆手，什么时候,家里还有客。老秦顺手掏出钱拍在柜台,夹了烟人就走了。

老秦走后,老三才感觉到冷,起风了,桂花的香味远远地透过来,飘到小卖部前已是强弩之末了。走廊坐不住人,挨过一阵,老三只好起身,一抬头才猛然发现那盘大月亮,低低地悬浮在灰色天穹里,也没那么圆,有一道边毛毛糙糙的,失去了弧度,光在那里敛不住了,开始逃逸。这时的月亮就像一只磕破了的琉璃盏,直让人惋惜。老三盯着看了好半天,直到一阵鞭炮炸响,老三才明白,那个女人又来了。

老三是拖着那只残脚走向料场边缘的,从这里看,风景果然又不同,视野开阔了许多,沿河谷一带的灯火拉长似的铺展开来,从西边的大坝到东边的铁路桥,宛如一道完美的月牙儿。老三想,把房子建在这里倒不错,也没人会摔下去了。老三一低头,才发现下方的女人,月光照耀下,女人满身光华,像是从书里走出来的,老三有种预感,这该是她最后一次来了。想到这,老三还有些伤感,思绪更如夜风下女人手中着火的纸钱,飘忽不定,扶摇而起,将将有些起色,想要雄心勃勃去做些什么,又瞬间化为了灰烬。

老三觉得,还是这样好。

风过处

蚕豆肥绿，种得松，并不挤挤挨挨，一朵朵粉紫色花瓣点缀在田间，蝴蝶一般，让这片低矮的枝芽显得没那么荒凉。风起，能闻到涩涩的浆果味道。四十年的时间让施工局驻地显出衰败的景象，人走光了，一些屋子早早拆毁，水泥地坪被连根掀翻，露出久违的肥力强劲的土地，种满了菜。只有那些仿苏式建筑——那些庞然大物，譬如设计院大楼、修配厂、锅炉房还保留着残躯，只是门框统统被人拆卸，徒留下一些黑黝黝的空洞，没有人的目光的空洞。

陈阿姨是这片筒子楼里仅存的住户。

看看天色，要早些回去。陈阿姨一早就望见老李的车往坝上去了，不出意外，那人下午会来送鱼，其实是来吃晚饭。陈阿姨心里有数，若不做好准备，那人又会生气，年纪一把了，还容易气鼓鼓的，说不把人当客，简直好笑，跟小孩似的。有几次，陈阿姨也不是故意晚回家，是有事拖住了，回来时看见门前的塑料桶里丢着老李钓来的鱼，是江团还是翘嘴或者花鲢，女人记不住分不清。老李每次说，你怎么这么笨的。陈阿姨只不作声。一旦看见塑料桶外漫出的水迹，就知道对方来过了，还能想象他走得光火的样子，兴许还会踹两脚她的门，骂一句，死女人。鱼倒是每次都安静地沉在水底，女人走近，给水面投下一个暗影，那鱼才甩动一下尾巴，想逃，却逃不掉，只能围着塑料桶转上一圈半圈，再镇定下来。

自己也不欠他的，这么不请自来，想来就来，陈阿姨不明白。命运这样的事不在她的思考之列。到了这岁数，有些事不再深究，想起来只是不易忘，四十年了，那是回忆的尽头。

是天地初开啊，水电站选址完毕，消息不胫而走，大队人马涌进来，安静了无数个世纪被群山包围的河谷地带突然山崩地裂，鸟兽纷走，再也掩藏不住了。一时间江南江北密密匝匝的，都是人。那时的天空白云如烟，雾水的雾更重了。那时的陈阿姨还不叫陈阿姨，是个十八岁的女人，辫子粗壮，腰手纤细，名叫陈令旦。

和老李相识，是经人介绍。一个爽爽朗朗的小伙子，将将二十出头，才接父亲的班从湖南老家来到施工局，属于局里子弟。两人相了一次亲，当年的陈阿姨话就少，带着少女的腼腆，见面时只瞧过对方一眼，是电光石火的一刻，像直视太阳后留在眼底的光斑，具体相貌倒忘了，只剩了一点轮廓，狭长的脸，毛糙的头，鼻子很大，说起话来嘻嘻哈哈，满不在乎。这么多年过去，这印象一点也没淡。

今天在地里掏了条排水沟，回家路上脚步就开始发沉，像背上背着一个小人儿。过了五十，锄头就有些抡不动，早年能轻松一把扬过头顶，而今将将抬过腰，时间偷走了陈阿姨的力气，也助长了土地的气焰，它们有着无限的耐心。在家歇一口气，喝干半缸茶，就该准备晚饭了。才从地里刨出的小马铃薯，个个圆圆滚滚的，只需轻轻搓洗，土就掉了，切了片下猪油煮上一锅，最后撒把葱花，简单易做。陈阿姨很喜欢在春天里煮小马铃薯。

这是老李出现前的日子，没有意外，与外界更没有联系，连手机也没有，谁有事，须亲自找来。老李出现是去年夏天的事，这个人退了休，竟选择回雾水，想着在外面世界跑了一辈子，还出了国，是再看不上这种小地方的，还是回来了。

一开始，老李还酸兮兮的，来施工局驻地看了一圈，一个人。也是巧合，在院外这么碰上。陈阿姨从小树林里回家，手里拎一筐才刨出来的地瓜，男人就从院子里出来了，沿着台阶往下走，起初脚步生风，走得越近，步子就越慢。女人也感到一股灼人的目光朝自己射来，因为距离，女人没有看清来者是谁，那头黑白相杂的粗发勾不起她任何回忆，只本能察觉,又是哪个来凭吊的?

陈阿姨不明白这里有什么魔力,一年半载总能遇到好些这样的人,都是回来看看的,带着缅怀的情绪。一次还包了一辆大巴过来,车上走下十几二十个年纪相仿的老头老太太,下了车就发出惊叹,指指点点,辨认曾经的地盘,这么兜兜转转,看了一圈,很快在原先的沙石料场上打出横幅,合影。远远地陈阿姨也看不清字,不晓得写了什么,只凭直觉和讲话声猜测,这都是当年的建设者。陈阿姨以为眼前人也不例外,这么想着,身子就往路边上靠,好让出道来。

没想那人却喊起来,你是——陈令旦,你还住这里!

陈阿姨毫无防备,后背一凛,多少年没听到自己的名字被人叫出来了,所有人都叫她陈阿姨、陈阿姨,女人已和这称呼融为一体,好像原本就该这么叫似的。女人听这声音,知道来自昔日的时光,一口浓重的单位话,和本地话大大区别开,只是声音经过了多年的淘洗与磨砺,变得有些喑哑,但内里是浑厚的,带着浓烈的个人印记。

是他。女人推测起来,脸廓还是那样,只微微变圆了,额头的发迹往后退了几步,露出几抹皱纹,又换了星星点点的发色,其余倒没怎么变,不过是照原来的样子变老了。

是你。女人迟迟吐出这句,一句万无一失的话,不论对方是谁,都不会错。但女人知道是他。她侧身想让男人过去,可男人停住步子不再动了,女人也不动。这一刻,女人的样子被无情地收入男人眼底，看得稍稍久了些，陈阿姨才尴尬，不想让对方看到眼下自己的模样，更不晓得和他说什么，也就动身走了。

这行为在男人看来无法容忍，近乎冷酷了，怎么能这样？男人跟在后头喊起来，喂，我说你这个人，怎么就走了，我又不吃了你。这么追上来，到了院门口，陈阿姨才回转身说，你跟着我做什么？

男人就笑，神情开始松动，张口就说，这路又不是你家的。

还是这么轻佻，和年纪没有关系，确实是那个人了，连不变的。

陈阿姨没有想过，有一天能和老李这样重逢。

择好了菜，一把菜薹，青青绿绿，一碗蚕豆剥了皮，一粒粒堆在碗里，堆出小山的形状，还掐来一把小茴香，马铃薯当然更少不了。多口人吃饭，本不是多大的事，无非对方多吃一口，自己少吃一口罢了。重要的只是这屋里多出一个人来，这让陈阿姨不适应，她早习惯了一个人。

人进来时，弄得动静颇大，小车的声音陈阿姨是听见的，就停在马路弯口拐进院子的小块空地上，车轮磨出阵阵碎石崩裂声。再上来就要费一把子力气了，往日男人要拎着网兜往上走，走得吭哧吭哧的，今天却甩着空手上来了，女人知道男人一无所获，赶紧去冰箱里翻出半只鸡，先解冻着。晚餐不吃肉是陈阿姨坚持的准则。十年前女人闹过胃病，晚上这一顿渐渐不进荤腥，以免半夜胃烧，也不是医嘱，是女人自我感觉。可男人不同，他是吃不惯这寡淡的东西的，须有油水。

进门前，先是一道咳嗽，接着用劲吐出一口痰来，又顿了顿鞋底，对着墙脚踢了踢鞋尖，这套动作女人也觉得好笑，这破房子还有什么好讲究的，多此一举。男人粗壮的身体一时堵住了屋外光线，屋内顿时一暗，乘着这黑的间隙，人就进来了。进门便说，狗日的，运气不好，毛都没钓到。男人的说话方式是陌生的，但语气能听出来，有些懊丧，却又像是一种收获，一点辩解的意思都没有，更谈不上愧疚。

女人顺势说，今天风大。

男人说，就是风，大得很哟。

实话是不能讲的，实情是，老李往日盘踞的钓点被几个小年轻率先占据，老李在车上望了望，像是一堆来郊游的年轻人，男男女女带着小孩，草地上搭着天幕，像从哪里刮来的一片屋顶，老李不想将就，尤其小孩，令人头疼。就这么沿着库区马路往前开，找到一处陌生水域。到了下午三四点光景，鱼情仍不好，回回空竿，老李才懊恼，早知该去老地方，狗到了自己地盘，还会翘腿撒泡尿留个印记，自己倒戾了。老李这么生起自己气来。这时候，赶上风起，一阵阵地，顺着峡谷变得强劲，河两岸插着群峰，风无法将山撼动,它能对付的只是峡谷中的船只和两岸稀稀落落的钓鱼人,老李手中的钓线张成了弓。一个礼拜前,老李看新闻得知河道里沉了客船,死伤九人,失踪两人,至今没有见尸。赶来的调查队没有得出任何结论,但老李知道是这山峡里的风,它们惯能兴风作浪又来去无踪,谁能调查消失的风呢?这么想着,男人才消了火。

今天吃什么?男人点上一支烟,开始慢条斯理地盘问女人。

陈阿姨说,马铃薯。

男人就笑,又是马铃薯,你也吃不厌的。

陈阿姨不作声,沉默是她的一件交流武器,有时比一粒子弹还管用,可以随时让对方闭嘴。

通常吃完饭,人就走了,从不拖延,这是陈阿姨能容忍对方的一点。虽说两人都上了年纪,周边又没有一个邻居,不会有人说什么闲话(就算说了也飘不进陈阿姨耳朵),可总是一对男女,多待无益。

今天却意外,老李吃饱喝足,鸡骨头吐了一桌,还没有走的意思,还在电视机前磨磨蹭蹭,问她听没听说几天前坝上沉了船,陈阿姨摇头。

老李说,还有两个后生没找到,说是学生仔。

陈阿姨说,你发现了?

老李听了眼珠子都要鼓出来,讲,我没这个本事,这是老天爷的事。说着又短了气,想到女人的儿子死于一场大风,快三十年前的事了,也就闭了嘴。女人跟着添了句,该回去了。

男人这才起身,今天饭开得晚,是该走了。

也不告别,不说"我走了",这么出了门,陈阿姨也不送,让男人自己走掉。男人走后,屋里像多出一个空洞,男人的味道消失在空洞里,走了倒像还在一样,平白留出一个位置。陈阿姨收拾桌面洗了碗,纱门又打开来,男人灵巧地蹾进来,手里扔过一个东西,准确地丢在老式弹簧沙发上,沙发弹力虽较当年弱了许多,还是狠狠弹了一下,陈阿姨晃眼看见一只白色盒子。男人不等她反应,只说,你拿着用,有空去镇上办张卡,花不了多少钱,有事找你还不方便。也不给她说什么的机会,不等她拒绝,又立即消失,楼道里传来咚咚咚地下楼声,三步并作两步,像逃一样。不一会儿,马路边传来车子发动的声响,陈阿姨这才抹两把手出门看,漆黑的下坡路上划过车子的灯光,转过小树林的弯,不见了。

老李来过后,会清静几天,不会连着来,讲礼节似的。这是陈阿姨摸出来的规律。起初是烦,不晓得这个人什么意思,只是偶尔来混饭吃,还是可怜她?可老李每次来,都一个样子,完全看不出变化,更没有心机,陈阿姨就不再想了，到了这岁数还能想什么呢。

只这次，老李扔下的那只盒子让陈阿姨不安，这是施舍？白盒子上印着手机的模样，银白色的边框，屏幕黑黑的，一层塑料薄膜紧紧贴着盒身，等着谁打开似的，掂一掂，还有些重量。陈阿姨没有用过手机，想象拆了包装把机子拿在手里的感觉，会不会像一块铁？平白多出一个东西，身上还没地方放。陈阿姨看看也就放下了，她不需要这东西，没有谁可以联系的，要联系，她宁愿靠走。

老李怎么就不明白？

天晴了两日，又陷入清明的阴寒里，细雨连下了几日，下得到处都湿漉漉的，让人气短。陈阿姨懒得出门，正好可以歇歇，地头的菜越种越宽，到了力不从心的地步。往常陈阿姨会早起，收了菜，背篼一装就去桥头的菜市卖，卖不了几个钱也比烂在地头好。昨天住镇上的弟弟来家坐了坐，还是老话，劝她搬走，搬到留守处小区去。那是单位的福利房，十年前就建好了，陈阿姨有一个名额，没有浪费，当时就置了套六十平的小房子，花光了积蓄。

弟弟说，这里漏风漏雨的，你也不怕麻烦。

陈阿姨不高兴，说，你哪只眼睛看见漏风漏雨了，让你补过没有？只有面对这个弟弟，陈阿姨说话可以毫无顾忌。弟弟也是木讷的一个人，早年在施工局混了个合同工，后来水电站修好，又不想跟队伍走，这么留在电厂做了临时工，一辈子受尽欺负，陈阿姨是个女人家，帮不了他什么，只能生气。

弟弟说，上次碰见老李，请我喝酒，他还记得我。语气里满是喜悦。

陈阿姨听了直皱眉，这个弟弟从不会说话，说什么不好，偏偏说起那个人。

你想说什么？陈阿姨质问。

弟弟老实，姐姐问了就讲，他也劝你搬下去，这里迟早要拆的，住那里方便些，这里什么都没有了嘛。

陈阿姨哼了一声，你瞎了，我还有地。

弟弟也不恼，说，种这么宽做什么，又吃不了，该去享享福了，离大家也近些。

弟弟本是好意，这话也提了好些年，女人不为所动，实际情况呢，好像大家都看不见，不种地，女人吃什么？陈阿姨更讨厌弟弟打着老李的旗号又讲起，心里不舒服，直讲，你倒做起他的说客了，他给了你什么好处，你这么替他说话，我走不走和你们有什么关系……

弟弟知道姐姐脾气，是家里第一倔强的人，认准的事九头牛也拉不回来，不然这些年怎能熬过来。弟弟叹一声，泄了气，好像把话带到就完成了任务似的，也不多坐，准备起身。

陈阿姨也不留客，转到门口牵过两只塑料袋，满满装了几把青菜，又从篮筐里拣了些鸡蛋，丢了两把锯木灰，让弟弟带走。弟弟还有些不好意思，说自己不是来拿东西的。陈阿姨只作没听见，手里东西只顾递出去，弟弟接过后，就走了。外面又飘起雨，陈阿姨交代一句，路滑，慢点骑。

弟弟站在楼下说，姐，清明我再来接你。

女人吩咐，早点来。

清明前就择好了清明菜，滤了道水，用簸箕晾干了，糯米也舂成粉，前一晚更炒好了芝麻苏麻花生核桃，样样码在碗里，一早就包起来。每年都做的清明粑，要一直吃到月底，陈阿姨每次都提醒自己少做些，可做起来还是一大家子的量，唯恐少了。

这么蒸了满满四屉，出锅时清明粑一个个油油绿绿的，晾凉了就可以吃。去看儿子可少不了这个，上坟时要备两样，一种现蒸的，一种小火慢煎，煎到两面微微焦黄，吃起来又脆又糯。小子以前最爱吃这个。

厨房里冒着蒸汽，外面也铺着雨幕，望出去，一派迷迷蒙蒙的光景，对岸的山崖被遮了大半，小树林上空盘踞着一片浓云。雾水这地方雨水充沛，今年尤其如此，清明的雨季比往年长，去年也只是阴天。陈阿姨望着望着，有了丝困意，不知不觉就在清明粑的香气里眯了一会儿。醒来时，雨停了，雾还重着，身子忍不住发寒，一看，门没关，也不知睡了多久，好像才一会儿似的，还撞着了一个梦。

许前一、许前一，回来吃饭了。是自己在走廊上高喊，院子里没有小子的身影，外头有些热烘烘的，院里院外的槐花、李花都开败了，空气中已没有了油菜花的浓郁味道，春天要结束了。

令旦阿姨，许前一又跑去树林里烧火啦，你看——院里一个叫芳芳的小女孩仰着圆圆的脑袋对女人报告，一只胖胖的小手指高高地翘起，遥遥指着小树林的方向。果然一缕蛇样的青烟正从树尖上冒出来，随即被轻柔的晚风吹散，不注意看，还看不出来。女人明白了，嘴里骂一句，这个砍脑壳的。又对小女孩讲，谢谢你啊芳芳。

女人带上门，缓步下楼来，正是晚饭时候，楼上楼下都飘荡着煤烟气，哪家在煮肥肠，院子里弥漫着一股臭烘烘的猪屎味。女人走出院子，穿过院外的马路，小树林就在脚下。这是一片缓坡，位于一道山弯的凹形地带，一条水沟从山上冲下来。树林里昏昏暗暗的，多是杂树，一笼笼的灌木覆盖着地表，因地势低洼，这里白天也显得光线稀疏，这时分更是看不真切，一小堆火光影影绰绰的，不见人影。女人本想扯着嗓子喊上几声，还是作罢。女人沿着小路趔进树林，到了坡底，才发现火堆奄奄一息了，无数枝条都化作了白灰，好些断枝上只飘出些有气无力的青烟，火堆旁围着一圈石头，带泥土的部分已被烤干。树林里不见小子。女人心里一紧，忘了呼喊，只是四处转起圈来。

小子是睡在一块大石的背面，上面铺着捡来的枯枝败叶，臭小子倒机灵，会选地方，这里背风，正对山体的一块崖壁，是个不错的"窝点"。女人悄悄走近，小子蜷着身体睡得正甜，像一头春困的小兽。才做的衣服上沾满了植物的倒刺，女人也不惊扰，蹲下来小心摘掉几颗滚上衣摆的圆形刺果，然后抱起他。小子立即醒来，眼皮颤动，先于眼睛闻到了女人的味道，含糊地喊了声，妈，我要撒尿。

女人等着他，小人儿已整个立起，抖擞了精神，往石头背后跃去，一把站在火堆前，一股热气腾地升起，扑哧扑哧地水火交融，溅起一团浓烟，尔后烟火熄灭。小子抖几下身子，吃吃地笑起来，像个白痴。女人一时清醒，尖着嗓子开骂，骂过了，才牵起小子的手往坡上走。回到家，发现裤子上两个被火星灼出的大孔，被泥巴遮盖了。原来迟迟不敢回家，是为了这个。

陈阿姨想这是哪年里的事了，竟想不起，像是发生过，又像是没有，想来想去，眼里两颗泪水。厨房的清明粑蒸干了水，陈阿姨闻到一股干烧的铁锅味，急忙去抢。

清明一早，弟弟就来了，骑着那辆老"嘉陵"。小子和家里老人就埋在施工局建的墓园里，在镇子的北岸，要过江，就是女人屋对面的山崖上，山头被推平，远看像一个"几"字。陈阿姨每天都和那山对望。每年也是弟弟来接女人上坟，东西都提前备齐了，一小挂鞭炮，几刀纸钱，两盒清明粑，每次都是这几样。

昨天有些疏忽，锅都快烧穿了，好在清明粑没受影响，晾了一晚，还是原来的味道。姐弟俩上桥过江绕到山头上，山巅的青草已经抽条，冒出半脚高，一条条刺藤上开出黄色的小花，风过，传来飒飒的声响。从这里望出去，小镇顿时变小了，女人的家更小，缩在对岸的山弯里，陈阿姨一眼找到。上完坟，和弟弟拣着清明粑吃了两三个，就回程了。路上，弟弟让去家里，说是女儿带着孩子回来了，可以聚聚。陈阿姨回绝说，你们吃。到了桥头，又喊停车，你放我下来，我去买几样东西。弟弟只好刹车，一只脚撑在地上，把车停在了桥塄边，转头说，姐，还是送你回去吧。女人下了车，头也不回，你走吧。弟弟知道劝不动，只能发动车子，乖乖走掉。女人看着弟弟走远，才放心地慢下步子，准备去新房看看。

房子就建在河堤的背后，在镇子广场的右侧。说起来是一处好位置，周边盖了新楼，两栋电梯房拔地而起，楼下开着许多店子，因是清明假期，一时人还不少，有几分闹热，陈阿姨很少来这里。顺着车道拐进留守处小区，十来栋小楼挤挤挨挨，一半是廉租房，供给局里的低保户，陈阿姨住的是正规产权房，有房本的，陈阿姨看重这个。小区中心是一块坝子，停满了车，没有老李的马自达，陈阿姨想，这人倒闲不住。之前老李说过自己住在哪栋，陈阿姨望了望，因是五楼，望不到什么。陈阿姨的房子在老李家前头，背后是从前的职工医院。楼是七层，女人走到顶，防盗门上的塑料薄膜还没有撕，沾满了灰。对门是另一户人家，门关着，陈阿姨满意，不用和人说什么。这家邻居前年才生了毛毛，还没足月，就被当妈的睡觉压住了身子，窒息而亡，遭孽哟。陈阿姨快速掏出钥匙，用力旋了两圈，门开了。房间里空得可怕，还有些闷，空气都有重量，吸一口有颗粒感。这屋当年装修过，四壁都刷着亮眼的瓷粉，家具置得简单，倒也齐全，只是再看样式，就显出老相了。沙发柜子都被陈阿姨用布盖住，整间房都被打包好似的，没有人气。可到底是一间像模像样的齐全房子。厨房、洗手间、卧室、客厅、阳台，一样不少。陈阿姨把门轻轻带上，几个地方都看一眼，是前后通透的格局。卧室有两间，朝小区里的大些，安了张双人床，棉絮都备好了，厚厚实实地码在床头，随时可以住人。女人的指尖抚过木质的床沿，一层细密的灰留在指肚上，该来打扫一次了，陈阿姨想。隔壁房间是自己的，小一些，只够放张小床，上面什么都没有。屋里暗，陈阿姨拉开窗帘，推了推滞涩的铝合金窗，让风进来。从这里能一眼望到西边的大坝，此刻，坝体正陷在一片烟云里，河水无声地流着，两岸的山头冒出了新绿，赶走了冬天的枯涩。年年都是这样的景致，让人忘记时间。

每到清明和春节，陈阿姨都会来新房看看，也不住，像是来参观的，春节时还要来贴春联，给家里生一盆火。陈阿姨想象这是留给儿子的一个家。

看完就走了，沿着上坝公路，在发电厂门口分道，往上是坡，穿过树林转一道弯，就看见老屋一角。是够旧的了，往日没觉察，一场新雨过后，这里的破败显得崭新刺眼，空气里都是腐木的气息，陈阿姨也不知道自己还能在这里住多久，心里没有盘算。再往前，就望见老李的车了，难得洗了一回，亮眼地停在老地方。陈阿姨没有准备，怎么今天来了。

这么急急赶回去，发现老李正在门口逗鱼玩，一条带黑色脊背的大鱼，几乎占满了整只水桶。那鱼被老李手中的茅草搅得烦乱，在桶里扑通扑通地四下逃窜，有水珠溅出来，老李嘿嘿地笑，陈阿姨见了只觉幼稚，照面却说，你怎么来了？

见女人回来，老李立即扔下手中的玩意儿，一连串发问，怎么，今天不能来吗？你电话用上没有，怎么都没动静的？我号码都给你写墙上了。

女人不作声，只把门打开，男人跟着进来，见她两手空空，便问，今天倒有空，没去地里？

陈阿姨不理他，开了灯，接着灶上打火，给男人烧水泡茶。茶叶是男人自己带来的，看得出金贵，还让女人放冰箱里。陈阿姨用手捏了把茶叶，丢进玻璃杯，才问，这么早就去钓鱼了？

见问到心坎上，老李得意地讲，这个天才好钓，你看看这个头，足有七八斤，不容易碰上，差点就让它溜了，狡猾得很，晚上你做糟辣鱼还是豆腐鱼？只用砍一半，豆腐我都买好了，挂门口墙上了。说着才一拍大腿去取。

陈阿姨不想听这些废话，没忍住，喊了声，老李。

男人听出语气不对，转过身来，一眼看向她，女人站在厨房门口，神情有些凝重，男人一慌，问，怎么了？

女人说，今天不该去钓鱼的，去放了吧。

老李有些哑口，才想起今天什么日子似的，头低下来，嘴里含含糊糊的，还兴这些……

晚饭吃得简单，全是素。好在老李带的豆腐起了作用，陈阿姨做了一道汤，又煎了一道青椒豆腐，加上清明粑，老李吃得也挺高兴，说有二十年没吃这东西了，都忘了味道。

老李大大赞叹一声，在沙发上跷起腿来，点上一支烟，透过第一缕烟雾，细细打量眼前收拾餐桌的女人。从前的一点痕迹还在，几根头发白了，也没拔，原是一张圆脸带杏仁眼的，额前有刘海，婚后身子迅速丰腴，典型的乡下美人，现在是憔悴苍老了，也瘦了，尤其那手，骨节暴突，干活的女人就是老得快些，不断磨损，连目光也磨得锋利，已是另一个人了。老李唏嘘，一句话跟着吐出来，一个人辛苦，怎么不再找个？话说得随意，好似无心，其实早就想问了。女人也反应过来，想这是要掏她旧事的架势了，这个人到底是问了出来。

此前，两人都小心掩饰着，不探究过往，你不问我不问，和平相处，这是陈阿姨能容忍老李频繁出现的一点，可这个人还是没禁住好奇。陈阿姨当然不想说，大脑却抑制不住，往事蜂拥啊，想着该从哪一刻说起，从第一次见到老李开始，还是从儿子的意外开始？想了半天，没有头绪，是仍不想说，心里抵触。

你以前问我会不会唱戏，我没有理你，还记不记得？女人只回了这一句。老李有些出神，更多是意外，她怎么说这个？手里的烟有些夹不住了，烟头的灰已经弯曲起来，手微微一抖，烟灰掉落，男人慌忙去接，没有接住，嘴里的话就像是掩饰，是吗，我问过这个？

烟灰落到桌面，变成一截醒目的灰烬，女人点点头，你自己都忘了。

老李这才回过神来，呵呵地笑，是你的名字，还以为你唱旦角呢。

陈阿姨苦笑，又沉着脸，你看出我不会，还问。

老李知道女人敏锐，哪怕一句话，都像仇一样记住，不管过了多久，不论对方是谁，当初只是无心啊。老李一沉默，女人就对他说，回去吧。话说得客客气气的，这也是女人本领，可以随时让老李显得唐突。边说陈阿姨还边给老李拣起了清明粑，一大口袋，说你放冰箱里冷冻，想吃就蒸。男人只好起身，不客气地接过去，不再说什么，也没有抱怨，女人干什么都麻利，撵人也是。好在没忘记手机，陈阿姨从抽屉里翻出来，一把塞给老李，你带回去，我不用这东西，浪费你钱。老李一愣，脸一抽，脸色才不好看，说，就是给你用的嘛，你这个人，让你用你就用，也不值几个钱。

陈阿姨回视对方，目光满是严厉，话也不再客气，你钱多没地方花了，去捐了好了，我要你可怜什么？

男人还是不理解，语气先软下来，一个手机嘛，有什么，你是不是不会用，我教你啊。

陈阿姨说，我不想学。

男人这才要跳起脚来，你，你这个死脑筋死顽固，活该——活该什么没有说出口，陈阿姨知道他想说什么，是想刺激自己。女人也不管，晾下他，任他怒气冲冲走掉，还让他走了几步，才在背后喊，你回来。

老李以为女人回转了，心里暗喜，也就装模作样回来，可陈阿姨只是盯着门口的水桶说，鱼带走，记得放生了。

老李胸口一紧，要气炸，又憋着没发作，一手拎过桶子，走得地动山摇的，到了楼下嘴里才骂骂咧咧起来，什么不知好歹，憨婆娘，老子再也不来了之类的，女人也不动气，只平静地望他去了。

趁地头还湿着,陈阿姨打算去种点辣椒。秧苗买好,是本地的朝天椒,个头小,辣味却十足。菜地就在楼下,原是筒子楼的煤棚部分,后被推倒,这么开出一块狭长的菜园。陈阿姨留这菜园种些自家常吃的时令菜,芹菜莴笋芋头一类,边角上也栽了一圈葱和蒜,为着方便。老李口味重,退休前在马来西亚和柬埔寨工作了八九年,老本行,还是修电站,项目上请的小工是当地的,还有华人后裔,老李和他们结交,口味跟着一变,说是对辣椒有了新的认识,一般的都尝不出味来。陈阿姨想不如自己种点,培养培养老李原初的味觉。

地头打好了窝,一窝丢下两棵苗,再手植,用手培土,这样来得牢靠。短短的四溜苗,还未栽上一半,腰就发酸,一时直不起,只能保持佝偻状态,这么看见老李的车了。这块地高于一旁的马路,视野开阔,陈阿姨想要避让,身子连连往后退,可套靴踩满了泥一时变得湿滑,女人失掉重心一屁股坐到地沟头。这时间,老李也冲上了这道大坡,一点减速的意思都没有,反而加大油门,轰的一声过去了,像是故意的。

陈阿姨坐在地里,坐着坐着就笑了,笑自己的狼狈,又很快惊觉,多久没这样笑过了,这感觉十分陌生,陈阿姨诧异。

这个人也是，年纪不小，还喜欢开快车。陈阿姨想哪天得和老李说说，别这么毛毛躁躁了，又想起之前赌气的事，怕是一时半会儿也不会来了，脾气这么臭，说变就变，完全认不出来了，也不欠他的。

陈阿姨觉得怪，年轻时老李可是个大大方方的人。自己和许聪结婚，还来了，以为不会来的，又没有谁请。男人拎着一瓶本地大曲径自过来，嚷着要和许聪干掉。说起来，许聪和老李虽同在一个施工局，却不在一个队上。两人工种也不同，许聪在实验室，老李在机电一队。老李是电工，平时惯能帮人修理家电手表什么的，很受欢迎。施工局几千号人，也不是谁都认识谁，在总局中专念书时，两人因专业和年级错失相识机会，到了这里更没玩在一处，只这里那里互相听说过。当年的丈夫话就不多，不像老李那般聒噪，人看上去斯斯文文的，但心思极细，心眼极小，这样的人很难交上朋友。他的鼻梁上还架着眼镜，那时节戴眼镜的人可不多，大伙背地里都叫他许四眼。

老李来了，陈阿姨也没出门敬酒。酒席就摆在院子里，闹闹哄哄的七八桌人，已经吃得阑珊。大伙见老李来了，才起哄，都晓得新娘子和老李相过亲，不知什么原因没配上，这么被许聪拣了过来。还以为会出什么状况，结果还算和睦，只是喝酒。这天是大日子，许聪来者不拒，见老李来敬酒，也就喝了，可老李要求干，这么把人喝到脚软，身子不自觉往地上缩,跟喝了化骨水似的。老李眼看着新郎倒在面前,才哈哈大笑,最后是笑着走出大门的,第二天人在拌合楼醒来,睡在运输沙料的皮带上,若不是拌合楼一个女工眼尖,老李的命就没了,这么传为笑谈。那以后,老李见了陈阿姨就喊弟妹,态度真诚。工程还没完工,老李就走了,施工局要被拆为两支队伍,一支去四川大河口,一支去云南大茶山。去云南的,要等工程扫尾才会动身,老李说自己喜欢四川,就先走了,走的时候还是个光棍。人走后信儿就少了,更少回雾水,这几十年跟着工程局在外闯荡,倒是听说结了婚,老婆也是单位上的,两人有一个女儿。这就是陈阿姨知晓的老李的全部了,这么一点往事也经不起嚼,老李回来后也没说起自家媳妇的事,看来要么离了,要么出了别的状况,陈阿姨也不打听,也是为着不讲自己的事,想对方是知道的。

怎么说呢,这些事,一言难尽,又好像很简单,像张白纸,没涂抹上什么,就被自己对折,不再示人。

怪只怪当初自己看走眼,家里逼得急,弟弟也到了娶亲的年纪,不容她在家里吃闲饭。许聪那边也是,他是家中独子,父母生他时已是三十八九的年纪,上一辈拉大了岁数,就想在下一辈找回来,达成平衡。那时间流行自由恋爱,观念都变了,可他们没有,走了条老路,以为是捷径,谁能想到呢。

结婚当晚许聪大醉,是被陈阿姨架上床的,为他取下眼镜,男人鼻梁两侧留下印痕,像一对红红的老鼠眼,又互相看不见,陈阿姨就笑,这不是四眼是什么?等到细细擦了男人手脸,才注意到一双细长手,以前没有碰过,现在摸上去骨节很长,是没怎么干过粗活的手。这种手打人是很痛的,陈阿姨听谁讲过。这晚男人瘫在床边,叽叽咕咕讲些口齿不清的话,听语气像是咒骂,陈阿姨也没在意,等她收拾好也小心爬上床时,男人已呼呼睡起来,陈阿姨没有惊动他。第二天人醒来,捶着脑袋,头痛的样子,陈阿姨起得更早,新妇可不兴赖床,这是母亲交代的。男人一个哈欠打完,陈阿姨就调了杯温水递去,许聪也只看看,没有话讲,好像不相识。陈阿姨站在房间里,已是一个媳妇的姿态,有着天然的娇羞,她等着男人喊她,结果没有喊,没有任何称谓,对她的妻子身份无动于衷,这令人费解,是自己哪里不如意了?陈阿姨不知如何处置,没有做妻子的经验,只好让自己勤快些,给男人打了水伺候洗脸漱口,又踅进厨房,煮上面条。单位上的人都兴起床就吃早餐,早餐还不是乡下的早饭,是吃面食一类的东西,只有当地人才吃早饭,吃得也晚,好一天只吃两顿。施工局的人是吃三餐的,有时还兴消夜。陈阿姨记得那天许聪连一碗面也没吃完就上班去了,走的时候说了一句,真难吃。这话扎人。男人走后,陈阿姨连忙搛了两筷子面条,仔细回味,哪里难吃了?不够辣?吃完才想起,今天要回门的,之前忘了和他说,怎么就上班去了?今天是不用上班的呀。一个人回去就太丢脸了,家里人还不知道怎么说呢。商定婚事前,许聪就对家里人没什么反应,木木的一张脸,也不会讲话,事情全由撮合人察言观色,一一对付过去,父亲不满,马着脸,又不好对她表露,只有母亲私下安慰说,读书人就是这样的,以后就好了。

人平白走了,陈阿姨六神无主,才想起要去找回来,出门有女邻居朝她看,上下打量一圈,脸上堆满了疑问,又化作关心说,脸怎么白白的,没点血色。陈阿姨都不晓得怎么回,这么一路赶到实验室,心里才扑通起来。有认识新娘子的,登时招呼,哟,弟妹来啦。那日光里满是好奇,陈阿姨看出来,也只能羞涩地点点头,问到了许聪的办公室,在那栋灰色小楼底层靠场坝的第一间。这么走进去,一眼找到许聪的位置,在靠窗的一头,这个人在办公室里也孤零零的,耷拉着脑袋,没有理睬周围人,完全看不出是个新婚的人,身上一点喜气也没有。陈阿姨难过,又不能表露,还得装出新娘子的样子。等女人被辨认,引来一阵躁动,有给陈阿姨拖板凳的,有给她倒水的,搞得陈阿姨倒不好意思了,忙说,不用不用,我来找许聪。有人起哄说,怎么,才隔一会儿就想人啦,真是小别胜新婚,新婚就小别呀……奇奇怪怪的话,引来哄笑,许聪才扭过头来,眉头一拧,跟着起身,对女人说,你怎么来了,外边说。陈阿姨看着男人从面前走过,过来时眼睛都没有望向她,目光是直直冲着前方的,好似女人站在那里。陈阿姨不好不动,跟着出来,到了院子里,看着四处堆积的小小混凝土柱,上面一一标了号,陈阿姨觉得新奇,不知道是做什么用的,正要问,可男人不等她说,只先讲,找我做什么?陈阿姨才打消了讨好的念头,小声递出一句,今天要回门的。面前的男人好像听不懂,回门,回哪里?陈阿姨想起母亲的话,说得没错,对方真是个呆子呀,就解释,回娘家,我们一起。陈阿姨想,这要求并不过分,哪想许聪一口回绝,我还要上班,你自己回去吧。即使陈阿姨做好了被男人刁难的准备,也没想到他会这么干脆地拒绝,陈阿姨再难堪也还得说,要两个人一起回去的,我一个人怎么回……许聪没让她讲完,你回去也是一样的,想回去多久都可以,我同意。什么我同意?陈阿姨没听懂,听上去是撑自己?回门也只用回一天啊,哪里兴久待的。陈阿姨以为自己没有表达清楚,可许聪没有给她机会,说,你去吧,以后上班不要来找我。说着径自走回办公室,落下陈阿姨一个,那一双双目光还从窗子里探出来,打在陈阿姨身上。陈阿姨受不了这注视,只好往回走,一双脚哟纸片般轻,好好的大路走上去也像是在跨越障碍。

　　陈阿姨后来才问许聪,为什么那样待我?许聪才讲,他们说你和李见冰有事情,结婚那晚。这是许聪在见识到陈阿姨是个完整女人之后的事了,李见冰就是老李。

这误会让陈阿姨气恼了好一阵,气老李,也气自家男人,这是个什么脑袋,好像相一次亲,人就不干净了似的。陈阿姨难得生气,第一次抱怨,别人说什么你都信,别人叫你去吃屎,你去不去?许聪自知理亏,任陈阿姨说,也只有这次,陈阿姨感觉在男人面前站了起来。原以为误会消除了,许聪会变得正常,哪想这个人还是那样,并没恢复多少热情,骨子里仍是冷的,好在能交流了,有来有回,凭这个,陈阿姨认为日子就能过下去,无非自己小心一点罢了。

雾水电站竣工后,许聪才随施工局走,去往云南,走之前还问过陈阿姨要不要跟着去。陈阿姨满意,有这一句就够了,还抱着这个人多少开了窍的喜悦,自己却不想走。施工局虽撤了,还有庞大的家属群体留守下来,单位成立了留守处,一切照旧,陈阿姨好不容易才松活起来,习惯了这集体式的邻里生活。再加上那时候已怀了孩子。

两地分居,陈阿姨的日子才真正舒展。生下小子那年,许聪父母从老家过来探视,许聪也请了假回来,一家人聚齐。可两位老人的湘音,陈阿姨一句也听不懂,不晓得他们说些什么,又要带孩子还要伺候二老,陈阿姨很快乱了阵脚,惹得婆婆不满,开始陈阿姨还会争辩两句,后来不说了,因为一有什么,婆婆会立即学舌给许聪,许聪就找她理论。不论婆婆有没有理,许聪都是站在婆婆那边的。那时间,陈阿姨连婆婆的眼神都怕,那个叫胡菊花的女人打望她，像打望一台什么机器，目光里没有半点柔情，让人不寒而栗。这些都可以忍，他们总不能在这里住一辈子的，陈阿姨想。可临到他们走，女人才从许聪嘴里听到那个噩耗般的消息，许聪不带情感色彩地告诉她，父母想把孩子接回老家带，你也可以过去。陈阿姨明白，这肯定是婆婆的意思。那个女人不识字，却可以和公公打跑胡子，全靠强记，是有股蛮力的。陈阿姨当然不干，不想去那个陌生的地方，更是护子心切，一口回绝。这话是在床上说的，许聪没发作，想是照顾一墙之隔的老人情绪，只小声说一句，都说好了的，我都答应了。陈阿姨一阵火起，这事竟然绕过自己，他们把她当作什么了，生娃娃的机器？陈阿姨当即骂出来，指责男人不像个男人，什么都听婆婆的，一点主见都没有。那是许聪第一次动手打她，果然是痛啊，半边脸都肿了，婆婆也没出来拦着，倒是老头子站出来呵斥了儿子，但陈阿姨也知道，公公在家里是没什么地位的，果然被婆婆狠狠骂了两句后，闭了嘴。陈阿姨感到恐惧，当晚就抱着孩子走掉，生怕迟了。在娘家一连住了几晚，等到许聪上门请她回去，说二老都走了，陈阿姨才心软下来，领着孩子回了家。刚进屋，人还没歇下来，孩子还没哄睡，许聪就第二次动了手，骂她不孝，说娘老子辛苦来一趟，你就这么待人，好像这是突然动手的理由。陈阿姨连一声也没有发出来，咬着牙，如果这是代价，陈阿姨觉得胜利的是自己。

经过这一回，陈阿姨算是看透了，男人就这样子，改是改不了的，活该自己倒霉。自此，陈阿姨的心都在小子身上，再累也有了希望似的。周围人都说陈阿姨溺爱这小子，可他们哪里知道，这小子身上有着她唯一的情感寄托。可这份寄托，老天也要夺走。

是个大风天，龙卷风来时没有任何预警，赶上周末，念三年级的小子一早出门，中午回来扒了口饭，稀里呼噜吃完，陈阿姨正午睡，懒得管他，小子又想出去，陈阿姨还叮嘱了一句，早点回来，小子答应得好好的，和往常一样。晚饭前，风就过来了，离陈阿姨这栋楼还远，但也能感受到大风的威力，院子周围飞沙走石，天阴沉得厉害，像谁布了网，低低地罩下来。一时间人群呼天抢地，去救院外的衣物，一些簸箕被整个掀翻，晾晒的萝卜干花生米洒落一地，院里的鸡鸭也顾不上这些，在各个角落上下翻飞，疯了一般，人在路上也四下奔逃。有人冲着大坝的方向喊起来，龙卷风来了、龙卷风来了。原本躲在屋里的人反倒钻出来，纷纷朝龙卷风的轨迹望去，目睹奇观似的。风来得快，去得也快，仅半个钟头，一切趋于平稳。大风过去，就是微风，天更晏了，天际处还飘着一圈蓝光，其余地带开始模糊氤氲，灰色天幕降临，小子还没归家，往常这时候该回来了。

陈阿姨一一询问从院外跑回来的人，看见我家许前一没有？都说没有。陈阿姨的心吊起来，也有人宽慰说，许是跑哪家躲风了，过会儿也就回来了。陈阿姨等不住，凭记忆串起门来，四处都是被风摧毁的景象，一些简易煤棚被掀翻，煤球和油毛毡散落一地，东一块西一块，像是马路的补丁，陈阿姨不在意这些，脚步不停，去了几个小子的玩伴家里，都没见到人，只一个小孩说，之前在锅炉房看到过，后来不晓得了。

陈阿姨失了魂般往锅炉房跑，心里念着菩萨保佑，保佑我们家许前一啊。锅炉房是间厂房，巨大的燃油锅炉被施工局遗弃，那地方便成了孩子们的天堂，整日在十几顿重的机器上上下攀爬，连不知疲倦。那地方在拌合楼的旁边，却比拌合楼矮，是修在一道堡坎上的。陈阿姨在路上跑时，被同院的鳏夫光叔叫住，说，小陈，你跑哪样？陈阿姨急得眼泪要出来，说，我家许前一不晓得跑哪里去了，我去锅炉房找他。光叔说，不要急，我跟你去。两人这么并成了一条线，沿着小路插到锅炉房边，才发现那厂房倒塌了一半，半边屋顶加两堵青砖墙，锈迹斑驳的锅炉暴露出半边桶形身子，看上去像一艘废弃的战舰躺在船坞。陈阿姨当即呼喊起来，许前一、许前一……没有回应，喊着就要抢进去，光叔拦住说，危险，我去。

进锅炉房原要走一道小门，是锅炉房前的控制室，现在不需要了。光叔从坍塌的侧墙进去，踩着一地的青砖，青砖堆得最多的地方是两个屋角，高高地隆起来，像两座大型坟墓，砖堆中还露出两截断裂的屋顶钢梁和管道。光叔浑厚的呼喊声响起，没有动静，只有微弱的回音在残破的厂房里回荡。陈阿姨跟着进来，一地的灰刚刚落定，踩上去一步一个脚印。陈阿姨不再喊儿子的名字，只是走到砖堆前，不自觉动起手来。光叔摇头，这样不行，孩子不一定在这里，你先回屋看看，我去叫人来。陈阿姨不听劝，只顾双手搬砖，没注意的是，脚下的砖抽空了，上头的就滑落下来。是光叔一把搂过女人，一个转身将她推出屋外，光叔的脚被一块砖头劈中，嘴里咝的一声，女人才浑身一抖，清醒过来。光叔顺势说，一个人哪里行嘛，快回去，孩子没归屋，就叫人过来。陈阿姨才跟跄着走了，光叔接过女人的活，双手刨动，砖头纷纷落到屋外，砸得地皮咚咚地响。

陈阿姨一口气跑回院子，院里的骚动过去了，每个人脸上还流露出围观大事件的兴奋，好像见证了历史。只有陈阿姨丧魂落魄，逢人便问，看见我家许前一没有？我家许前一回来没有？听到的人纷纷摇头。开了门，屋里暗着，没有儿子身上燥热的味道，像一个小野人，陈阿姨晓得人没回来，这才脚下一软，整个身子再也立不住了，顺着门框往下滑，随即，那道令人战栗的哭号响彻院落。

当年，这件事也算轰动一时，孩子失踪的消息被迅速传播，人们都朝着光叔所在的锅炉房跑。陈阿姨再赶去时，锅炉房里里外外被围了好几层，砖头源源不断被清理出来，光叔喘着气指挥着众人，又一眼发现上前来的陈阿姨，连忙拦住，不让她进。女人是被两个年纪相仿的妇女架回去的，回去路上，几度拔不动脚，只有一丝侥幸，想老天爷不会这么不公。

当孩子的消息传来时，已是夜里，几个妇女寸步不离地围着女人，家里人都闻讯赶来，父母坐在房里叹气，弟弟等一干男人在锅炉房里出力。传递消息的那个人来得悄无声息，也没和女人照面，消息是通过屋外这么人传人传进来的，就一句，找到了。女人恍一听，以为是人回来了，猛然立起，朝门外奔去，嘴里喊着小子的名字，决心要好好揍他一顿，这么大了，女人没舍得打他。可人还没跨出大门，就被截住，说，已经送到职工医院了。听了这话，女人好一阵才明白，只有职工医院才有停尸间。

女人听了晕厥过去，醒来就喊，我也陪他去了……

那时间流了多少眼泪，天才知道，寻死的心没有灭，可男人没有回来，还不可以，要有交代。陈阿姨做好了准备，他若要她去死，她就去，凭陈阿姨的一点了解，男人会这么要求的。

许聪回来时，整栋楼都紧张起来，都不晓得这个阴鸷的男人会做出什么事，若要拿女人出气，弟弟早准备好了，只要对方动手，他就拼命。想不到人回来了平平静静的，是最后一天了，再不回来，小人儿就要拖去烧了。女人和他照面，相对无言，陌生感更强了，周围人也没给两人单独相处的机会，直到第二天跟车去了区里，抱了骨灰回来，又入了江北陵园，两人才又走到一头，还是什么话也没说，目光都不搭在一处，更顾不上。院里的老人们纷纷宽慰起男人，说着劝解的话，什么小陈带这个孩子是最好的，她费了好多心，吃了好多苦，你不晓得，她也遭孽的……又对女人讲，你就当娃娃是来讨债的，讨完了就走了，都是命……好像是人走了，活人的恩怨还没有了结，都要照顾到。只不过在陈阿姨听来，这些安慰的话就像是一颗颗炸弹扔在男人身上，陈阿姨等着他爆炸。

很快来了，是个晚上，此前男人住在外头，没有回家，这晚回来，喝了酒，一身酒气，要壮胆似的。陈阿姨让他打骂，让他说出那句让她去死的话，可男人没有说，更没有动粗，只指着那架木床，让她躺上去，又说，把衣服脱了。陈阿姨完全不懂男人意思，这是要做哪样？这个时候还想做那事？陈阿姨本想不睬，可看男人脸色，阴森得吓人，那双冷冷的目光从眼镜片里折射出来，仿佛增添了一倍的力量。女人乖乖照做，衣衫一件件褪去，露出胴体，人的羞涩起了作用，陈阿姨身子微微颤抖，双腿交叉，又侧过身子，扭过头去，留给对方一个光裸的背影。男人不满意，很快指出，躺平了。女人这才缓缓放平身体，眼睛跟着闭上。等了又等，时间过得真慢，好像有吸铁吸住了钟表，指针一弹一回，不再向前，最后才发现，这声音是心跳。那骨节细长的手还是伸了过来，比从前粗糙了许多，也不是抚摸，是拧，身上像被打了雨点，有冰凉的刺感，陈阿姨来不及反应，等一道尖锐的疼痛传来，眼睛睁开，才晓得男人在做什么。是挨着肉一块块拧过来的，想要拧出水来一样，可女人又不是件湿衣裳，这么被拧得难耐，人不人鬼不鬼，陈阿姨没有忍住，屈辱地哭了。

陈阿姨是这时候打定主意要离开这个人的，可没那么容易，男人做完那一切，又走了，第三年才回来。那两年是怎么过来的，陈阿姨实在不愿回忆，哪怕只是一秒钟。男人突然出现，陈阿姨还有些后怕，看他的目光已有了提防，生怕他又想出什么自己没有见过的折磨人的方式，好在男人开口就提离婚，陈阿姨就晓得他在外头有人了，这才松一口气，又抑制不住想，那是个怎样的人呢？没有答案，心里只升起一点悲凉，替对方，自己是早没有半点伤心的了。

这年陈阿姨三十出头，说起来，还年轻。那以后，有自己找上门来的，也有安排相亲的，陈阿姨都拒在门外，男女之事在她心底彻底冷却，一扇门关上了。

剩下这些年，有什么故事呢，好像只有去电厂打短工和开荒种地，一个人熬下来，离了婚，每月不再有钱汇进来，养活自己成为头一桩大事，仅这，就把生活里的波折都抚平了，也好似有意留下空白，没有一个人在陈阿姨心底留下来。光叔曾想凭借出力的功劳靠近自己，说要把所有的都交给陈阿姨，包括存款，却被陈阿姨推回去了，她不想见到那张有目的的脸。唯一的例外是老李，只有他没有恶意，陈阿姨曾短暂想象过和老李在一起是什么结果，会不会这样？可心里的芥蒂仍在，疙瘩没有解开，当初他怎么就瞧不上自己？

陈阿姨手里栽着辣椒苗，一窝两株，可以互相倚靠，利于生长，也便于日后授粉，这是哪个传授的，陈阿姨倒忘了，只晓得这是规矩。两棵苗插在窝里，一手扶住，一手捧一抔土，再一拢就立定了，正好一棵高些一棵矮些，像一对男女。

弟弟带人过来时，陈阿姨还在玉米地里除草，弟弟远远地喊起来，女人搭手瞧了瞧，见来的不是老李，步子就慢了。来人是来买鸡的。陈阿姨在院子里养了两大笼鸡，大小有四五十只，平时冷不丁就有人来订。这次是个大客户，家里嫁女儿要摆酒，要得多，先来看个头点了数，订了三十只，公母都有，说是后天来拉。人走后，弟弟留下来帮女人，两人将鸡赶到楼下一间空房子里，订出去的鸡，就不再归笼了。也是这时候，弟弟告诉女人，老李生了病，他女儿接他到省城看病去了，住了院，说是高血压引起的，具体什么病，不清楚。

他还让我不告诉你。弟弟最后强调。

陈阿姨这才恍然,难怪有些日子没来了,还以为小气到这种地步,原来是病了,又一想,这么爱生气,血压不高才怪。女人只顾自己想,没有接弟弟的话,弟弟有些费解,看着女人接连赶了两只小鸡进屋,就自己又起两朵翅膀拣了出来,又问,姐,你说老李还会不会回来?

这话引得陈阿姨一阵反感,那点怜悯立即收了,摆出一副冷脸,你问我,我问哪个?

弟弟说,你们不是常在一起吗?怎么,你不知道?

陈阿姨不爱听这话,盯着弟弟,想辩解,又不晓得怎么开口,怎么说都不是,好像她和他真有什么似的。陈阿姨气不过,说,他的事我不想管,你也别管。这么把话题掐死,弟弟也没有办法,姐姐历来是这种脾气,越想说什么就越套不出话来,看看再没什么要做的,也就走了。女人没有留他。

想是没事的。弟弟走后,陈阿姨这么宽慰自己,这个人身体这么粗壮,这岁数了还一膀子肉,少见,能有什么问题。再说,一世都这样过来了,怕什么呢。

想是这么想,可一连几天只是坐立不安,想老李会不会出什么状况。毕竟这人也走了些时日,一时又想,许是他女儿不让他回来了,住在省城也不一定。这么担忧了一阵,饭也吃不好,总觉得少一个人,有时还犯糊涂,以为老李要来，会主动做上两道荤菜，摆出两双碗筷，结果等不到人，只有墙上那串号码显示这人来过。手里又没有电话，也不能去问个明白，这才体会到老李送手机的意图，原来这样简单，怪只怪当初自己想多了。于是心里升起一点歉意，甚至冒起要去城里看他的念头，只是长远没出门，外面世界早变得不认识了，想想是有点害怕的。就算找到了，又能怎么样呢，无非增长对方的气焰罢了，想着男人见到自己，肯定以为自己有多担心似的，这让人害臊。

如此患得患失，还是惦记的，怕老李再次失联，以前有过一次，是自己放弃了。奇怪的是，老李从来没有问起，就像那封信从来没有被寄出，而她也没有收到。是小子发生意外之后的事了，老李从四川写了信来，在信中表达了问候与哀思，信写得简略，还说起曾在街上遇到过小子，不是这封信，陈阿姨还不知道两人碰过面。

……两年前我回雾水见过他，在街上，以前的一个熟人告诉我，那是你家许前一。我还叫住了他，让他喊我，他怎么也不肯，还问我，你是哪里来的？完全是不认得我的情形，也难怪，我回来得突然，我想，他回家也没有告诉你，遇到了这么一个怪人……

想起这个，又觉得好玩，陈阿姨想笑，写信的老李和现实中的简直不是同一个人，这人在信中竟变得文绉绉的了。也难怪，认识老李时，他还吹铜号呢，和子校的老师打得火热，一伙人还在俱乐部里演出过，陈阿姨没去看，据说有些轰动。而这一大一小能碰上，还讲过话，也算缘分。那封信陈阿姨曾看了一遍又一遍，已经能背诵，这几乎是女人唯一能背诵的东西了，只是没有回信，那时间哪里顾得上呢，过后，又不想回了，没有理由。

现在似乎是有了理由的，可又联系不上，真是作弄人，只好等着，想老李会再来的，这么等到五月，等来了一场大风。

这天，雾水人的手机里都接到了强对流天气的预警，唯独陈阿姨没有。

大风来的时候是傍晚，天空昏沉，仿佛召唤，风卷着风，朝着一个方向聚拢，无数的气流团成了一条风带，从上游席卷而来，库区的水面露出令人费解的纹理。风越过了大坝，从红色塔吊上俯冲而下，像一队轰炸机群，在贴着河谷南侧的地带形成一条巨蟒。蟒身粗鲁，不断团聚，等到积蓄足够的力量，开始了它的扫荡。

大风袭过来之前，楼下鸡棚里的鸡就咯咯叫了一阵，陈阿姨还去窗边看了看，用油毛毡搭建的鸡棚就在楼下院墙的角落里，看不出有什么外来侵害的迹象。这里人撤走后，连条像样的狗也见不到了。陈阿姨放心地回到厨房，开始煮马铃薯汤。

汤在锅里煮着，泛着白色泡沫，被切成小圆片的新鲜马铃薯堆叠在锅底，不时被热气冲得一突一突的。小厨房里很快弥漫开小马铃薯浓烈的香气，有一些黏稠，带来强烈的安慰，像一头大型温和动物的鼻息，算是一种陪伴。

为了给这场大风做掩护，天色几乎瞬间沉没。陈阿姨没有察觉，厨房的窗被多年烟熏火燎，早就变得混沌模糊，窗框上玻璃上一层层绒毛状的油渍板结着，结实顽固，从里往外看，是瞧不出天光的，大白天也暗如深洞，需要开一盏灯，一盏灯也不管什么用，灯光同样艰难地从一层灰垢中射出来，这侥幸漏出的光，看上去也脏兮兮的，像个老人。

起初是声音，像一阵沉闷的雷声，正是炸雷出没的季节，雷声在山谷里回荡，会有余波扩散。耳边这么响了两下，陈阿姨没多想，碗里撒上一把葱花，汤就要出锅了。等到锅底传来锅铲的剐擦声，大风就过来了。窗外的槐树晃动，大朵的槐花被撕碎，树干发出断裂的脆响，咔嚓咔嚓。这近在咫尺的预警让陈阿姨有所警觉，好像一切重演，只是来不及反应了，头顶的石棉瓦屋顶连带竹片编织的天花板被挨个掀起，两侧的天光夹着无数的陈年粉尘扑进来。接着是轰隆的巨响，单薄的墙体剧烈摇摆，陈阿姨像被谁猛然推了一把，手中的汤碗落地，再听不见任何声音了。这刹那，脑子里只迸出一点思绪，不是恐惧，而是本能，甚至感到了幸福,因为想到了小子,闪念后,又有些不甘,一切都来不及了……

这时间,老李正往这里赶,是昨天回的雾水,到得晚,就没来打扰,今天是要来报个平安的。还在路上时,老李就发觉天色不对,灰蒙蒙的像个盖子笼下来,这么暗沉,像是有暴雨,可空气清新,还很凉爽。没等老李转上小树林的那道弯口,就目睹了龙卷风的轨迹,挡风玻璃里划过一根巨柱般的风的身体,恰好从女人家的弯口拐到山坡顶上废弃的学校去了。这时无数的沙尘开始撞击车身,树林摇摆,老李才意识到那是什么,直想,坏了,那房子……最后才想到女人,竟是这样的命运,在一个人身上发生两次……老李来不及动情,不想让悲伤有机可乘,当即断喝,死婆娘,不听老子的话啊。

这么骂着赶到楼下,好像咒骂能驱赶不幸似的。还没下车,老李就发现房子毁坏了,被整个揭了顶,好在主体仍在,没有坍塌,看来风不是从正面过去的。怀着这点侥幸老李抢进院子,院子里满是扑鼻的鸡屎味道,三五只幸存的鸡立在地上,惊吓已经过去,又开始埋头觅食。女人说过,世上最喂不饱的不是人,是鸡。这一刻,老李顾不上这些没心没肺的东西,只是慌乱地喊起来,不晓得喊什么,竟连喊了两声"喂",没有回应,背后树林里传来一只夜鸟的凄鸣。老李夺路上去,楼道没被堵死,甚至那道熟悉的纱门还在,墙也立着，跨进门就看见女人坐在沙发上，一头一脸的灰，目光深邃，围裙上竟还贴着几片小马铃薯，几缕天光从头顶打下来，女人雕塑般肃穆沉静，也雕塑般没有血色，老李惊呼起来。

看到这个人出现，女人还有些恍惚，听见他喊自己，陈阿姨、陈阿姨——声音仿佛从远处赶来，等一点点清晰了，才感到一丝烦乱，他怎么这样叫自己，还这么急这么快，好像时间没那么多了。

裁缝店的女人

今年冷得快,秋末几场细雨打下来,有了深冬的寒意。树子落叶,人添衣,这是自然的规律。在清寒侵袭中,美周蓄谋已久的裁缝店开了起来,就在电影院旁的小门面里,业务涉及成人儿童制衣,兼做窗帘床单被套,更小的活儿是修裤脚、锁边、换拉链。开了店,来的就不光是留守处的熟人,电厂和当地人也进来瞧个热闹。

一九九九年,对于小镇来说,尚没有迎接新世纪的热烈氛围,日子不可能一刀两断,新千年只是日历上的一串数字,碰巧,是个整数。对美周来说,日子的确不同了,也才惊觉,为什么不早开出铺子。守着儿子的这些年,时间都被浪费,那些枯寂的白天和夜晚,不知道是怎么过来的,白白和这对父子呕了些气,换来什么?什么也没有。想到这,美周真有些懊丧,好在,决心已换成现实。

饶维国也挂电话来表示支持,这不仅是增加收入的方式，更重要的是美周有事做了，不会太过无聊，时刻把矛头对准自己和小瞬。每次回家探亲饶维国都紧张分分，不晓得女人会做出什么来，"一走了之"和"离婚"是美周挂在嘴边的话。饶维国知道，将美周从老家带到雾水，又分隔两地，女人的脾气逐渐暴躁，十年了。饶维国问，小瞬怎么办？美周没好气，什么怎么办，我还要养他到老？

美周今年三十四岁，儿子小瞬十五岁。

开店拉杂的事不少，采买就是一大项，全靠美周去区里采办，大到缝纫机、拷克机、人台、烫马，小到熨斗、压脚、锥子、裁剪、线剪。布料更是重点，衣料多为大衣料，厚棉料和呢子一类。这个季节只好做冬装，想着做衣的人多是中老年，颜色就往两头走，要么藏青、铁灰、黑，要么大红带万字寿字样，床单窗帘的薄绵料也进了些，零碎的更少不了，各式拉链、纽扣、松紧带、腰带衬、牵条都要备着。这么置办下来也花去了一些时日。

店里装修简单，是饶维国找的人，把墙重刷了一道，日光灯下雪白透亮，过了几天才显出不匀称，一些地方薄，一些地方厚，形成大块斑点，难看到死，于是又刷一道。狭长的空间里靠墙打出大条桌，跟着是打玻璃柜台，之后是放布料，归置物件，都是琐碎的事，美周一一料理，横了心要做，没得抱怨。

选了个日子，鞭炮一响，店子就开张，美周升级做了老板娘，这多年凤愿，却拖了这么久。下定决心还是为着小瞬，过几年就要花大钱，饶维国那点工资是指望不上了，只好自己找路子。

店子开张就有生意，那帮单位老乡好些年不备衣裳，赶上这次都出手订制过年新衣。加上电视里一再渲染的新千年，仿佛噱头，要有个辞旧迎新的样子，归根结底也是想出一把力，显出情谊。

女友们也来看，设计院的穆婆娘进门就环视，吊起眼说，哟，老板娘当得有模有样，气质都变了。美周笑得手里裁剪都拿不动，几个人都是一套表示，夏天一定来支持，订裙装，冬天就算了。饶维国的同事也来了几位，送上花篮，一本正经，说嫂子下海，一定大杀四方，财源滚滚。美周客气回答，小店子，杀什么四方，糊个口，混混日子。

美周忙不过来。光是量衣就耗去了好些天，接下来确定款式，好在都不复杂，多为唐装，也有夹克、大衣。之后要打版、做坯衣、修版，订单多，程序更不能乱，只好一刻不停。

店子迎客，美周不能马虎，也是穆婆娘点醒，说你还是要打扮起来，做服装店，不能再是家里样子，手艺再好，总受怀疑。美周受教，觉得有理，跟着行动，勇敢地去做了头，烫了大波浪，香水是穆婆娘送的，也洒上身，店里一坐，香气缭绕。没人时，美周也暗自嗅嗅，果然不再有家里的炉灶油烟气，透着黄脸婆的苦，美周满意这新味道，好像做回了女人，添了幸福的伤感。

这天美周赶了一个加急活，客人取货又晚，出门天已擦黑，锁好门，一转身，就迎面撞见一个从斜坡街上走下来的人，一身黑衣，一头卷曲长发，虽未披肩，也足够长了，是他。那人见了美周也一怔，跟着走上前来，大方说，你是小瞬的妈妈？我是薛崇艺。

美周吃一惊，两人从未说过话，只在家长会中碰过面，对方竟然记得。美周不敢多看他，低下头，怯怯如一个小学生，嘴里笨拙地喊了声，薛老师好。说完，自己都觉得气短。

薛崇艺说，你家小瞬是个画画材料，好不容易收个男生，你可不能领回去哟。

美周没有听懂，收学生？小瞬学画了？美周全不知情，又不好表露，只说，麻烦薛老师，小瞬调皮得很，我管不住他。这话看似无心，对方却听出什么来，笑说，是吗，我看他很用心，会画出来的。

美周根本不在意这个，淡淡说一句，让薛老师费心了。话到这里，就是结束信号，美周不便先走，是对方看出来，说，没事的。

男人一迈步，美周就火速走起来，不是平日里的步调，完全乱了套，整个人像是要散架。美周一路失神，尽力去想小瞬，这么大的事，怎么瞒着自己？关于薛崇艺，美周多少听说过，他是子校的美术老师，画油画的，才来没两年，代理过小瞬的班主任，在子校算是另类，三十好几还没结婚，这倒是个疑问。美周感觉不妙，小瞬怎么跑去和他学画了？

回到家，小瞬抱怨饿，美周也不管，先盘问起来，你和薛老师学画了？

小瞬眼珠转一圈，说，你怎么知道？是他来找我的，让我跟着学，对了，你把学费给我，还要买材料，一共一百五。

美周一吓，这么贵，抢人啊。又不好讲出来，只是问，他带了几个学生？都是女生？

小瞬不耐烦，问这么多干吗，给不给？不给我不学了。

好几天过去，美周还是不舒服。儿子从小酷爱漫画，当作爱好，美周没觉得有什么不妥，可正式学画以后只能考艺校，说出去有些丢人，显得考不起正经大学似的，美周犯愁起来。

美周没想到薛崇艺还会来找自己。

是个中午，店里进来一个人，门口背光，美周没有看清，以为是客，就放下手里的活儿，也不先开口，等人主动询问。门口的招牌将业务介绍清楚，美周以为自己不用多说什么，只是微笑。穆婆娘几次来店里闲坐，很快得出结论，说这样好，上来就问东问西的最讨厌，也显得没有手段。美周的微笑尚未职业化，仍显得拘谨。是来人先开口的，你这里做衣服？话音一落美周便发现是他。薛崇艺戴了顶帽子，美周一时没有认出来，今天是个大风天，气温又降了好几度，美周不知道他怎么能戴稳那顶帽子，因而当对方再问起"你这里做衣服"时，美周才反应过来，连忙说，做的做的。

薛崇艺说，我想做一件。

美周先招呼对方坐，又想起店里没有茶水，作势出门，又怕冷落了他，一脸歉疚，说薛老师先坐，我去借杯茶，屋里没有开水。

薛崇艺摆手，不用麻烦，我是来做衣服的。

薛老师想做什么款式？美周停下步子。

做一件画画穿的。薛崇艺说。

美周困惑了，画画还有专门衣服？

对方笑，说，没有，我想单独做一件。

美周问，做什么样子，用什么料？

薛崇艺侧身看着美周店里卷着的布料，说，卡其布就好，海军蓝和灰色都可以，灰色的吧。

做夹克？美周问。

不，做这个样。薛崇艺有备而来，顺手从皮夹克里掏出一张纸，郑重摊在美周身前的台板上，是张服装设计图，薛崇艺指着图纸说，我画这个不专业，你将就看看。美周跟着俯身，两只脑袋在灯下聚拢，为了不靠得太近，美周又抬了抬下巴，看见纸上浅灰的铅笔线条，每一笔都很轻巧，同时又很清晰。美周一看就笑了，薛崇艺说，我画得不好。美周连忙摇头，轻声讲，就是工作服嘛，单位发的。美周太熟悉了，饶维国每年都会领几套工装，上面满是口袋。

薛崇艺也笑，是有点像，我不喜欢紧邦邦的，要做宽松点，像大褂子。

美周抿抿嘴，我怕做不好。

薛崇艺说，不怕，画画穿，没那么讲究。

美周第一次碰到自己带设计图纸来做衣服的，有些没底，又不能拒绝，只好讲，先量一下吧。

薛崇艺从塑料凳上起身，往后退，退到房间中央，笔直站好。美周从台板上抓过皮尺，朝男人走去，一下近距离面对面，对方的呼吸都能感受到似的，这让美周心慌，不敢看对方眼睛。薛崇艺站立不动，美周说，要脱衣服的。男人这才动起来，脱下夹克，剩一件深蓝法兰绒衬衣在身，又不放心，问一句，不用脱了吧。薛崇艺说得认真，没有半点轻佻的意思，美周才郑重点头，想这人是不是有点傻？等美周松弛下来，手上渐渐麻利，一一做好标记，才看出薛老师是个标准形体，不胖不瘦。美周确认了数据，说，行了。男人绷紧的身躯这才松弛，美周也才发觉对方有些弓背。

薛老师什么时候要？美周问。

不急，等你做好。也没问美周需要多久，也没提钱，美周也不好说价，只说，做好了，我让小瞬送来，只怕薛老师不满意。

薛崇艺说，你放心做，到时我来取。

就走了。美周呆呆坐了一下午，那张设计稿，美周在灯下看了一遍又一遍，每看一遍就觉得信心流失了一点。

人好像就是这样，碰了一两面后，冷不丁这里那里就会再碰到，到底是小地方，只是路上撞见，薛崇艺也只是朝美周点点头，并不近前来，美周心里感激。只有一次，美周去区里备货与他不期而遇，才聊起来。对方的衣料美周还想去挑挑，因为天气，美周想用厚些的，还有纽扣，美周想选牛仔衣上的空心工字扣，新潮一些，店里的都显得老气了。

美周在高速路口等车，人就过来了，一个人，背一只挎包，身上是一件米黄色风衣，配白色高领毛衣，脚下是深蓝牛仔裤配皮靴，搭得讲究。美周突然想，这样的人怎么会没有女人？高速路口有分叉和匝道，美周站在去往区里的方向，薛崇艺走在通往省城的一头，发现了她，薛崇艺才跨过路口。

你也等车？薛崇艺面露意外。

美周点头，晓得薛崇艺是回家，单位在城边上有一处基地，子校老师和留守处的人大多在那里安家，美周也想在基地买房。

衣服还要多久？对方又问。

就快好了。美周有些不好意思，没有告诉他这次去区里就是为了他。

生意很忙吧。薛崇艺说。

美周回一句，也没有。

两人站在风口，路基的缓坡下就是河流，冬天的河水安静得没有一丝波澜，流速缓慢，只有河谷地带的风吹乱了美周的发丝，美周用手拨着鬓角，是一道长鬓角，尖刀一样贴在美周脸颊，看上去像是戏上的装扮，薛崇艺看在眼里，暗觉她开始像一个人。

美周感受着这目光，比从前有温度，美周的脸更烫了。美周微微不安。好在破旧的依维柯风驰电掣般驶来又一脚准确地刹在美周脚边，车门哐哧打开，一道女售票员尖利的嗓音夹着一股浊恶的空气从车门口挤出来，南白南白——

美周解脱了，慌忙说，下周可以来取。

薛崇艺点点头，微微一笑，说，好。

约定的时间到了，美周的衣服还没有做好，有个老阿姨来插队，需要赶出来，美周也就落了进度，美周也想好了，若是人来了，就照说没有完工。可人没有来，美周难免想到各种情形，是不是出了什么事？又不能确定。

美周向小瞬打听，你们画画组一天上几节课的？小瞬睒一眼美周，眼神里满是鄙夷，是美术组！美周只好顺着讲，是是，美术组，你们怎么上课的？小瞬说，每天不到两节。美周问，每次薛老师都在？小瞬说，在啊，他不在谁教？你教啊。美周得了消息，就不多问了。难道是忘了？美周琢磨，还以为他出了什么状况，没回来。结果回来了。

薛崇艺再次出现仍是个周五的下午，店里无客，美周在台板前调整裁片，埋着脑袋，门就被推开，对方闪身进来，美周抬头，发现是他，也没有特别表示，倒是薛崇艺先面露笑意，轻声说一句，在忙啊。

美周说，嗯。

薛崇艺说，我来取衣服。

美周这才从台板后起身，慌忙说，还没有做好，还差一点点。

薛崇艺倒也不意外，盯着美周，问，还要多久，我今天要回去，礼拜天下午回来，能做好？

美周想了想，郑重点点头。

薛崇艺说，辛苦辛苦，期待期待。

美周听了好笑，愧疚的神情一扫而光，她没有听谁这么对她讲过话。

头疼的是时间,太紧了,只剩下两天,美周没有把握,那衣服虽只剩下缝制,偏是个细活,要花大功夫,还有包边锁边钉纽扣,哪一样都马虎不得,本想再花些时间好好弄,怎么就应了?

美周昏头昏脑,只好加班。晚饭后,美周也回到店里,这时间电影院一带热闹起来,赶上周五,聚集了不少人,一时间闹哄哄的,美周扫一眼,出来轧马路的竟都是学生。美周跺跺脚,怀里还抱着一只暖水袋,店里禁火,没有炉子,美周知道晚上待不住人,所以预先备下,希望能焐焐手,只要手不僵,美周就能做下去。进了店,美周反手将卷闸门拉下,免得被干扰,若是进来个把熟人,一来浪费时间,二来衣服打眼,必会被人问起,美周不想解释。

这么做起来,做到手脚冰凉,夜里走回去,身子咔咔直响。

第二晚美周把衣服架上人台,有了底子一撑,衣服就活了过来,很有些样子。美周在灯下不断翻看,检查线头,都处理妥当,再对比薛崇艺画的草图,也才惊奇,想自己还是做出来了。衣服虽像工作服,却很有些与众不同,像短款的风衣,又不完全,美周拿不准,不晓得对方如何看待。自己倒是欣赏的,看了一遍又一遍。一拖延,时间就更晚了,刚把卷闸门拉开,屋外竟冲来一个青年,美周被撞了一下,正要冒火,才发现对方一脸瘀青,脸上红红绿绿的,像贴了洋画,身上的运动衫更被划了条大口子,那衣片子吊着,像张着大嘴。美周正要说,不做生意了。对方倒喊起来,大姐,剪刀借一下。

美周没明白什么意思,青年就闪身到台板前,抓过台面的大裁剪就冲了出去。美周呆住,做梦似的望着这一切,才晓得自己误会了,对方不是来缝衣服的,又不能追。美周只是回头,盯着人台上的衣服,那人台先前被青年撞了一下,狠狠地摇了摇,险些倒地。美周这才担心,一看,果然是脏了,一片灰色污迹涂染在衣服的侧边,细看,还有些血痕。美周懊恼无比,沮丧感一点点蚕食此前的自满与骄傲。

怎么交差!

来不及抱怨,美周深吸一口气,强迫自己平静下来,先打来清水,毛巾浸湿,稍稍拧干,一点点去擦那污斑。美周小心,弄污的面料也仿佛成了婴孩的面孔,美周轻轻抹着,不断重复着手里的动作,末了毛巾换成棉签,一点点去挑污迹里的血点。很快,那衣服的胸前腋下湿了一片,美周的也是,腋窝里一热,积聚起汗。直到再也挑不出一块斑点,美周才把衣服取下,摊上烫马熨烫,等重新挂上人台,那衣服立即恢复如初,平滑周整,美周用手理了理衣服的领子,又掸了掸面料,好像面料下是个货真价实的男人,带着微微的体温。

美周根本没有理会那把被抢走的裁剪会不会捅进另一个

人的身体。

美周摆弄着衣服,此前的一幕仿佛插曲,已经微不足道了,甚至美周还感激起那个莽撞的青年,是他让美周在衣服前又多停留了一会儿。直到身后卷闸门一响,屋里又钻进一个人来,美周才又打了个颤悚,又是谁?美周一把挡在衣服前,转身的瞬间才发现是他。

美周失声叫起来。

薛崇艺穿着一件灰色夹克,头上还戴了顶鸭舌帽,手里拎着提包,刚从弯腰的姿势里调整过来,站直了才说,这么晚了还在啊,做衣服?我的?薛崇艺的话说得抑扬顿挫的,美周心绪难平,话也讲不出来,他怎么提前回来了?对方看出女人的慌乱与疑惑,跟着体贴地问,吓着你了?

美周点头又摇头。

薛崇艺这才笑,不好意思,没有敲门,看门开,就进来了。男人哪知美周心思,只顾自己客气,好像礼貌是身上的另一件好衣服。

美周这才说,不是——美周犹豫要不要告诉他之前的遭遇,对方就径直走上前来,朝美周身后张望,我的?脸上带着欣喜。

美周比薛崇艺矮一头,自然挡不住他的目光,只好顺着这道居高临下的目光往后看。那衣服架在人台上,比眼前的人更高大似的,也更耀武扬威。

薛崇艺又往前跨出一步，旁若无人地伸过一只手，是左手，从美周的脑袋旁经过，去摸了摸衣服，面料在日光灯下泛出一道白光。美周呆立不动，呼吸被迫停止。薛崇艺像堵墙似的挺在美周面前，美周完全被这道阴影遮没，直到那纤长的手指从衣服上滑下来，耳边传来一句，真好。话音刚落，那手就滑到美周鬓角的发丝上，美周脸颊一烫，以为对方只是不小心，哪想那手早有目的，一旦停在那里就不动了。

薛崇艺一把将美周抱上台板，美周还沉浸在他对衣服的夸奖上。

从前美周有午睡习惯，开了店只好从简，困顿时，就在店里眯一会儿，这时候美周连打盹也省去，玻璃推门半开着，让风不断灌进来，保持清醒，以为那个人随时会出现。美周更不时出门活动手脚，以为可以望到他，可望来的仍是一成不变的铁灰色天空，浮着阴云，红星电影院耸立在裁缝店一头，阻挡了更多的天光，门前的小广场上有孩子在滑旱冰，几个老人在旁盯着，通往学校的大路上走着懒懒散散的几个人，都灰扑扑脏兮兮的，没有一个是薛崇艺。

人不来，美周干活就心不在焉，望着堆满大小裁片的台板，动不起心思，可年关将近，到了交活的时候，美周不敢怠慢，白天夜晚接连赶。屋里清寒，河谷地带的冷丝丝缕缕透进来,店里倒成了冷气的储藏室了。美周一双手脚很快变得麻木,没有一丝温度,连带着身子也像被打入了冷宫,拧一把都没有痛意,只有对着腰间下死劲,两根指头不断施压,一搓,指肉分离间才换来痛感。

美周靠着这个坚持。

那些得了衣裳的人,表面上说样样好,转身也横七竖八挑起毛病,比如肩宽了,下摆长了,要么上身显得紧了,还有觉得款式老旧的,再是熟人,遇到买卖的事,也有的说,不似从前,委托美周做点什么,饶是这里那里有些不满,都不好讲出来的。现在纵然衣服没有毛病,严格按照要求做成,也要挑一挑的,更何况美周跑了魂般频频失误。

这些话自然从一个个外人那里传来,美周听了也不好分辨,更不能生气,不过也不能自认倒霉,美周还得说,衣服穿久了就晓得好坏了。这话似有些深意,可以暂时堵住来人的搬弄。

可到底是气馁的,这气无法通顺,因而这晚家里进来一个人,美周也没有察觉,还是对方先说,怎么黑咕隆咚的,也不开灯。

美周一听是他,他回来了。

来人把水果放下,才正式喊一声,美周。

美周不动,也没有喊他,只是问,姐姐没来?

男人说,在后头。

有了这句，美周就放心了，可还是挪到门边朝楼下喊起来，小瞬小瞬——楼下哪有小瞬的半点影子，美周也不管，男人见这架势觉得好笑，你慌什么，我现在还不想和他玩，让我歇会儿。

美周没觉得自己的反应过度，和往常不同。男人倒察觉了，觉得这个女人有些神经质，难道是因为近在咫尺的新千年，大家都有点魂不守舍？等美周回过身来，才正眼看对方，新刮了胡子，脸上有了肉，看上去壮实了，头发梳得纹路毕现，打了定型水，压在头顶，连眉毛也浓了几分，眼镜一架，镜片折射，眼神都跟着幽深了，身上是一件黑呢子大衣，里头是深色西服，打着领带，整个人看上去都变了味道。

美周多少舒展下来，笑，听姐姐说，你考研究生了？

嗯嗯，男人点头，还不忘谦虚，随便考考。

美周捧场笑，这个人说话从来这么随意，随意里又处处透着骄傲。美周说，是女朋友的意思吧，听说她家里都是做教授的，也想找个做教授的吧。美周知道对方新找了女朋友，是个博士生，姐姐就爱把那个从未现身过的女博士挂在嘴边，生怕别人不知道。

男人嘴角微微一扬，你倒知道得多，教授我还不爱做，他们看上去都太懒了，不如我天天跑新闻，还锻炼身体。

美周撇撇嘴，不在意男人的夸夸其谈，只说，也不带回来给你妈看看，姐姐念了那么久，人影都没见到一个，旁人还以为是假的。

男人说，她比较害羞，我妈那个人，最会吓跑害羞的人，以后再带回来。

美周忍住笑，这才喊他坐，自己去泡茶。

小瞬人呢，又长高了吧，男人随口说，长大了，就不和我们这些老人家玩了。

晓得野哪里去了。美周回答。

画学得怎么样了？薛崇艺还是厉害的，他以前在艺校就有些名气，办过画展得过奖，我还采访过他，他老师的老师是吴冠中啊，小瞬总算拜了个好师父，我这个师父只能提升他的文化和品味，这下好了，还能学门手艺，"文武"双全，你要让他学下去哦。男人得意地说。

美周端着新沏的茶，心里一乱，茶水就漾了出来，美周的手像被咬了一口，美周忍住，仍旧把那杯茶往男人面前一放，放得轻手轻脚的，心里却翻江倒海起来。

你们认识？美周问，声音有些发飘，美周也没有察觉。

早认识了，是我让薛崇艺去找小瞬的，他喜欢画画，你该培养一下，以后搞艺术的大有前途。对方笑，你不是还给薛崇艺做了一件衣服吗，人家夸你做得好，什么时候也给我做一件？

美周知道关于衣服男人只是随口说说，美周担心的是别的。薛崇艺和他聊到什么程度了？美周感到危险，只要薛崇艺一不小心流露什么，面前的男人就能嗅出蛛丝马迹，一旦他知晓了什么，哪怕不是全部，也能拼凑出个大概，记者不都这么干吗？接下来是美周口中的姐姐，如果这个女人探知了一二，等于在留守处天天放广播……美周无法想象这前景，脸色刷一下白，顾不得许多，直接问，他还跟你说什么了？

男人一愣，本能说道，你怕什么？男人猜美周心思，渐渐有不好的预感，薛崇艺的花边新闻他以前可没少听过，不是因为这个，前途大好的他怎么会被打发到这里来。这里人对他不了解，他还不了解吗。男人顿时浮想。美周也感受着男人的眼神，似变了几种色彩，猜到他在想什么，心里顿时升起多嘴的悔意，又不能表露，只强笑说，我怕什么。

两人各怀心事，陷入沉默，老女人就过来了，一个高嗓门在走廊上响起，哎哟，薛阿姨家的番鸭子养得肥的，福建人就是会养鸭子，不晓得卖不卖……

女人还没进门，美周就咽了那口气，也不管男人胡思乱想了，起身去迎，嘴里喊着，姐姐来啦。

女人一头白发，精神干练，尤其眼睛有神，因为两个争气的儿子，在留守处一带算是扬眉吐气的人，路也走得横。美周为何叫她姐姐？还得从饶维国说起，饶维国和女人丈夫是同事，曾在一个机组上班，虽差着一把年纪，却很是投缘，女人偏巧姓饶，饶维国就这么认下个干姐姐。说起来也是个苦命女人，十几年前就守起了寡，好在是带大了儿子，个个有出息，一个在区里税务局工作，一个在省城报社上班，在报社的是老二，就是屋里的男人。

女人问，美周，衣服做好了？我来试试。

美周说，还没烫呢，好了给你送家去。

女人说，在家里在店里？

美周说，店里。

女人说，那我明天去店里试，不行，你可要给我改哦。

美周低声说，都量好了的。

女人说，我听陈阿姨她们讲都改了，改了又不合适了，这些人就是有毛病，你不要惯她们。

美周笑笑，女人自相矛盾，自己倒听不出来，又不好说什么。

女人一来，屋里的男人就没了脾气，头也埋下来，女人对凑在回风炉前喝茶的儿子说，你不是说还要去趟电厂同学家，还不去！

天更冷了，年前美周多备了些熏货，几挂香肠腊肉让小瞬给薛崇艺送去。美周始终不知道薛崇艺对男人说了什么，或者男人后来问了薛崇艺什么。美周准备东西也不是为了试探，而是自己态度，不愿占别人便宜，薛崇艺为那衣服掏了两百块钱，美周本不要，是对方硬塞下来，说是手艺钱。虽这样，美周也想着怎么弥补，可人不再来，她没有任何办法。美周难过，倒不在于薛崇艺对自己做的那一切，说起来，是自己没有拒绝。美周只是没想到两个男人竟然相识，这让美周不安，只有恨自己。

美周把包好的熏货递给小瞬，小瞬一脸的不乐意，说我不去。美周讲，你要你娘一个人去是不是的？小瞬才没有办法。

薛崇艺住得倒不远，就在子校边上，是处平房，从前是教师活动中心，后来一个年轻女老师在那里上吊自杀，虽没死，也忌讳，渐渐就没人去了，最后才被薛崇艺要了过去，做了宿舍和画室。

小瞬穿过牌坊式的校门，顺着小路望过去，薛老师屋前的空地上满是杂草，只有常走的地方露出黄土来。小瞬上前敲门，起初小声，咚咚咚地，没有反应，又拍起来，等了一会儿，里头才有了动静，是两声咳嗽，跟着是一道怠懒的声音，谁呀——

是我。小瞬隔着门小声说。

一阵沉寂，门才打开，一只毛发蓬松的脑袋探出来，身上是一套白色内衣，白得异常醒目，却干净，又因为紧身，看上去就像一具石膏人体了。

是你。对方说，目光里满是困惑，加上天光涌入，那双眼又很快闭上。

小瞬有些迟疑，不晓得怎么办才好，好在对方很快调整了语气，挠挠头讲，先进来，冻死了。

小瞬本想在门口把来意说清楚，交割完毕就回去，薛崇艺却又迅速钻了回去，小瞬只好跟上。屋里果然暗得出奇，做了分隔，第一进是画室，四处摆着画架石膏模型瓶瓶罐罐什么的，薛老师带备考的人就在这里，小瞬还没有资格来。

好多画啊。小瞬感叹，直到又一声咳嗽传来，进来。小瞬才摸入了第二进，这就是客厅了，比画室狭小得多，胡乱地堆着几只大纸箱，塞满了画册和书，零零乱乱的，小瞬都要插不进脚。里屋明显还有一进，只是门框里没有门，只挂着一道帘子，那就是薛崇艺的卧室了，里头正传来窸窸窣窣穿衣服的声响。一道女声跟着响起，谁呀。薛崇艺说，我学生。女人就安静了，还是薛崇艺冲门帘外喊，你先坐。

小瞬局促地找个空位坐下，没想到屋里还有别人，还是个女人。屋里的一切也太乱了，不像平日住家的样子，小瞬困惑。

你来做什么，参观吗？薛崇艺总算从帘子里挤了出来，嘴角叼住一支烟，身上套了件古怪的衣服，倒长不短，铁灰色的料子上沾满了五花八门的油彩，小瞬站起来。

我，我来给薛老师送东西。小瞬扭扭捏捏，还是说了出来。

送东西，我需要你送什么？薛崇艺点燃了烟，饶有兴趣地望着小瞬。

我妈给薛老师准备了……小瞬说得气若游丝万分痛苦，那袋熏货还拎在手里，此刻变得越发沉重，小瞬这才恨起美周来，好端端的，送什么东西，无事献殷勤！

你妈妈客气了，还会做这个，她衣服倒是做得很好，可惜我要走了，不然还找她做两件。薛崇艺脱口而出。

小瞬立即呆住，忽略了他与美周的联系，慌忙问，薛老师要走，去哪里？

薛崇艺说，回城，以后会有别人来教你。

美周把大门打开，看一眼天色，天光清冷，只比往日亮堂些，今天是除夕，好像因为这，老天赏脸，多给了一丝希望之光。

不会下雪吧。美周想。

屋里还是两个人，饶维国没有回来，水电站三百六十五天施工，春节里奖金多发一点，回来就是损失。美周和饶维国四五年没有一起过春节了。

过年不用去店里，以后也不用去了，美周打算年后关掉店子。离店前，美周把一件衣服取了出来，是件呢料大衣，厚厚实实的，按薛崇艺的体形做成，美周自认为这一件才是自己做得最好的，款式登样又稳重，为了这，美周连赶了几个晚上，一双眼熬得烂桃一样。美周打量衣服，呢料是顶好的，进货时，美周都没有还价，做的时候也是处处小心，版式虽是固定风格，但美周一针一线都费了心思，本想等薛崇艺来作为惊喜，哪想等来男人要走的消息，而他屋里还藏着个女人。美周这才绝望，觉得自己傻，她早该猜到的。自从薛崇艺出现，就成为一道荫翳遮盖在美周心里，平息了自己的暴躁，美周之前还存有幻想，觉得薛崇艺是那么简单的一个人，可此刻，那一点美好的感觉荡然无存，那荫翳也变作了长长的阴影。

衣服美周本想留着，只是想到要关店子，留着只会更惹眼，干脆眼不见为净。美周用之前被借走又被悄悄还回来的裁剪照着大衣下摆狠狠铰下去，料子迎刃而解，等到下摆胸口划出长长的口子，美周才心痛，这痛也不为别的，只为衣服本身。美周每一刀下去，都好像扎中自己。美周想自己再也不会这样去做一件衣服了。这么一想，美周更停不下来，厚实的面料让美周虎口传来阵阵疼痛，美周也不管，等到实在铰不动了，美周才踩着一地的碎料哭起来。

流光了悲伤的眼泪，美周大舒一口气，一切都结束了，她再不会来这里。

眼下，美周忙碌着，炖鸡、做肉圆子、蒸粉蒸肉、煎藕盒样样安排。当地人吃年夜饭都早，下午四点，就能听到鞭炮响，只要一家响起，声音就会接续，从桥头地带响过来，像是鸡打鸣，具有传染性。

美周和小瞬吃饭，替代屋里人气的是电视，好像世间所有的幸福都集中在里头，要在今天一次性展示给人。小瞬吃得快，吃完要出门，和同学去看龙灯。小瞬急于出门，美周跟着交代，早点回来，十二点要放鞭炮的。小瞬摊开手，美周才迟迟把压岁钱掏出来，好像慢一点，这小小的施与的幸福就会延长，给了，还要添一句，不要乱花。

屋里只剩下美周，年夜饭一过，就没多少事可做。美周将炉面收拾干净，又垫了台板，放上一只装着花生瓜子的铁皮糖盒，还端来水果，有谁串门可以方便招待。可美周也知道，没有谁会来，美周从不摸牌，不是不会，而是怕输，这天然阻挡了交际。饭后正是牌局开始的时候，美周不凑这热闹，别人也就不会来找她。因而门被拍响时，美周还以为哪家又放起了鞭炮，美周怔了一下，门外才大声武气喊起来，黎美周黎美周，不在家啊。

是饶维国的声音，美周惊奇，从沙发上弹起，跑去开门，不是他又是哪个？

饶维国正和隔壁福建阿婆讲话，过年好啊，薛阿姨。

维国啊，才回来吗，够晚的啦，坐什么车回来的？薛阿姨问。

单位的车，才开回来，开了一天。

辛苦的哦，吃过了吗？

饶维国笑，这就回家吃。

薛阿姨说，难得你今年回来，等会儿要尝一下我的汤圆哟。

饶维国说，要得，好久没有吃过了，常想呢。

两人说着，美周也不好老站在门里，干脆踏出去，去接饶维国手里的提包。薛阿姨见了美周，也就按下话题，说一句，回来就好回来就好，好几年没回来过年了。

美周也顺带客气讲，薛阿姨，来家坐坐。

对方只是摆手，我不打扰你们过节了，我老太婆一个。说着也就进家去。

美周抬头，控制着自己的情绪，男人到底很久没有回来，可一见到那张脸，脸上的油星子像涂了蜡，层层叠叠，头发也奓着，张牙舞爪的，身上还散着一股子车里沤久了的馊气，暗黄色夹克皱皱巴巴，沾满泥点，脚下那双皮鞋更看不出形状，像泥里打了滚又被踩了好几脚的茄子，美周又气又恼，这个人好像从哪里逃难回来。

怎么也不说一声，跟谁回来的？美周问。

罗局长，临时说回来，就搭了他的车，衣服都没来得及换，过几天就回去。饶维国说。

美周哼一声，你们倒是不怕坐车的。

饶维国进屋就往炉子边靠，搭着手说，小瞬又跑出去啦，我快饿死了，路上没有吃的。

美周眉头一把拧得更深，什么日子，还没你吃的。美周最听不得今天有人说不吉利话，偏偏撞见饶维国这死鬼嘴里吐不出象牙。

饶维国赔笑，说，是，夫人，我错了——"了"字是一道拖音。

美周更看不惯饶维国这样油嘴滑舌，又不好骂，只扔下一句，还不去洗洗，水不要给我倒了！

美周热了饭菜，饶维国匆匆洗了手脸，换了身在家的旧衣衫，似乎小了些，肩头吃紧，跟着问起，你不是开了店么，也没见给我做身新衣服，忙什么去了？

美周没想到饶维国会问这个，心里登时搅动，像被发现了什么，她怎么也没有想到要给自家男人做件衣服。美周难过，一双手在暖和的屋里抖动起来，面前的男人倒没在意，很快缩着肩搓着手上了桌，仍是一张笑脸，温柔地试探，酒呢，夫人。美周不动，眼睛仍瞪瞪地望着对方，望得饶维国自己先慌起来，说，怎么了。

澡堂男人

锅炉房顶冒出烟来，老四坐到门前的躺椅上，澡堂门脸狭小，那把泛着油光的竹躺椅几乎戳到街面上。这是栋两层小楼，楼的右侧有条深溪，从山里劈面而来，溪上有一座石拱桥，人称黄金桥。老四记得九四年一场特大暴雨让山洪漫过了桥面，水跟着从江面倒涌过来的，浊黄一片灌进一楼堂子，老四的父亲就站在水里兴叹，大水冲了龙王庙哟！老四却觉得好耍，说，龙王庙不被大水冲，那才叫怪事，这水还能是别人放的？那年老四三十岁，流年不利，在电厂做机修工的他被电机砸坏了两根手指，右手无名指接上后还是坏死，只好切掉，另一根中指也不灵光，那以后工作不好干，受人刁难，本来也是合同性质，老四干脆不伺候，回家承了父业。老头子拱手让出了门前躺椅，还特意交代，茶水不要放在扶手上，就去屋后守起了锅炉，转年便倒在了锅炉前，去见了老四的娘。老头心脏一直不好，有人说是雾水水汽太浓，澡堂就更浓了，一把老骨头都是湿的，去锅炉前一烘，人就干了，不死也扒层皮。那之后，老四迫不及待改造了澡堂，一楼门脸被辟成了两间，大的被老四租给了卖鱼的张皮。老四说，等再涨水，就算放生了。澡堂的通道就这样逼仄起来，将将够放一张小小前台，过人就要擦着老四的身体了，老四很满意这设计，顿然有种一夫当关的感觉。更隐秘的事，老四不告人，每当他在躺椅里以超低视角打量从这里摇曳进出的女人，尤其顶着一头湿漉漉长发披着毛巾浑身散发香波气味打门帘里袅袅走出的女人，心里就翻涌如浪，魂也被勾走了七八分。凭这个，老四打死也不挪窝了。

老四看眼天，天色晦暗，还是十月间，雾水的天就变了脸，对澡堂来说这倒是一天赶似一天的好天气。搓澡工老刘率先踅进来，对着躺椅上的老四丢一支烟，也不多话。写着"男"字的门帘被老刘撩起时，老四才想起说，哪天找个女的来搓背试试？老刘刹住脚步，分叉的门帘把他的脑袋一分两半，老刘不动，说，怕是女人不要别人搓哦。老四笑，也是，女人本来要干净些。这话被路过的四通饭店老板老郭听见，对老四讲，你倒是懂女人，也没见找一个。老四还是笑，急哪样，婆娘要看准嘛，这个点你不掌厨跑哪儿耍？下次卤了肠子，喊我一声。老郭点头，压低声音说，我去接个人。老四说，这里哪个不认路，要你去接。老郭笑，丢下一句就步上桥头,一个亲戚,来帮忙的。说着脚下一绊,险些摔个狗啃泥,老四连连摇头,狗日的,接个人,魂都落了。

哪个魂落了?留守处的老方一步踏到门前,老四转过脸,再回头,桥上哪还有老郭的身影,老四欲言又止,说,还是你来得早,硬是喜欢第一锅水哟。老方笑,头泡最舒服,跟女人一样,你没试过?老四说,我要试,还开什么澡堂。老方点头,有觉悟,兔子不吃窝边草。老方闪身进去后,老四才琢磨,什么兔子不吃窝边草?这是什么狗屁歪理。

街上一串摩托声响过来,老四把目光投到斜对过,萱萱美发店前停着那辆"五羊本田",又是魏大红来给美发屋老板送晚饭了,那个女人来雾水不到两年,把一间店开得红火不说,还让开赌场的魏大红神魂颠倒,见天就来。老四不屑魏大红那样子,当街吐了口口水。说起美发屋老板,谁也摸不清她来历,看年纪倒不大,二十七八的样子,人却泼辣干练,手艺不坏,长相也说得过去,尤其条子好,书上怎么说的,婀娜多姿。遇到她,老四也爱多看一眼,只是往日女人都在店里,难得坐到门前来,偶尔现身时,女人的一头披肩直发更是遮挡了大部分的脸,老四怀疑自己从没看清楚过对方。隔一阵去理发,老四也不敢盯着人看,对方倒大方,一口一个四老板,喊得老四傻乐。更愉悦的是洗头,女人一双细手在老四脑袋上摩挲，又推又按的，力道恰到好处，弄得老四从头闭着眼，感觉脖子上长出了颗新脑袋，飘飘欲仙。有次女人问要不要掏耳朵，老四说好，老四庆幸自己没有拒绝。用棉签掏干净耳朵后，女人把自己的一根头发搓成了细棍，慢慢送进老四的耳朵眼儿里，这一端来回搓动，另一端的发丝就在老四耳朵眼儿里不断转动前进，时时刮着老四的耳蜗，那丝滑舒爽的感觉前所未有，像触动了什么新的身体机关，老四很快头皮过电，刺激到不行，仿佛整颗脑袋都变成了一个硕大的性器。老四简直想哼叫起来，这才不得不服，难怪魏大红见天就死过来，原来有这样的满足。

女人也常来澡堂，每次来都很晚，晚到老四要打烊，女澡堂再没一个人，女人就挽着一只脸盆过街来了。总是率先丢下一张小票，说一声，还忙哪。老四就点头不迭，看女人缓缓步入堂子，那手在门帘前微抬，人一猫腰，就消失了。老四每每停下手中的活，看女人弯下身子来时被健美裤包裹的臀，那么浑圆，老四看得浑身一震。女堂子很快响起水声，凭借水响的位置，老四几乎可以断定女人洗的是哪根水管。老四家的出水管极大，水流凶猛，像劈面挥来的棍子要把人打倒，这是老四的生意秘诀，要洗就要让人洗个痛快。一旦女人进去，水声便从头响到尾，几乎没有间隙。老四由此知道女人从不泡池子，不像有些婆娘，泡得比男人还久，简直死猪不怕开水烫。有次老四没忍住，对沐浴完的女人说,你要嫌池子泡的人多,水不干净,下回我给你单独放,你慢慢泡。女人说,那怎么好意思,水不要钱的啊。老四笑,也就水便宜啊。

去年冬天落了一场雪,堂子里早早没了人,守锅炉的本家幺叔也回家去了,老四一个人钻进女澡堂,把那池还没洗过几个人的水放了,水见底之后,进水管才被老四拧开,热水就再度涌进来,等到一池水满,几乎与台面持平,老四才作罢。望着这满满一池新水,碧波荡漾的,老四才觉得自己可笑,万一今晚女人不来呢。老四跑到门口去看,美发屋里只亮着一盏小灯,细碎的雪还飘在街心,路上泥泞一片,没有谁会来了。老四骂自己蠢,又不甘这么放弃,索性一脚踏上街面。到了女人店前,老四才心下胆怯,想哪有人主动叫人上门洗澡的,这算什么勾当?传出去还不被人乱戳。老四一下猛醒,赶紧转身,不想女人发觉,玻璃门被拉开一条缝,一句话就挤了出来,四老板,有事啊。老四心里一凛,有种被人拿住什么的尴尬,老四干脆豁出去,没事,我放了锅新水,你要不要泡——老四站在街心不动,等待对方回答,听见那两个字钻进耳朵,老四才飞一般走回来。女人说,要得——

女人进门,老四还假装通着前厅的回风炉,炉子一烧,整个房间都暖烘烘的。女人还是照前的架势,手里挽着脸盆,脸盆里装着香皂香波换洗衣物,还有一双塑料凉拖。见老四低头忙活，女人讲，今天还早，就没客了？老四说，下雪天人倒少，你说怪不怪，今天水烧得多，你慢慢泡。这话倒像个极佳的借口，可以掩饰自己的莽撞，女人却没有在意，只是感叹，这里也不常下雪啊。说着人就进去了。这次老四果然没有听到大水哗哗砸地的声响，女澡堂一点动静都没有，老四也就一动不动。

女人洗得久，出来时连声道谢，说四老板有心，今天洗得很舒服。老四憨笑，说以后要洗提前说一声，保证给你放新水。女人说，这怎么好意思的，这是搞特殊了。老四摇头如拨鼓，不算的不算的。

女人走后，老四立即钻进堂子做清洁，澡堂里还浮着一层稀薄的水汽，微微的芬芳气息氤氲开来，仿佛女人的体味，老四深吸一口，觉得这是女人留给自己的礼物。老四把手伸进女人才将泡过的池子，水还热着，满满一池水，老四伸手搅了一下，水就荡漾开来，老四的心也像被什么搅了一下……

天晏了，老四收回椅子，柜台后摆着台小彩电，电视没什么看的，老四放起碟片，万燕牌VCD是台老货，有人来洗澡还往这带碟片，一式的香港电影，除了鬼片，老四有什么放什么。有人洗完澡也不走，搬根条凳就围过来，也不管影片放到哪儿，就这么七嘴八舌议论起来，几张嘴一响，堂子里就显得热闹，老四也显得没那么孤单。

今晚放的是《纵横四海》，有老四喜欢的钟楚红，可他看得心不在焉，还想着路过的老郭，这个人说是去接人，可一去不回，肯定有问题。老四的目光不时往门外探，三不三路过的人里，没有老郭的身影，这就不对了，这可是老郭的必经之路，他不可能一下飞过去，直到一辆三轮摩的隆隆驶过，老四才恍然，原来如此。

老四猜来的多半是个女人。

片子是什么时候播完的，老四不知道，今天他毫无心思，澡堂高峰过后，来人就稀疏，冷不丁才钻进一个两个，这一个两个中还不定是客，有的只是碰巧路过弯进来说几句话，扯一下闲篇。有人说，明珠夜总会新来了几个外地女人，又年轻又正点，说话更是嗲得不行，叫得人都酥麻了。说的人眉飞色舞，舔口咂舌的，老四也有点坐不住。明珠夜总会就在溪谷对面的湾子里，从澡堂过去不消十分钟。等传消息的人走后，老四几度踅到堂子里，想瞧瞧还有多少客。雾水这地方人杂，加上新的高速斜拉桥施工，水电站扩容，人就更多了，生面孔成倍增长，老四看了两圈下来，也不晓得池子里的人是何方神圣。

客还在，老四就无法脱身，心思却飘离，去了明珠夜总会大楼。一楼舞厅里的五彩球灯骨碌碌转，四下暗着，有客人上台唱"在那桃花盛开的地方"，被无情起哄，直到店里女人接过话筒,唱起"爱上一个不回家的人,等待一扇不开启的门",掌声这才爆发……

老四凭回忆哼起一支曲子,四通饭店老板娘就来了,还领着个人,那人站在门外,被老郭婆娘挡了大半个身子。老四见了女人,招呼起来,嫂子来啦。老郭婆娘嗯啊一声,就冲身后讲,你先洗,我有事先回了,不等你。身后人这才步进门来,老四一看,还是个姑娘,顿时明白这就是老郭领回来的人了,可还得问,这位是?老郭婆娘说,这是老郭的表妹,今天才来,以后就在店里帮忙了。女人连女孩的名字都省去,掏出票子就出了门。女孩站在柜台旁,慢慢目送老郭婆娘拖着庞大的身躯走远。老四这才有机会好好打量对方,是个乡下女孩,脸色青着,有点苦相,人就不大好看,头发也乱,整个人灰扑扑的,像她手里的那只塑料口袋,随时可以扔掉。老郭婆娘一走,女孩就有些局促,还是老四开口,你叫什么?女孩这才抬起头来望老四,怯怯地说,燕子。老四笑,没问你小名,大名叫什么?女孩眼里闪过一丝慌乱,讲,我姓冉。老四就笑出了声,说,冉燕子?怎么叫这个名儿。女孩小嘴一抿,眉眼一低,跟着微微生气说,我叫冉云燕。老四就不笑了,又问,多大了?女孩这才认真生了气,你家是澡堂还是派出所?老四哈哈一笑,说,对不起对不起,不该问这么多,然后自我介绍,我叫老四,再一指背后说,从那里进,别走错了。

女孩轻飘飘的，撩门帘的动作也像个幽灵，只是女孩没注意脚下，澡堂是下沉式，堂子里比外面要低几个台阶，女孩一脚踏空摔进去，一连串声响让老四倒抽了好几口凉气，他忘了交代女孩了。老四隔着门帘问，没摔着吧。没有回答，只有女孩倔强的脚步声走远，一会儿水声砸地，老四的心才放下来，想老郭神神秘秘弄来这么一个丫头，什么表妹，老四不大相信。

女孩出来时，老四在躺椅上打盹，女孩一过老四就醒来。女孩的头发还滴着水，老四叫住说，这里有吹风机，你不吹干吗？女孩转过头，嫌厌地看一眼老四，老四指着门帘旁的镜子，镜子旁的横木板上放着一黑一红两把吹风机。女孩不动，老四就跳起来，不吹干，小心感冒哟。女孩哼一声，老四才在灯光下看清了女孩，洗完澡，女孩焕然一新，面容白净了些许，只是脑门上起了一个青油油的小包，给这张稚嫩的小脸增添了别样的生气。是那一跤摔的。老四忍不住笑起来，顺手掏出前台柜子里的正红花油，递给女孩，说，搽一搽，搽一搽就好了。女孩这才发现老四的残手，一犹豫，还是没接，反而一手挡住了脑门，身子重新启动，步子一抬，就走掉了。

老四在身后追问，晓不晓得路？

人走尽后，老四一脚迈进"女"字门帘里，男堂子归老刘打扫,老四向来不管。女澡堂要小一些,也不知什么道理,跟女厕所一样,就是小。门帘里分两个厅,前一个狭小,列着一排柜子,大多已朽坏,一些连门也关不上,老四早就想换掉,小厅背后才是澡堂子,进去还要跨过一道防水门帘,地坪是抛了光的混凝土,十根水管贴着墙分布,没做隔断,直通通一大间,房间角落还有个池子和一张台子,老四没请女搓澡工,那台子就被女人们当作了洗衣台。澡堂禁止洗衣,这是规矩,老四却睁只眼闭只眼,不真正管,不进来洗两件衣服,尤其冬天,女人们会觉得吃亏,偶尔见到拎一桶子衣服躲闪着进来的女人,老四也只是调侃一句,喂,我这里是洗身子的哈。女人们笑,老四也跟着傻乐一阵。

老四握一把毛快秃了的扫帚扫地,地上散落着洗发水香皂包装,一地的长短毛发更是堵在排水口,积着一汪水,老四一一清理。池子里的水该放掉了,泡的人多,池面就飘起一层白沫子,跟煮了锅排骨似的,一旁的台面上果然还残留着洗衣粉,摸上去滑溜一片,老四用水管冲了冲。做完这一切,老四才点起一支烟。萱萱美发屋老板多久没来了?老四惦记这个。每当女人泡完澡,澡堂里再没有一个人时,老四就会溜进来,在池子前脱个精光,再扑通跳进去,那水一下接住他,像身下垫了个女人,水的每一阵涌动也像是女人伸来的手,时时撩动着老四的身体,老四兴奋不已,简直上瘾啊。女人隔一阵不来,老四就浑身难受。

老四正想着要不要去叫女人，耳边就响起一个声音，呀，来晚了，都打扫了呀。声音在空荡荡的房间回荡，瓮声瓮气，吓了老四一跳，他扭头看见昏黄灯光下突然现身的女人，女鬼一般，有几分阴森可怖，老四以为是幻觉，可女人嘴角一动，四老板，今天收得有点早哟。老四丢掉烟头，仍不敢相信前一秒还念叨的女人真的来了。见老四呆愣着，女人察觉到什么，说，那你忙，我明天再来。老四这才急忙留人，可以洗的可以洗的，我给你放水。女人本也没打算走，又着手咯咯笑说，又浪费你水了。老四憨笑，不用也浪费的。

今天女人泡得比平日久，久到老四怀疑她是不是倒在了里头，又不敢问，显得他赶客似的。等到女人好不容易出来，老四在门前都转出了一身汗。女人出来就问，怎么，今天要出门？老四不懂，问，出什么门？女人说，看你这身，像是要出门的。老四这才扫自己一眼，果然，女人来之前，老四就脱掉了卡其色工装，换了套行头，上身是件皮夹克，下身是条蓝色牛仔裤，打扫时的套鞋也换成了皮鞋。老四想打扫完就去夜总会消遣消遣，见识一下新来的女人们，哪想女人就来了。

老四傻笑，也不解释。

女人走后，老四知道自己不会出门了，他更愿意独自享受那池水带来的安慰，这比闷在夜总会二楼小间里与女人们匆匆完事要满足得多。每次打夜总会回来，老四都有种罪恶感，仿佛欲望并没有被浇灭，反而变本加厉熊熊燃烧，只有在这池女人留下的水里，老四才能真正迎来平静，得到持久的满足，没有谁会催促他，让他快一点，再快一点。

那我就不耽误你了。女人神秘一笑，离开。

老四目送女人，脚下早已按捺不住，女人前脚一走，老四后脚就把门带上。澡堂里还是熟悉的味道，香皂香波制造的化学香气已经稀薄，不像高峰时从门帘里飘出来的味道，几近熏人，香到刺鼻。老四也奇怪，澡堂也可以这么臭的，简直莫名其妙，又不是茅坑！

老四又站在池子前，池水也还热着，老四残手一搅，竟觉得烫手，许是伤痕的知觉要脆弱许多，指根处很快泛红。老四甩了一把，搬过一张椅子，一件件地脱起衣服，脱得很是耐心。当老四整个人滑进水里时，畅快的感觉才再度降临，身下的皮肤一点点感受着水的侵袭，发出连贯的小小的刺痛，老四保持不动，让身体渐渐温习这久违的温度。

老四让头仰着，手臂搭在池沿，任身体像个十字一样在水里载沉载浮。正享受着，老四恍然听见门帘外的动静，有人喊了一句"四老板"，老四听出是谁，只有一个人会这么叫他。话音刚落脚步声就逼近，老四一下慌乱，无处躲藏，索性一个滑身，沉到了池子里。从这里看天花板是斑驳的，荡着一圈水纹。老四不断绷紧身体，让身体蜷成一团紧贴在池壁上，以防被水的浮力抬出水面。女人的脚步声在堂子里响了起来，是双小高跟鞋，笃笃笃的，老四听来十分微弱，更不知她为何回来。女人扫一眼堂子，很快发觉不对劲儿，那池水还在微微晃动，更别说那堆椅子上的衣物了，女人嘴角带过一丝笑意，人也就不动。

老四在水里等啊等，等待脚步声重新响起，女人出门，可他再听不到任何声响，仿佛刚才的一切只是幻听，并没有谁溜进来，等着看他的笑话。老四渐渐把持不住，他紧闭双唇，连个水泡也不敢吐一个，一直憋到头昏脑涨，胸口几欲炸裂，耳朵里钻进一阵奇怪的闷响，濒死的感觉出现了——老四以为自己就要憋死在这水里，一个澡堂老板这样死掉，传出去还不羞死人？在意识涣散前一刻，老四也不管女人是不是还在，只顾撑着身体钻出水面，再不冒头，他就要献身在这池子里了。就在老四重新享受空气的扑面时，女人的笑声也同步传来，再憋，我倒要看看你能憋多久。

老四尴尬无比，半个身子还在水里，站又不能站，只好这么半蹲着，羞惭地与女人对视，讪讪地讲，你怎么知道？

女人冷笑，指着池子边那堆衣物，老四才开始解释，我是……

女人一点要听的意思也没有，只是讲，你不是不怕浪费水吗，怎么，要洗我洗过的？这话让老四无法回答，更不敢看女人，女人倒从容地走近水池，看一眼，迅速从池沿边抓过一个什么东西，这弯腰动作又把老四唬了一跳，身子不禁往后一退，可脚底一滑，又一把栽倒在了水里，女人就笑得更厉害了，让你吃吃我的洗澡水。等老四稳住，重新露头并大声咳嗽起来时，女人还在一旁看着，哟，你还怕羞，我戒指忘在你这里了，还好没别人进来。说着女人作势转身，老四正要缓口气，没想女人走出两步又转过头来，目光冷冷地射进老四脆弱的眼里，下次记得把门关紧咯，换了别人，你堂子还想不想开了？女人的话把老四震住，简直超过今晚的吃惊总和，老四真想抽自己几下。让老四渐渐不安的倒不是女人窥破他的秘密而是她对他的态度，女人虽没有骂他，也没有生气，一点被冒犯的感觉都没有，但老四还是感到受伤，一点也不习惯这样的女人。

老四忐忑了两天，也观察了两天，进出美发屋的人不少，好几个熟人轮番钻进店里，久久不出，也不晓得搞什么名堂。凭直觉，老四认为女人不会出卖他，否则不会冲他那么讲话，只是这就更奇怪了，女人为何如此？老四不明白。如果女人像周边那些婆娘当场炸锅，他倒能想出些办法，可面对这不声不响的女人，老四真是一点办法都没有。连日来，老四照常开店，没有人在他跟前说半句可疑的话，客人们照常出入，对老四的隐秘事全然不闻。老四就难免浮想起来，又越想越糊涂，莫非她对自己有意思？这念头将将冒头就被老四一把抓住，想起女人对自己说过的"幸亏是我进来了"之类的话，仿佛是种印证。这解释美好又合理，女人的冷淡突然有了谜底，老四兴奋得像又被淹了一次。

寒流来了，小镇迎来大降温，赵家老二赶来送煤，小楼背后是锅炉房，搭着一个简易的油毛毡棚子，一旁是去往留守处的公路，拖拉机就在那里卸货，一车斗的煤块直接从路边倾倒下来，往常老四会拣几块煤看看成色，赵老二从不让人放心，总把烧不实的烟煤掺着卖，这次老四根本无心翻拣，不想和赵老二纠缠，等匆匆打发了他，女孩就过来了。

女孩在门前喊住老四，喏，这是给你的。老四歪着脑袋看出去，门口背光，老四一时没认出来人。女孩不进屋，老四只好出门，这才看清了对方，是你呀。老四笑起来，几日不见，女孩倒变得利索了，老四想老郭婆娘真是调教有方。这是我哥给你的，肥肠。老四盯着女孩手里的袋子，香气飘出来，是老郭的手艺，酱黄的卤大肠加芫荽油辣椒一拌，又香又糯，下酒又下饭，老四好这一口，没想到女孩会送上门来。女孩把袋子往老四手里一递就要走，老四说，莫慌，给你钱。女孩说，我哥没说收钱。老四拦住女孩，那不行，你还不知道你嫂子。说着掏出一张十元票子塞到女孩手里，女孩果然不再推脱，说，我没有钱找你。老四笑，找不了，记住了，钱一定给你嫂子啊。

女孩走后，对面开包子铺的王婆娘说，可以哟，老四，都有人送饭了。老四傻笑，是老郭会做买卖啊。王婆娘努努嘴说，都赶上那位了。老四顺着王婆娘的目光看过去，果然，魏大红的"五羊本田"又停在了萱萱美发屋门前。老四不悦，对王婆娘说，我也想给你送啊，你家老胡能答应？王婆娘也不恼，抖着身子说，呔，拿老娘开玩笑，你倒是送啊，我等着。王婆娘扭捏作态，老四一下倒了胃口。

女人连天不来，老四也慌神，不知女人到底怎么想的，要是来了，老四倒能明白个一二三，至少一切如常，不来，老四的心就悬着，镇子可不止老四一家澡堂。

女人进门时，老四一个人正躺在椅子上看碟片，《英雄本色》，看了好几遍，老四也没厌。今天赶上大风天。遇上怪天气，澡堂生意就冷清，老四就缩在屋里。女人一进门看老四无事歪着，就没好气，你倒好闲心！老四一下跳起来，眼巴巴地望着女人，手一甩，我给你放水去。女人说，不用，洗澡水还没吃够啊！老四心下恓惶，像被谁点了穴，想女人到底是厌恶自己的。老四不动，女人就说，我要走了，四老板。女人声音低沉，还有几分郑重，女人一下调转频道，老四完全摸不清女人的路数，走，你要去哪儿？老四发觉女人不对，全然没有以往的爽利，像打了霜的茄子，蔫茸茸的，老四小心试探，怎么了？女人不答，径自往澡堂里去，与老四擦肩时，老四才发觉女人脸上似有哀戚之色，老四追问，谁欺负你了？女人摇头，撩门帘时又回头看了一眼老四，看得老四心里直擂鼓，正要问，女人又进了门。

老四不好跟进去，一时纠结，不懂女人怎么回事，难道和魏大红闹掰了？老四忍不住这么想，若是这样，自己的机会可就来了，这里人都惧怕魏大红，他可不憷，论起来两人是本家，自己还是个叔，想到这，老四有了底气，想女人出来定要问个清楚明白。

女人没待多久，似乎只是冲了冲身子，就出来了。女人埋着脑袋，四下一摸，对老四说，我忘了带钱，等下给你送来。老四瞪大了眼珠，还说这个，怎么就要走啊。老四毫不掩饰自己的关切。女人听老四问起，脸上的哀戚之色又添重了几分，眼角的泪水又浮动起来。老四一阵慌乱，从小到大，他哪里见过这样的场面。老四说，你别，别哭啊，有什么事说，我给你想办法。女人看也不看他，只是摇头。老四见女人不说，自己倒讲起来，是不是魏大红欺负你了，你不要怕他，他就是个纸老虎。女人还是摇头，甚至有些微微生气，我和他没关系，你们是不是以为我是个贱女人？老四没想到女人会这么讲，讲得有点赤裸了，女人这么急于否认她和魏大红的关系，让老四也怀疑，兴许两人就没什么事呢。老四尴尬，说，没、没有。女人冷笑一声，骗谁！你们都以为我是魏大红的女人吧，他那个样子，谁会看上他，恶心！

女人是真生气了，老四却喜不自禁，可表面还得装出一副义愤填膺的样子，我没这么想，都是那帮臭婆娘瞎说的，魏大红可是有老婆的，你怎么可能跟他裹在一起。老四主动为女人开脱，这一刻，无论女人说什么，老四都愿意相信。

怎么就要走呢，店子做得好好的。老四追问。

女人身体抽动，声音气若游丝，老四都要听不清女人说什么了。我店子打不出去，没有人接，你也知道我是小本生意，四老板，你是这里的人，你有没有门路？

老四也懵了，不晓得女人为何突然这么说，急忙问，做哪样就打店子，你不做了？

女人点头，我要回老家，我妈病了，查出胃癌。

回老家，你是哪里人啊？老四问。

女人也惊讶了，你不晓得？我是湖南的啊，浏阳河，你知不知道？

老四说，怎么不知道，那首歌就唱的你们家嘛，浏阳河，弯过了几道弯，李谷一唱的嘛。

老四这么一说，女人都要笑起来，老四也跟着傻笑，可女人很快收了笑意，说，四老板，能不能拜托你，我急着用钱，你帮我留意着店子，要打不出去，能卖的都给我卖了吧，别人我也不放心，我明天就走。

这么突然，老四说，一时也找不到买家啊，你不一定要卖店，还可以回来继续做嘛。

女人停一停，说，我也想，都习惯这里了，可我妈要动手术，我一时拿不出那么多钱。

老四一听还有回转的余地，急忙问，需要多少？

女人望着老四，说，五万。

老四松了口气，五万啊。

女人说，我自己手里还有一点，还差五万。

老四说，五万你搞这么急做什么，借一借不就有了。

女人抹一下眼角，说，哪个借给我，我这里人生地不熟，又没有交际，我找过魏大红，他说他也拿不出来，我等不起了。

轮到老四目瞪口呆了，魏大红说他没有？狗屁，他开转盘机的啊，这点钱怎么会没有。

女人说，魏大红说钱都捏在他婆娘手里。

老四说，你说哪样？魏大红婆娘！他那个婆娘都是在家被他打得多，这里哪个不晓得，还管钱？你是知人知面不知心，你被魏大红骗啦。老四愤怒起来。

女人淡淡地讲，也不怪他，我和他本来没什么，他不借，我理解。

老四说，你就是好骗嘛。

女人不吭声了，最后撩了撩耳边的发丝，说，店子的事麻烦四老板，要是没人接，你就把东西处理了吧，随便卖几个钱都可以的，我明天给你老家的地址。

老四听得心都要碎了，一仰头说，卖什么店子，五万块，我借给你。说完，老四也被自己震住，女人更是久久地望着他，神情掺杂了感动与惊讶，女人说，四老板，你说真的。

老四豁出去了，说，五万块嘛，你不要急，明天我就给你去取。五万，正是老四的存款数，早两年因手伤电厂赔了两万，加上自己攒的父母留下来的，将将五万整，这是老四唯一的家底，是用来讨媳妇的。老四庆幸，幸亏女人没有多报一分，不然自己也难办，老四觉得这都是冥冥中注定的，不然怎么会这么巧呢。

女人拿到钱就走了，给老四留下一张借据一个地址一把钥匙，借据上的名字是唐舒姝，老四这才知道女人的全名（最后一个字还查了字典），多么文雅，真是配这个人。老四一直记得父亲对他讲过的话，就差个婆娘了啊。这话说到老头死，老四也没实现。老四干脆把借条供在了父母遗像下，让他们看看那个名字那个签名，不是借据还有用，老四都想烧给二老了。

老四以前相过一次亲，差点没把老头气死，是小姑安排的，说对方一表人才，出条得好，就是家里穷了点，文化也有的，念过初中嘛。小姑说人她可是亲自审过的，老四的父亲动了心，让老四赶紧跟去。

姑娘的家在雾水上游一个叫核桃箐的村子，村子四面环山，不通公路，全凭一双脚进出，来回要小半天。小姑一说路线图，老四就不想去了，又不是去桃花源，可挨不过父亲的严令和小姑的纠缠，老四还是走了一遭。

去核桃箐要先走水路，在坝上坐两个钟头的船，再转山路，步行两小时。山路崎岖，正是春雨后，老四走得一脚黄泥，步子越发沉重，到了村头，老四几乎瘫软。望着这个只有二十来户的村子排布在山坡地头，老四的头就大，姑娘家住得尤其高，几乎到了山顶。那家人穷老四是知道的，只是没想到会这么穷。一栋木头房子建在石头旮旯缝中，偏偏倒倒，住四口人，姑娘上头还有个腿脚不便的大哥，是外出打工废掉的，也没娶上媳妇，姑娘今年二十，年纪不大，一直在家干活，老四就有些疑惑。老四和小姑一来，那家人就嘀嘀咕咕，说是要去村里买米，老四震惊，悄声问小姑，平时吃什么呀。不想姑娘母亲听见，老实说，我们吃洋芋。老四倒不好意思了，把见面礼奉上，两瓶尖庄一条红梅，是老四从雾水拎来的，此前还在村头小卖部看了一圈，实在没什么可买，就称了一口袋散装饼干，也不晓得过期没有。见到这个，家里老人竟连声说，礼重了礼重了。老四都不知道怎么办好，看一圈这屋里，唯一的家电恐怕就属那只小得几乎没有光源的电灯泡了。姑娘还在山上，老四没有见到，说是派人喊去了。姑娘的哥哥拖着条腿歪在门槛上冲老四看个不停,尤其盯着他的手,老四的心就开始发毛,这情况,哪还有心思吃饭,悄悄留了五十块钱,老四找个借口就跑了。

想起这,老四还有些愧疚,他在遗像前给老人作揖,还烧了三炷香,嘴里念念有词,老头老娘,你们要保佑儿子,儿子这次可看上她啦……

老四春风得意,一脚跨进四通饭店。饭店开在工程局职工医院的对门首,离发电厂大门也不远,老四算常客,三不三就过来喝点小酒,也不呼朋唤友,就独自一人,有时老郭闲了,也会陪他喝一盅,两人就结下点缘分。

看着老四一脸灿烂的样子,老郭婆娘起身说,哟,老四,有喜事啊。

老四摆摆手,有哪样喜事哟。

老郭婆娘说,还以为你要办酒呢。老四笑。老郭婆娘还记得这个,这是老四和老郭的约定,自己要是找到婆娘,喜酒一定在四通办。

老四说,我也想办啊,找不到人嘛。

老郭婆娘说,急哪样,总会有的,两条腿的人哪里没有。

老四不吭声,先掏出支烟来,今天吃排骨吧,不要红汤。

老郭婆娘就冲缩在大厅角落里看电视的女孩说,眼瞎啦，没看来了客！告诉你哥，老四来了，要吃排骨，清汤的。

女孩这才起身，很是不乐地瞟一眼老四，跟着进了后厨，老四的目光追随了女孩一段，这才围着炉子烤起火来。老郭婆娘端一盘瓜子一杯清茶凑到老四跟前说，听说美发屋那个女的回老家了？

老四说，不愧是嫂子，消息就是灵通，是回去了，才走了两天。

老郭婆娘撇撇嘴，过年还早了点。

老四揣摩女人的话，也不好透露什么，只说，可不是。

老郭婆娘一听就笑了，说，我说你口风紧，真是没跑！人家钥匙都交给你了，让你看着，你能不晓得？

老四一皱眉，这事老郭婆娘怎么晓得？老四哈哈一笑，说，门对门嘛，帮着看一下。老四不说，老郭婆娘就奇怪地看他一眼，还是没忍住，这个女的来路不清，走这么急，肯定有问题，昨天魏大红来吃饭都说啦。

老四暗惊，一口水差点呛着，魏大红说哪样？

老郭婆娘说，魏大红说他借了八万块钱给女人，说是女人的娘生了病，要动刀子。魏大红对人说，自己连女人一根毛都没碰到，就把钱借了。这话我不信，哄鬼呢，他们勾搭不是一天两天了，魏大红就没打来吃了？谁相信！我看那女的就是个狐狸精，魏大红人傻，这钱要是能要回来我算他狠。轮到老郭婆娘得意地看着老四，说，她让你看店，就没给你点好处？

老四简直怀疑自己听错了，魏大红借钱给她？这和女人说的不是一回事，老四有种不祥的预感，一琢磨，越发不好了。老郭婆娘似乎察觉到什么，跟着问，我说你没倒贴给她吧？

你说什么？顿了一会儿，老四才呆呆地问。

我说你啊，没借钱给那个女人吧，你小心点，她借了这么一大笔钱，万一跑了，你帮她看店，不是自找麻烦吗。

老郭婆娘的话让老四恍惚起来，几乎要坐不稳了，问，魏大红还说了什么？

老郭婆娘摇头，也就一句两句，我看借钱是真，女人家有没有人生病，谁看见了？她来这里才多久，哪个清楚她来历？也只有魏大红傻，着了女人的道了。

老郭婆娘的话句句戳心，老四的心情瞬间逆转，一时理不清楚里头的关系，想到脑壳疼，只好讲，这是魏大红的事，跟我没关系。老四这么一说，老郭婆娘就笑起来，只要没借钱就行，这年头，骗子这么耐心，防不胜防啊！老四不吭声，没法反驳女人，女人这才讲，我说你也没动静，怎么，想打一辈子光棍啊。

老四苦笑，想起女人的话，又跟着惨笑了两声，你又不帮我介绍，我能怎么办，还能去抢一个啊。

老郭婆娘说，哪个敢跟你介绍哟，你小姑可是跟我讲过的，说你人没见到就跑了，跑得比兔子还快。

老四想起往事，想笑倒笑不出来，也不晓得那姑娘找到人家没有。想起这，老四又笑了笑，这时候还有心思惦记别人！老郭婆娘说，抢是抢不到了，还不如买一个。

老四不晓得老郭婆娘是开玩笑还是说真的，这分钟，老四脑子里全是乱的，像钻进了一千只蜜蜂，嗡嗡嗡的，好像又回到了那池水里。

老四想自己是不是真有点傻。

老四无话可说，见他不乐，老郭婆娘的恭维劲儿就上来了，我看你就是太老实，女人又不是铁，你也不是磁铁，等着人家上门是不行的。

老四傻傻地说，那怎么办，还得靠嫂子啊。这话老郭婆娘听进去了，又扑哧一笑，以为老四想占她便宜，跟着才认真起来，你说真的？

老四说，真的。

老郭婆娘哧哧笑个不停，那行，我帮你物色物色，我倒有个好人选，你可不能再跑啦，我不像你小姑好欺负，我可是要面子的。

老四惨然一笑，也不问是哪个，只说，我往哪里跑，往女澡堂里跑吗。

老郭婆娘就笑得更加乱颤，哪里明白老四的心思，女肥硕的兰花指一翘,美得你——

老四踉跄着回到澡堂,锅炉房顶冒出烟来,正是傍晚浓云低沉的时刻,那浓浓的灰烟伪装成了云的样子,看不出谁比谁更暗沉。天是冷得紧了,老四却燥热无比,路过美发屋时,老四瞟一眼门前的停业告示,想起女人款款离开的情景,心里得到安慰,老郭婆娘的话一时烟消云散。老四想,到底是女人不肯放过女人。老四突然哼起一首歌,歌名忘记了,旋律还留在心里,"甜蜜地与爱人,风里飞奔,高声欢呼你有情,不枉这生,一声你愿意,一声我愿意……"老四蹩脚的粤语发音让歌词跑了好几个调,老四也不管,直到鬼鬼祟祟的老方出现,打澡堂背后的岔路一下窜出,听见老四唱歌,就凑上来问,你愿意哪样?

老四朦朦胧胧看一眼来人,很是不乐,说,你管老子。

家庭相册

裴阳的手指是自己切断的,是左手小指,不细看,看不出什么,接得挺好。下刀时,不觉得痛,脓血流出,裴阳也不惊,血迹洇成一团在桌面蛇游,分离的手指还在桌面动了动,显得无辜。是母亲梅枝发现,呼天抢地叫起人来,舅舅赶到,裴阳还端坐桌边,脸上的汗洇湿了衬衣前襟,腮帮子咬到麻木。一干人要抢去送医,裴阳丢下一句,谁也别动。没人听他的,舅舅当年也是狠角色,后背至今一条长长疤痕,被文成青龙一条,母亲更顺势拿起刀,说你不去,把我也砍了。

手指是回来了,毒瘾也戒了。这不是夸耀的资本,裴阳从来不说,他自小话少,许是父亲早早故去的原因,更少和女人讲什么,哪怕是母亲和妹妹。这家人心气都大,在雾水一带被人翻来覆去地念,念成了经。十五岁那年妹妹离家出走,音讯全无,十年过去了。裴阳也曾离开雾水好些年,到广东讨生活，哪想染上毒瘾，潦倒时也见过有人往胳膊里注射浑浊腌臜的地沟水缓解痛苦，裴阳被镇住，他的骄傲不允许他这样做，回来是为了了断，切手指是决心的仪式。

开起消夜店是戒毒当年。烙锅是本地消夜重点，一只笨重铁锅，底下放一架煤炉，锅面呈拱形，类似如今的手碟，主要用来烤肉，兼顾各类配菜，如臭豆腐一类。小本买卖，拼个辛苦，裴阳一个人做不下来，就请了个当地妇女来店里帮忙，买菜洗碗打下手。裴阳以前还有一大帮社会朋友，现在星散，很难见到一个。裴阳白天在家睡觉，天晏了才出门开店。可偏有一伙愣头青找上门来，脸上挂着当初裴阳闯本地江湖的气势，吃完喝完，嘴角一抹，说老板，记个账。这是试探。裴阳不吭声，径直从厨房走出，目光一扫就找准了领头那人，竟是当年一起玩的某个人，裴阳当作玩笑，忍了。可这帮人再来，故伎重演，裴阳就没忍住，菜刀当即挥下去，刀口离一个小年轻手指仅一寸，裴阳说，少一分，我要一根手指。

说到手指，大家似乎才想起裴阳是个自断过手指的人，对自己尚且如此狠，没人敢说个不字，乖乖掏钱，悻悻走掉。怀恨是有的，不敢动手也是事实，这是裴阳在这一带仅剩的名声。

可巧那晚有个女人被裴阳吸引，是隔壁客人里的一位。那年林松果还小，二十出头，娇娇小小的，是个好看姑娘，碰巧来吃消夜,遇上这一幕,才注意到这个老板。那年裴阳还留着长发,集到脑后扎成辫子,酷似《恋爱世纪》里的木村拓哉,林松果一见倾心。林松果不是雾水人,家在区里,来雾水是消夏,雾水的水有多清凉没记住,倒记住了这个小镇拓哉,那张有故事的脸更激起了想象的涟漪,从此有事没事地来,这么成为裴阳媳妇。

店里多了一个小娇娘的身影,裴阳就不大到前厅来,点菜撤桌结账都交给林松果,他待在后厨,要么配菜,要么炒客人点的热食,盘龙黄鳝或米皮,手艺是跟舅舅学的。休息时,裴阳一个人到后堂口抽烟,任前厅的喧闹通过狭窄的过道一点点传到耳朵里,只要没人闹事,裴阳就不动。

收摊在凌晨,一到两点,偶尔更晚。夫妻俩回到家,一身的油汗,洗了便睡,没余下多少力气。醒来日头快到中天,裴阳下意识伸出手,准确落在林松果温热的肚皮上,那位置像块柔软又带韧劲的水田,裴阳一次次翻身摔进这田里。

家里只有裴阳和林松果,房子是母亲梅枝前些年置下的,在留守处小区,一套三居室。本来梅枝可以搬到省城去,局里建福利房,价格和留守处相差仅几万,机会难得,留守处不少人这样迁走,梅枝却放弃了。

只有裴阳明白母亲的选择,这是梅枝的心病。梅枝年轻时脾气不好，男人早早没了，一个人拉扯兄妹俩，难免精神紊乱，情绪波动。梅枝的嘴巴不饶人，手也闲不住，那时的裴阳不知挨过多少次打骂，可不论母亲如何下手，裴阳只是承着，从不叫唤一声。妹妹却不同，性格随梅枝，年纪大了，晓得顶嘴，一旦母女俩吵起来家里便昏天暗地的，妹妹上下嘴皮翻飞，语速又快，说得梅枝根本还不上嘴。一次梅枝气不过，煤炉上烧了火钳，一把按在妹妹手背，是左手，留下一块红色伤痕，伤口还未结痂，妹妹就消失了。那以后，一切都变了。

裴阳郑重交代过林松果，关于妹妹裴霖，什么都别问。

林松果自然不晓得其中缘故，只是好奇，问，怎么会走这么久，多大的恨呀。言外之意，妹妹是个狠心的人，反过来也衬得梅枝让人害怕。林松果本能背后一凉。

裴阳无法回答，既不想在林松果面前说母亲什么，也不想把责任推卸给妹妹，只好回一句，让你别问就别问。

林松果觉得委屈，你家的事我总该知道一点吧，难道我是个外人，没权利知道？你家秘密这么宝贵的！林松果也不示弱，裴阳只好问，你想知道什么？

林松果说，你从头说呀。

得从裴阳爸爸说起。

男人裴虚谷，车工，籍贯湖南常德，十八岁中学毕业从老家桃源经湘黔线到雾水顶父亲的职,从此成为工人。遇见山上美竹箐的女人梅枝时,裴虚谷二十岁,光棍一条,他作为修钎工见习期满,正式转岗,分到修配所。两人是在竹林里认识的,梅枝来挖春笋,裴虚谷来打猎,用一杆气枪。梅枝并非一个人,还约了同村的女友。出门前,梅枝洗了头,细心编好一把甩到脑后,额前刘海梳了两回,有预感似的,对着斑驳的半边镜照了半天。裴虚谷也不是一个人,同行的还有修配所两个已婚同事,好事就这样落到裴虚谷一个人头上。裴虚谷第一眼发现的是梅枝的女友,那个敦实的身影没等这帮外人看个明白就扭头消失在竹影里,只剩蹲在地上一无所知的梅枝。少女埋着脑袋留一根粗长辫子,一双手仍在刨地头冒出的新笋,嘴里哼着小调,篮子里已浅浅铺了一层。等到身后的脚步和男人的喘息共同打破林间的寂静时,少女梅枝想逃已来不及。

裴虚谷就这样打回一个老婆。

酒席是第二年在镇上摆的,裴虚谷父母在老家未能出席,裴虚谷的姐姐早年嫁到江西,也没有来。裴虚谷的亲人只有一个在施工局机电队任支部书记的堂叔,这样做了主婚人,一路护驾,没让人胡闹就把新人送入了洞房。婚后梅枝搬到山下,在施工局驻地安下家来,可没两年,雾水电站建成,施工局转战四川,裴虚谷跟着大部队走了,留下梅枝一个人,那时梅枝已怀上裴阳,三年后是妹妹裴霖,在妹妹出生那年，裴虚谷遭遇工程事故身亡。

这些事，裴阳讲得干巴巴的，林松果反复问，尤其竹林一段，听得笑起来，等到裴霖出现，林松果却怀疑，问，怎么会有你妹妹，你家不计划生育的？

裴阳不吭声，故事暂停，从卧室的五斗柜里翻出一张纸片，纸片够老，是一纸证明，雾水卫生院开的，上面写着鉴定结论，裴阳是个轻微病残儿。

林松果托着那张单薄欲碎的纸，一个字一个字念出来，忍不住大笑，哈哈，原来你是个残疾人。笑完才醒悟，想起裴阳自断的手指，跟着低眉问，作假的？

裴阳点头。

林松果说，看得出你爸爸喜欢小孩，应该是个好爸爸。林松果没觉得冒失，又问，这么说，你妹妹对你爸爸一点印象都没有？

说到印象，裴阳自己也模糊，那点记忆早就稀薄了。父亲常年在外，难得回雾水探亲，裴阳觉得每次回来的那个人都和上一个不同，好像他有不同的爸爸似的。这是他对父亲唯一的记忆，而这一切对裴霖更是零。

裴阳说，我忘记他长什么样了。

林松果做出委屈的样子，嘴唇嘟起来，我不是故意的。

裴阳没说什么。

即便如此，林松果还是好奇，小心说，还没见过你妹妹的照片呢，她长什么样？你家一张照片都没有的吗？

林松果问到这个，裴阳倒笑了，林松果哪里晓得这个家最多的就是照片。裴阳偏偏头，朝着梅枝家的方向，都在她手里。

你妈？林松果撇撇嘴，她倒是抓得紧，我怎么一张都没见过，这也是机密？林松果吐吐舌头，下回带我去看看。

裴阳说，我都见不到。

林松果不懂裴阳的话，问出了想问的，要是，要是你妹妹现在出现，你还认不认得？

裴阳认真想想，摇头，不敢确定。林松果这才心里一紧，捏着那纸证明，想安慰一下自家男人，又无法克制那个残酷的猜想，也许，也许裴阳妹妹早就……

夫妻俩去梅枝家吃晚饭，女人家不远，步行不出十分钟。留守处小区只有十来栋楼，耸立在俯瞰江水的缓坡上，是推倒从前的筒子楼建起来的，裴阳就在这一片长大。梅枝的房子在小区的纵深处，背后是雾水小学，从厨房的窗户能望见西边山崖间的一角大坝。房子不大，是个两居室，一个人住绰绰有余，可到底只是一个人，再小的房子也显得冷清。林松果每次进来，都要打个寒战，夏天里房子也透着一股凉气。

林松果照例喊一声，妈。

裴阳什么也不说，进门就缩到沙发上玩起手机来。

林松果不等梅枝回应,主动踅进厨房给女人打下手,可几乎没什么要做的,无非拿拿碗筷,夫妻俩都是掐着时间来的,来了就能吃,吃完就走,跟进饭馆没什么差别。梅枝这点好,从不说什么,知道夫妻俩吃了饭要去开店,就早早做饭,比平常人家早半小时,一顿吃完其他人家才将将开出饭来。

梅枝这年五十出头,看上去比一般五十岁的女人老,扮相也老,衣服都是灰色调,更不化妆保养,林松果送的护肤品一律没用,成为家里摆设。在林松果看来,梅枝才过五十,就放弃了女人身份,加上刚办理内退,一下沦为老人。梅枝的工作是裴阳父亲当年出意外后,单位为了抚恤而特事特办的,这么养活的一家人。这些林松果都知道,不知道的只是梅枝这个人,怎么看,也看不出当年的锋芒与歇斯底里。

说起来,梅枝对林松果倒很好,还在两人恋爱时,梅枝就表示满意,当然没法不满意,裴阳是这么一个人,找个乡下媳妇是应当,哪想遇到林松果。林松果为了裴阳跟家里闹过好几次,初心不改,这么嫁过来,梅枝看重这姑娘的心气。

这时候,疫情高峰过去,停业四个月的消夜店重新开张,一桌人有得聊,梅枝就上下打量林松果,说,小果,最近是不是胖了?

林松果低头看了看自己,是吗?几个月不动,不胖也不行啊。

梅枝说，店子开门就好了，有事做了。

林松果说，再不开张只能喝西北风啦。

梅枝扫一眼夫妻俩，讲，店里要不要我来帮忙？

裴阳一听，立即警觉，梅枝怎么会提这样的要求，这转变来得突然，裴阳一口回绝，不要，陈嫂还想接着做。

梅枝哼一声，我就知道，你请别人也不会请我，我又不要你们开工资，多余的你们还可以存起来，多留几个钱在手里才是硬道理，今年的形势怕是不好……梅枝一径讲起来，一板一眼的，很多信息夫妻俩都没有听说，梅枝第一个说出来，讲得头头是道。

即使梅枝说了一大通，裴阳还是不为所动，说，你还是好好在家休息，店子开得晚，影响你睡觉，你不是睡不好吗？

裴阳态度坚决，梅枝就不作声了，转而说，冷冻食品你们要多注意，最好少进。

林松果听了暗笑，低头对裴阳说，你妈好懂哦。

裴阳说，老毛病，谁也管不了，操的心比谁都大。

林松果笑，变化好大。她整天看那些消息，不被吓死才怪。现在那么谨慎，进门要喷酒精，吃饭要用公筷，上次你不知道，我看她出门都戴两层口罩，手里还套一次性塑料手套，全副武装的，也不怕别人笑话。

这是怕死了。裴阳说。

林松果捂嘴,照着裴阳胳膊拧了一记,好啊,你妈的玩笑你也敢开了——不过,她现在话真的多,以前吃饭,你不说她不说,我饭都吃不好的。

梅枝的变化裴阳当然看在眼里,却不觉得是坏事,女人转移了注意力,能淡忘一些东西,譬如从前的妹妹或现在林松果的肚子。这样多好。

店子重新开张,没什么生意,客人来得散,稀稀拉拉一两桌,酒都喝得没滋没味,店里比往日安静许多,高峰时,前厅也不过多了两桌客人,陈嫂和林松果都显得无精打采,林松果干脆站在柜台后用手机刷起剧来。

见无人添菜,裴阳洗了手,到后堂口抽烟,抽完,走进前厅,扫一眼仅剩的三桌客人,每桌人都不多,三四位的样子,有一桌只有一对情侣模样的人。客人里也有认识裴阳的,招呼起来,说裴哥,好久不见,来喝一杯。裴阳摇头,说你们尽兴。

裴阳走出店子,新街上的灯火摇摇欲坠,看不出往日生气,街面没什么人,裴阳用脚勾过门前的一张塑料凳,想坐下,又放弃了。老板坐在门口不像个话。裴阳站在门前,仰头看见特大桥,高达一百九十米的庞大身影笼罩了整个镇子。裴阳想起裴霖,大桥动工第二年,裴霖离开。那是哪一年的事了?那些年桥墩上的电焊花裴阳还记得,尤其夜里,一串串电焊花簌簌从夜空中掉下来,像是烟花寂灭,而家里少了一个人。母亲去省城寻了一个月,人回来时,精瘦,掩不住的憔悴衰老。那年裴阳也不大,正好十八,家里待不住,开始在街头混。后来传言四起,说妹妹裴霖在外面做那个,还有人得意地宣扬自己点过,说起来绘声绘色的,引起轰动。这些话传到裴阳耳朵里,很快变作行动,找到那人,二话不问,一刀扎进那人肚子,跟着是跑路,一路跑到广东,听说那人没死,裴阳也不愿回来了,这么闯了五六年。

裴阳摸摸那截短暂分离的手指,确认它还在手上,当初的行为,现在还很费解,就像他仍不理解妹妹一样——这下好了,他和她一样了,都是手上带伤的人。

有重型卡车从特大桥上驶过,划过一线光,犹如慢镜中的流星。裴阳恍惚,想不起妹妹最后对他说过的话了,也许什么都没说。

见裴阳久久杵在门口,林松果也跑出来,问,你出来做什么,拉客?

裴阳惨然一笑,哪有客。

林松果看着人迹寥寥的街道,也泄气起来,这样下去不行。

裴阳说,嗯。

林松果说,进去吧,清明天冷,冻死人了。

林松果进去了。裴阳看着门前的招牌,大大的灯箱里打出几个字：裴家烙锅。普通到极点的店名。林松果当年还嫌弃过，说你真是没文化啊，名字也取得这么普通，裴家？你家专门做烙锅生意的？

裴阳摇头。

那你家买了秘方？

裴阳还是摇头。

林松果就噘起嘴巴，不知道的还以为你家是百年老店呢。

裴阳听见，回一句说，离百年老店还差九十几年。

林松果笑，你把这行字加上去呀，搞不好成网红店哦。

裴阳说，你加。

字当然没加上去，所以招牌还是老招牌，也算不上老，才四五年，可箱面上却积满了灰垢，该清洗了。

裴阳转身进店，一辆车恰好从路边缓缓弯进来，店前的渗水砖发出了连片的声响。裴阳本能回头，那车就停在了店招前，车灯没有熄，晃了晃裴阳的眼睛。裴阳警觉，脑子里第一个念头是，谁来找事了！可没人下车。裴阳看了看车标，是辆英菲尼迪，乳白色，车的弧线造型像是女人用的，裴阳放下心来，不用看车牌也知道是辆外地车，本地人没人买这个牌子。

裴阳不动，想瞧瞧车里人，却看不见那人的脸，店里有人喊起来，老板，加份牛肉。裴阳只好放弃，等忙完再来看时，门前哪还有车的影子。

你们也该抓紧了，现在生小孩也不要紧的，都控制住了。夫妻俩没想到消失半年之久的话题又被梅枝提了起来。

裴阳闷头吃饭，林松果瞄一眼他，知道他不会回应，自己更不好说什么，只好憋着。

梅枝知道裴阳油盐不进，转而看林松果，见也避着她，也不管，继续讲，你们在一起也不短了，和裴阳一样大的，他那些同学都有小孩了，有些还生了二胎，你们怎么就没有动静？怎么，做了措施？

梅枝的话让林松果一惊，女人果然比想象中厉害，不说则罢，一说就打了两人七寸。林松果是等不到裴阳回话了，沉默一会儿，轻声回答，没有。这是谎话了。

梅枝没有听出来，接着讲，我就知道，你们该去检查一下，两个都去，看看是哪个的问题，好对症下药。梅枝的话硬邦邦的，也不怕伤了谁。

见没人作声，梅枝又说起自己，当年我生裴阳也是怕，那个年代不比现在，你们有什么好怕的，不要怕，闭眼也就过去了，有我在呢。我那个时候哪个来照顾我，我生裴阳，他奶奶都没来看过，我不是照样生了？

这话是说给林松果听的。

你爸走得早，他是看不到你生小孩了，他遭孽，不要以为他不知道，就算他不知道，还有我呢。

这话是冲裴阳去的。

裴阳和林松果都不出声，任梅枝讲，裴阳更不晓得梅枝在外头吃了谁的话，受了哪个的刺激，想起这事来。

你妹妹走了，不晓得死活，这是我造的孽，是我的命不好，那个死丫头，没有良心，一走就不回来，我知道她的，心大得很，根本不在乎这个家，也是想气死我，要是你爸爸还在，她哪里会走——说到这里梅枝停了停，努力控制住情绪，昨天梦见你爸，问我说，裴阳裴霖怎么样啊？你们说我该怎么回答？梅枝叹了口气，呼吸越发低沉，似乎要哭出来。察觉夫妻俩不自在，梅枝又讲，这些和你们都没有关系，是我该受的，我好几次想跟你爸爸走，还不是丢不下，你们要不生一个，就是不管我死活了……

裴阳和林松果都一震，尤其裴阳，这还是多年来，母亲第一次主动提起妹妹，裴阳怀疑自己听错了，往日若是谁提起裴霖，梅枝可要发好几天疯，让那个人一辈子记住自己犯的错误，而那个人通常是舅舅或裴阳。裴阳不知道梅枝的梦是怎样的，爸爸是否还说了什么。

这顿饭吃得比往常沉重，夫妻俩对视一眼，迅速达成一致——赶快逃走。可才放下碗筷，梅枝就打卧室出来，看穿了两人的伎俩似的，示意夫妻俩不要动。梅枝手里抱着一本册子，坐下来，靠近林松果说，这些照片以前我都藏着，自己看，裴阳也看不到，现在你看看？

这邀请让林松果意外，她回头扫一眼裴阳，以为是他泄露了自己的抱怨，裴阳明白她意思，赶紧摇头。梅枝不晓得夫妻俩的秘密，径直把相册递过来，林松果只好侧身接过，小心打开。

第一张是一个少女，像是梅枝，一个人站在一片桃林前，头上扎着两条大辫子，身上是土布衣服，斜挎一只暗色书包。少女的目光是跳跃的，间杂着好奇与兴奋，一看就是个乡里女儿的模样，加上照片底色，更衬得久远。

这是一个上海知青给我拍的，那个时候金贵哟。梅枝在一旁做起注解。

裴阳说，是个男知青吧。

林松果笑，梅枝竟也没忍住，兴奋说，后来还有联系，写过信来，有了你，就断了，好多年了。

裴阳说，是我耽误你们了。

林松果收了笑，回头睬一眼裴阳，那意思裴阳明白无误，梅枝倒没在意，难得笑说，没你想的事。

裴阳就不说了，这是母亲第一次提起另一个男人，那是个什么样的人呢？

林松果没想那么多，接着翻，第二页是个年轻男子，泛白的底色与相片的斑点也挡不住照片里人的清秀挺拔，脸颊如刀锋一般，一对眼珠尤其圆，圆睁睁地盯着看照片的人，倒看得林松果不好意思起来,心里有了答案,可还是头朝梅枝一偏,这是——

裴阳爸爸。梅枝回答。

林松果放心赞叹起来,比裴阳帅多啦。

裴阳缩在沙发上哼了一声。

梅枝没有作声。

另一页上的相片不大,四寸大小,是年轻的梅枝抱着一个婴儿,女人的一只手托着婴儿屁股,另一只仍不放心地环过来,拱卫着婴儿。婴儿的表情有些茫然,嘴巴嘟着,好像不高兴,小人儿头上还戴着一顶阔边帽,两只肥嘟嘟的手从卷着的袖口露出来,都蜷着,一只搭在梅枝的胸前,另一只悬垂着。林松果一看就笑了,这是裴阳吧。梅枝点头。林松果这才注意照片中的女人,年轻的梅枝穿着一件花边领衬衣,手上戴一块女表,胳膊细长,脸却圆润,浅浅笑着,头发盘成了大圆髻,只有脑门处露出几缕短短的刘海,神情自然,整个人已不见少女的羞涩,有的只是一个年轻妇人的风韵,洋溢着神采。

林松果说,这张拍得好,就是裴阳嘴巴噘着,好傻。

梅枝笑。

裴阳也想过来看一眼,被林松果支棱胳膊挡住了。

下一页,是彩色照片,有着浓重的苍蓝,是山色。照片里是三个人,穿着暗色圆点连衣裙的梅枝,长发浓密,烫了波浪，神情虽有些肃穆，但挡不住地光彩照人，那张脸也瘦下来，还原成鹅蛋形，却添了锋利，脖颈上戴着一条细细的项链。梅枝身旁是穿白衬衫配黑西裤的裴阳，少年的目光透着苦涩，那么小，眉头就缩得那么紧，像个小老头似的，两只手笔直垂在身侧。最矮的是梅枝左手边的小女孩，留着妹妹头，穿泡泡裙配白袜，一双圆头红皮鞋特别俏。女孩是一张圆脸，眼睛尤其大，透亮闪光，只有她努力仰着脑袋好奇地盯着镜头，脸上漾荡着天真与童趣。一家人带着三种表情站在大坝前的铁丝网前，一侧是青灰的坝体，另一侧是盛夏蓝得发乌的河水，对面是雾水的山，照片一角留下时间：95.07.15。

这张照片让林松果看了又看，耳边仿佛响起蝉鸣，是夏天的味道，林松果说，好可爱啊。

梅枝说，这是裴霖。

裴阳一听，立即起身，从林松果身后看了看相片中的妹妹，多少年了，裴阳再没见过她的样子。

三个人安静下来，林松果捏着照片，不知该往后翻还是这样不动，还是梅枝知趣，说你们看，我去洗碗。这么留下两个人。

林松果低声说，她还是受不了。

裴阳没有作声。

剩下的相片有独照，也有合照。合照还是三个人，背景却换了，在影棚里。梅枝端坐在木椅上，一左一右站着长高了的兄妹俩，两人的表情都很严肃，规规矩矩望着镜头，裴阳的头发三七分，分出一条清晰的界线，各自油亮地盖在脑门上，身上是一套亮眼的格子西装。妹妹裴霖穿着背带裙，扎着一条大马尾，静静立在梅枝一旁，稍稍隔了些距离似的。梅枝呢，头发整个剪短，两侧刚刚遮过耳郭，上身是灰色开心领毛衣，没有配项链。梅枝的表情和以往不同，脸上不见了凄然凝重的神色，甚至露出了微笑。

这张全家福真好。林松果赞叹。

裴阳说，是到省城拍的。

林松果说，难怪。

林松果翻着这些相片，仿佛看着兄妹俩迅速成长、梅枝快速老去，直到那个定格时刻。

最后一张相片是裴霖穿着运动会上的短跑衫，胸前贴着大大的六号标签站在跑道上的样子，一双长手长脚从标签里露出来，高原的阳光也没有晒黑女孩的四肢，女孩脸上还挂着一丝婴儿肥，尚没有变成女人的迹象，只是目光锐利，有一丝神经质的东西羼杂其中，让人依稀想起年轻时的梅枝来。

林松果盯着相片中的少女，好奇地问，她很能跑吗。

裴阳说，百米13秒3。

林松果惊讶裴阳记得这个，张口就来，自己却没有概念，问，很快吗？

裴阳回答，很快。

林松果合上相册，相册还有一大半没被填满，林松果看得意犹未尽，抱怨说，怎么这么少？

裴阳说，肯定是她挑出来的，还有几大本在屋里，平时不见人。

林松果说，这么宝贝？看你也不喜欢拍照，也不上相，怎么拍那么多？

林松果说得无意，却勾起裴阳心事，裴阳说，她以前就喜欢带我们去拍照，一年能拍几次，每次出门都要打扮。

林松果笑，看出来了，你妈年轻时挺好看的，也会打扮。

裴阳没接林松果的话，他想说的还没有说完，裴霖走，也是为了拍照，以前每次拍，裴霖都会得到一件新衣服，那年没有，裴霖就不愿去了，这么闹起来。裴阳忍住，没有说出裴霖手的事。

林松果不敢相信，盯着裴阳，就为了这个，这么简单？

裴阳点头。

林松果有太多的疑问，也只好问，为什么要拍？

问题一下戳到要害，裴阳回答不了，梅枝从来没有说过理由。裴阳只记得每次拍照前梅枝做家庭动员的样子，兴奋地在屋里喊，裴阳裴霖换衣服，照相去了。这是梦里也会听到的声音，还有快门响，咔嚓，好像切断了什么。一家人的出行也总引起关注,梅枝领着这一大一小穿过筒子楼灰扑扑的楼道,走过沙石硌脚的院子,兄妹俩的新衣服格外地打眼,梅枝也是,走过的风里都带着香气。裴阳一次次感觉不自在,出门的路变得艰难,一家人像是马戏团里的小丑,一路都有人问,哟,梅枝,又去照相哪。只要他们一转身,那些人就会笑起来,那些闲话,裴阳不用想也知道。梅枝却全然不顾,怎么都不会生气,总是哄着兄妹俩,仿佛过节。可一旦拍完回家,梅枝就会迅速变回成那个没有生气的人,褪去拍照时的光彩,好像那小小的相机摄走了女人全部的精力,而拍出来的相片兄妹俩也很少看到。

裴阳弄不懂这样的母亲,这反差,兄妹俩一次次体验,也一次次抵触,直到裴霖爆发⋯⋯

这些事林松果哪里晓得。

等梅枝重新出现,林松果才起身将相册郑重交还,薄薄的相册在她手里变得似有分量,她递过去,梅枝没有接,反而说,这是留给你们的,放你们那里好了,一个家要有相册的。梅枝说得轻松,意外的是林松果。

两人走到楼下,林松果还在嘀咕,你妈什么意思,想让我们填满?这就是你家传家宝啊。裴阳没有回应,一个人大步走到前面去,林松果还抱着相册,回头望了望梅枝的窗口,夫妻俩一走,梅枝就关了一盏灯,屋里看上去又昏暗起来。

赶在暴雨来临

一早,卢芏收到暴雨预警,点开看,蓝色雨图遍及全省大部,部分区域飘红,多地伴有山洪暴发危险,持续一周。卢芏皱了皱眉,时间地点全部重合。下班前,雨停了,头顶的天穹褪为灰色,均匀地覆盖下来,压得低低的,像被什么控制,陡然降了好几千米。卢芏去接儿子,车上中环,途经南明河,河水带着难得的野性,流速加快,一股浊黄冲向远处的彩虹桥,往日丝丝缕缕的鱼腥气被这山雨后的激流冲散了。

车到楼下,妻子牵着儿子在路边等候,卢芏苦笑,这是不让他上楼的架势。卢芏下车,妻子不耐烦地递过儿子的行李箱,黑色带小恶魔的造型,还是前年一家人在三亚度假时儿子挑的。妻子说,东西都在里面,带了奶粉和枕头,尿不湿没带,他不尿床了,牛奶喝三次,不要多了,睡觉前记得让他解手……

卢荃默默听着，妻子说完，才伸手摸摸儿子，锅盖头软软的圆圆的，摸上去竟有些大。两个礼拜没见，儿子又有些变化，鼻尖上挺着一粒痱子，眼睛大大的，干净又透亮，只是探出的目光有些退缩，仿佛不确定卢荃此来的目的。卢荃拉开车门，让儿子进去。儿子望他一眼，又看看母亲，女人的裙子在风里飘扬起来。直到女人点了点头，小家伙才从妻子手中接过iPad，爬进车里，接着忧虑地问，我们要去哪里？像是问卢荃，也像是问车外的女人。卢荃没有作答，妻子哼了一声，转而对儿子讲，旸旸乖，你爸爸带你去玩几天，我们都说好了的。

儿子说，你不去吗。

女人说，妈妈还有事呀。

儿子嘟嘟嘴，我不想去。

女人说，你听话，我办好事，你就回来。

儿子不再吭声，小脸沮丧，好像离开女人是一件值得忧虑的事情。妻子对卢荃冷冷交代，去哪里我都要知道，现在到处下雨，不要乱跑。

卢荃已习惯这口吻，回答说，带他回雾水。妻子不再说什么，表情阴沉着，像这天气，没有松动的迹象。卢荃发动车子，掉好头，女人的话又追上来，他不听话，就早点送回来。卢荃按了按喇叭，算作回应。

爸爸，雾水在哪里？等车子驶出小区，儿子微微适应了两人独处的空间,接受了父子俩要度过一段时间的事实,才问。

卢茔说,在奶奶家。

儿子说,不是去玩水吗,妈妈说的。

卢茔说,奶奶家你还没去过,温泉就在附近。

儿子在座位上坐好,安全带斜挎在他瘦小的身前,像披着条绶带。卢茔看看,儿子很快摊开平板,熟练地点击软件,过了一会儿,对卢茔讲,没有网,爸爸。

你在玩什么?卢茔又瞄了一眼。

"火柴人大战"啊。儿子说。

卢茔说,坐车不要玩游戏,头会晕的。

儿子说,我无聊啊。

卢茔笑,你才多大,就无聊了,睡一觉吧。

儿子认真说,我睡觉前要喝牛奶的。

卢茔只好靠边停车,打开手机热点帮儿子连上网,儿子娴熟地玩起来,刀剑声很快响起,操作的人倒气定神闲,像个高手。卢茔摇摇头,继续开车。

天光又收了几分,等到身后的楼群渐次消失,山野扑面,卢茔才又一次感到自由,心里将将升起逃离的幻觉,缠绕心头的阴云减轻了,却没有消失。卢茔不断提速,好像新的生活在路的那头等他。途中,车子闯入一阵暴雨地带,铺天盖地的雨幕在挡风玻璃上形成瀑布,雨刮器失效,卢茔视线模糊，道路消失了。一瞬的紧张带来了兴奋，卢芏握紧了方向盘，打开双闪，匀速滑行在路上。儿子已经睡着，头歪在座椅上，对窗外的危险没有丝毫感应。

卢芏将车驶进服务区，地坪里停满了避雨的车辆，卢芏转了一圈挤进一个位置，停好。儿子仍在睡，吊着脑袋，卢芏冒雨钻入后座，让儿子舒展身子。四岁的小人儿已冒起了个，平日瞧着不高，放平了倒显得长，一双小脚快要抵到车门口。卢芏等待雨小。车内如同洞穴，雨幕敲击着车身，外间的一切都被屏蔽，世界好像只剩下父子俩。卢芏将儿子的头枕在自己腿上，感受着他的体温，小家伙的呼吸还有些滞重，即使睡觉，眼皮也没有合拢，露出的缝里能看到眼球，好像对卢芏仍不放心。小家伙的眉眼完全长开了，睫毛尤其显长，小嘴弯弯，像妻子，不知不觉，竟有了少年模样。是个英俊的小家伙。卢芏的朋友拍电影，还请儿子去客串，跟在一个女明星身后跑过长长的田坎，女主角定住，凝视镜头，儿子还在朝前跑，跑出画，这是电影的最后一个镜头。

车外响起一阵喇叭声，雨停了，拥挤的车辆开始陆续驶离，亮起一片尾灯。卢芏放下儿子，去后备厢取了毯子给他盖上，还有一大半的路程。卢芏站在车外抽烟，等待车辆疏散，一支烟的工夫，天就黑了，高速上的车又流动起来。剩下的路平淡无奇，下了高速，就是镇子，沿着老式拱桥过江，再上盘山路，越走越黑，山里的黑没有缝隙，像匹素布。镇子抛到脑后,空气里就泛起泥土和灌木的混合味道,谈不上好闻,还有淡淡的牛屎味,近似中药。拐过废弃的砖厂,卢苼停了车,在这山巅,空中的水汽已被风吹散,儿子一路酣睡,醒来就喊,爸爸,我要撒尿。

儿子刚站上地面就打了个哆嗦,看上去憋不住了,卢苼还没来得及帮忙,儿子就将短裤扒下,一股细水跟着冲了出来,卢苼听见路坎下树叶窸窣的声响。

等卢苼重新发动车子,电话进来,怎么还没到,旸旸怎么样?是母亲的声音。卢苼说,马上到,他在车里,刚醒。卢苼挂掉电话,儿子才问,是奶奶吗?卢苼说,是。儿子说,我好久没有见到她了,还有爷爷,爷爷长什么样我都忘记啦。卢苼说,待会儿就能见到了,你想不想他们?儿子明显犹豫了一会儿,腼腆地说,想。

母亲在城里带了儿子两年,与他分别,是去年的事。

车灯远远射出去,卢苼看见林场入口了,一旁是父母的家,亮着比往常多的灯。还是某一年里母亲提出搬离,从营地搬到两公里外的办公区,是栋两层小楼,建在林场入口。这里是一处风口,没山坳营地的那份潮湿,被子从未沾染上阳光的味道。两个老人被风湿症缠绕多年,能离开几步或许就能多活上几年。小楼就这样被占据,卢苼回来做过改造,现代化程度大大提升。楼旁是进场公路,也是唯一的检查卡点,山路被一道铁栅栏拦腰截断,卢苼远远看见栅栏冰冷的反光。父亲的第四辆"嘉陵"摩托停在小楼前,前三辆都已报废,换来父亲两次躺上小床,男人从此不大出门。

车还未靠拢,母亲的声音就在这山弯里响起,旸旸回来啦,旸旸回来啦。卢荃拐进小楼前的篮球场,母亲从路旁一路追过来,嘴里循环着儿子的名字,卢荃喊了声,妈。

母亲说,让你不跑夜路,你就不听,才下过大雨,危险得很。

卢荃说,我开得慢。

母亲不等卢荃下车,先将车门拉开,将自己的宝贝孙子抱出来,又不敢亲(为了这,被妻子说过多次),只是紧紧搂着他,小东西喊了声,奶奶,就摊在了女人身上,好像突然找到了依靠。父亲这才出门来,楼前的灯光投出他的影子,男人咳嗽一声,说一句,回来了。

卢荃赶紧应一声,回来了。

这是儿子第一次来这个家。

知道孙子喜欢光亮,母亲把房间灯都开着,小家伙却不乱闯,进了门,卢荃坐哪儿,他就坐在一旁,卢荃起身,他就跟在身后,生怕这个人跑掉似的,寸步不离。卢荃有些好笑,问,你跟着我做什么,回奶奶家了,你自由活动啊。儿子不说话,脸上有些难为情。卢荃就不问了,心里愧疚,该早些带他回来。往常团聚,都是卢荃接父母去城里,妻子不愿意儿子跑去什么都没有的林场,在她眼里林场是个荒凉的所在，蚊虫又多又湿冷，条件糟糕。面对妻子的抵触，卢茬没有采取行动。卢茬知道父母不满，表面却看不出什么，儿子一来，注意力更被聚拢，过了好一会儿，母亲才在厨房问，旸旸妈怎么没来？

卢茬说，她有事。

母亲就不说什么了，只问，回来待几天？

卢茬说，请了七天假，在你这里待两天。

母亲说，你再不带旸旸回来，我都要去看他了。

吃过饭，儿子才在门前玩起来，这里大，够他一个人撒野。儿子很快用一根棍子挥舞起篮球场上的蚂蚱和飞虫，那些招式不晓得哪里学来的，逗得母亲直笑。父亲从房间里搬出一个稻草编的龙头，让小孙子看，小家伙立即丢下手中的棍子跑过来，问，这是什么？

卢茬说，这是舞龙的龙头，爸爸小时候最喜欢玩。

儿子不懂，问，是龙王的头吗？

卢茬说，是，你要不要舞一下？

儿子说，要，我要用金箍棒来舞。

父亲早有准备，一根削好的黄荆棍插入龙头，固定好，举在手里左右晃了晃，够牢。小人儿已等不及，跳着喊，给我给我。

卢茬对父亲说，什么时候编的？好多年没见这东西了。

母亲插话，还不是你说要带旸旸回来，天擦亮就编起来，好大的兴头，这里没有小孩，不然编个全的，那才威武呢。

卢茞想起从前，草编龙长长细细，稻草搓成的龙身有着麻绳的扎实质感，能插七八根棍子，龙头龙尾齐全，自己总是占据龙头的位置，带领一众小孩，在坝子里舞龙，有一年还下起了雪，那一场龙舞得最美。眼下，儿子举着缩小版的龙头，跳进院子，学着爷爷的动作，左一下，右一下，小身子摇摇晃晃，却舞得有模有样的，仿佛遗传。卢茞顺手拍下照片，龙头被小家伙舞起来，身后是亮眼的线条，仿佛一条真的小白龙打儿子头顶划过。

儿子在楼下玩，卢茞回到楼上，在房间里点起灯，灯光在山里恍如一点萤火，窗外全是飞虫，敢死队般不断冲撞，卢茞一次次听见这微小的爆炸。儿子不时在楼下叫他，下来啊，爸爸。卢茞朝他招手，小家伙从未玩得这么野，一头的汗，头发黏成一缕一缕的，像稻草一样飞扬起来。

电话响起，卢茞接。妻子劈头盖脸说，我发了多少微信，你都不看的？卢茞说，我没注意手机。旸旸呢？妻子问。在楼下玩。卢茞回答。他怎么样，适不适应？妻子问。卢茞忍住怒火，妻子的种种担忧都化作儿子爽朗的笑声，卢茞从未见他如此开怀笑过。卢茞说，他玩得很好，你自己听听。卢茞将窗子推开，把手机伸出去，儿子在楼下疯跑，使劲叫喊，像个小野人。卢茞问，你听见了？妻子哼了哼，在玩什么，让他小点声，喉咙本来不好，你多看着点，别搞生病了。卢芏不说话。妻子又说，麻烦你平时关注手机，我随时和他视频……卢芏拖长一声说，好——

这一刻卢芏不想与妻子争吵。

更晚，母亲带小人儿睡下，卢芏终于清静，一个人在书桌前静坐，体验曾经的林场夜晚，窗外刮起劲风，松林耸动，空气里有丝丝寒意。卢芏打开书桌，发现儿时的绘图册，纸上布满棋路，有些已经填满，有的还在等待。卢芏一时兴起，找笔来画，一个"×"，一个"〇"，代表黑白子，格子间很快被符号填满，抵达边界，胜负难分。一个人想赢自己太难。卢芏作罢。

从这里望不到镇子，卢芏沿着林间小路走，脚下露水浓重，鞋尖沾湿一片。卢芏想走出这片林带，到山巅上去，去看看镇子。住在河谷地带曾是他的梦想。六十年代雾水因修水电站发展起来，等他睁眼看见这一切时已是八十年代。卢芏曾在夜间的山头眺望过小镇的灯火，迤逦的一大片，在山崖下的徐缓地带盛放，酷似他在书里读到的火烧连营，卢芏希望自己也住在那片灯火里，哪怕是最边缘的灯火。脚下的路越走越窄，带刺的灌木无处不在，行走的记忆变得苦涩，但在当时，这是卢芏最兴奋的事，只要能离开林场，他愿意这样一直走下去。

卢茞转上大路，回头望儿子，碎石山路让小人儿走得歪歪扭扭，林场的一切对他毫无吸引力。小东西一脸愁苦，见卢茞望他，顺势喊起来，爸爸，我们还是回去吧，这里没有看的呀。

卢茞说，你加油，快到山顶了，可以看到大坝。

小人儿嘴里叽叽咕咕，还是费力地走起来，卢茞等着他。

晨风正凛冽，林场上空一片灰蓝，松林的气息再度袭来，卢茞闭眼，心里升起阔别之感。卢茞出生时，林场正结束砍伐，疯狂的索取被天空中的撒种飞机替代（只出现过一次），之后是人工，树苗重新占领了光秃的山头，林场的伐木工纷纷离开，剩下的变成种植者，卢茞父母正是其中一对。这里是山区，海拔800—1800米的阔叶林带，除了常见的林木，还出产名贵的金丝楠，是王朝时代的贡木，遥远的北方宫殿、陵墓乃至皇家家具都有这里的献祭，现在大株金丝楠所剩无几，隐藏在山里的三株巨木成为重点保护对象，也是卢茞父母还留在这里的缘由。

卢茞看到大路延伸处被树木掩映的宿舍区，曾经热闹非凡，而今破落不堪，断垣颓墙被数十年的风雨摧残，一栋栋红砖楼褪尽了颜色，趋于粉化，晨间的风窜而过，发出鬼魅吼。儿子追随卢茞目光，望着那片被野草藤蔓包裹的房子，竟流露出恐惧，当卢茞提出要去看看时，儿子明显放慢了脚步，对卢荘说，我们还是不去吧，那里肯定有好多蛇。

卢荘指着营地，以前爸爸就住在那里。

儿子有些茫然，住在那里吗，你不怕的？都没有人。

卢荘说，以前那里人好多。

儿子问，现在他们哪里去了？

卢荘摇头，他又哪里知道，这里轰轰烈烈了一场，到头来只剩下父母。一阵风过，带来树叶的沙沙声，仿佛召唤，一道尖锐的呼喊声夹杂其中。卢荘卢荘，你个砍脑壳的，回家吃饭了——卢荘双手一撑从木材堆上爬下来，脚尖落地，身后就传来木料滑动的声音，手中那册《三国演义》不见了（才看到马超大战许褚啊），卢荘回头找，一根滚圆的木料就跳上了卢荘脚背，卢荘哎哟一声……只差一步，卢荘便会被木料掩埋。

二十年了。

这一幕仍不断闯入卢荘睡梦，卢荘庆幸儿子不用再经历这一切，林场的死亡从未间断。

卢荘又站在这里，头顶是一架巨大的高压铁塔，脚下打了水泥地坪，铺出一座潦草的观景平台，近两百米高的大坝在眼前展露全貌，背后是两山间的一片大水，朝上游蛇形般游去。卢荘还记得这水色变化莫测，早晨是淡蓝，中午泛绿，傍晚则开始发乌。卢荘牵起儿子的手，步到平台边，儿子细细的手腕握在手里仍不老实，想要挣脱似的，卢荘握着不动，这是儿时的卢芏从未得到过的。

你看到什么了？卢芏问。

儿子只顾低头往山脚看去，岩壁的落差让他有些恐慌，嘴巴张得大大的，一个惊叹的表情，小手主动握紧了卢芏。谷底的河水呈墨绿，一股股从基坑冒出来，形成星云的图形。儿子说，这里好高，河好小。

还有呢。卢芏问。

还有大坝和好多水。儿子说。

卢芏说，你要记住。

记住什么？儿子似懂非懂地望着眼前的山水，不明白卢芏的奇怪要求。卢芏把儿子拉到跟前，理了理他的头发，让他站立不动。卢芏掏出相机，给儿子留影。小人儿穿着红白条纹衫，身下是短裤，一双白白的脚杆露出来，卢芏后退，让大坝和大水卡在背景中央，好了，不要动了，我拍了。话音和快门一同落下，天光刚刚好，天空开始放蓝。卢芏去牵儿子，心里仍有些后怕，这处平台连个栏杆也没有，脚边就是悬崖。卢芏想，若是妻子看到这一幕，不晓得又会怎样发作。想到这，卢芏笑了笑。平台另一头能望到东边的镇子，镇子上空浮着一层淡淡的雾气，镇子背后的小山上有卢芏就读的学校，当年的卢芏要步行两个钟头才能抵达。见卢芏望得出神，儿子才摇了摇他手臂，爸爸，这里没有什么好看的呀。卢芏这才发觉，儿子对这里完全没有兴致，他还不到怀旧的年纪，对哪里都没有情感。卢茞再次拿起相机，可无论怎么拍，画面都背着光。

你们是不是吵架了？母亲问，昨天旸旸说，你好久没回家，他都见不到你。

母亲敏锐，卢茞惊讶，到底和妻子在一个屋檐下住了两年。卢茞以为能瞒过。卢茞说，我出差了，跑了好几个地方。

母亲看一眼卢茞，本能不信，旸旸都瞒不过，还想瞒我。我不想管你们的事，只要你们想着孩子。

卢茞镇定，说哪家夫妻不吵架的，过了就好了，孙子都给你带回来了，你多看看他吧。更多的话，卢茞打住，不知如何开口，那不是母亲能承受的。

母亲仍狐疑地观望儿子，不确定他话里的严重程度，好在孙子确实在跟前，这是千真万确的，媳妇在不在，倒次要了。母亲知道媳妇看不起这里，这个媳妇只回来过一次，还是结婚时露的面，第二天人就走了。女人还提醒过卢茞，你老婆这样，你要多保点自己，别到头来什么都得不到。这是母亲多年前的话，说得不经意，卢茞却记得，没想这么快应验。

妻子很快打来视频，因为在家，女人没有表露什么，还问候了镜头中出现的父母，嘴里仍喊着爸妈，让二老多注意身体,好像她和卢茞之间真的没有发生什么,她还是从前的那个儿媳妇。妻子的口音生硬,卢茞生怕她暴露什么,好在父母早已习惯这样的儿媳,没有察觉。儿子巴不得身边人都走开,好让自己和女人聊个够,他叽里呱啦述说着山里的一切,说看到好多动物,有松鼠和野鸡还有山羊,和电视里看到的一样……母亲仍不时插话,关切说,晓茹,你瘦了,是不是卢茞欺负你了,你跟我说,我收拾他。卢茞听了干脆走开,避免和妻子讲话。

再进屋时,视频结束,母亲果然缓和了很多,担心消除了,可还是对卢茞讲,你老婆是不是病了,你也不关心一下,我看她憔悴好多,变了个样。卢茞微微一惊,到底是女人看女人,嘴里却仍敷衍,就是累的,你就别操心了。

母亲说,要不要我上去看看?

卢茞说,再说吧。

母亲就不高兴了,借题发挥起来,我在你们也吵,我不在你们也闹,你们就是不晓得怎么过日子,比起以前……卢茞知道母亲又来了,她口中的"以前"能从头说起,从她大老远跑来和父亲结合,父亲从农校下放林场,从此没能离开,母亲跟着在这里艰难度日。这些陈年旧事,母亲讲得如在眼前,几十年前的细节被一次次讲述,什么媒人天花乱坠的欺骗,她第一次来看父亲坐火车就坐过了站,又差点被人拐骗,出嫁时只有一个弟弟来送她,一家人在林场举目无亲……凄迷往事的灰垢在母亲嘴里一一磨尽，事实开始闪光透亮。卢荁却头皮发麻，这是儿时他听过的最多的话，曾经作为母亲激励卢荁的手段，眼下却成为最难忍受的时刻。直到儿子出来解围，小东西因为奶奶的打扰没有和妻子好好说话，正生着气，嚷着要走，卢荁暂时没有理会。母亲听见孙子喊走，果然调转矛头，开始心肝肉地哄，可小东西就是不依，表现焦躁，缠着卢荁喊，爸爸，我们还是走吧，我不想在这里玩了。卢荁说，这是奶奶家，你问问她，看她放不放你。儿子说，她就是不放啊，我们还是悄悄走吧。卢荁难以置信，一把拉过儿子，质问起来，你怎么这么没礼貌，你这么小，谁告诉你可以悄悄走的……卢荁的声音有些大，儿子听后眼珠一吊，白眼朝天一翻，摆出生气的样子，像极了妻子，哼，我就是想走。儿子哼哼唧唧，一个人走出屋子，母亲要追，被卢荁拦下，让他去，去冷静一下。

卢荁不知道妻子对儿子说了什么，又或者只是林场枯燥，儿子待不下去了。

小人儿许久没有动静，卢荁悄悄去看，却发现儿子正在拆那只龙头，稻草被小东西扯了一地，七零八落的，原本鼓胀的龙头已经塌陷，两只树枝做的龙角更不翼而飞。卢荁高声喝止，你在做什么！儿子听见，头也没回，只是双手一松，让龙头落地，再用脚一踢，龙头滚到球场边缘。卢荁一阵火起，喊得更加用力，你给我捡回来，龙头是这么玩的吗？声音惊动了父亲，老头从一旁的菜园子里探出头来，望了望，半天才讲一句，让他玩嘛，下回再编就是。卢苇却不理会，冲到球场边，指着儿子说，你再动一下，我要揍你了。

儿子这才回头，怨恨地望一眼卢苇，不说话，小脸已经阴沉，仿佛试探，又动了动自己的脚尖，挨了挨那只惨不忍睹的龙头，然后不动了。父子俩就是这样，儿子从不惧怕他。往常在家，卢苇也不真正管他，卢苇长期出差，儿子和妻子更亲近。可换了环境，这挑衅变得无法容忍，卢苇两步上前，拉过儿子胳膊，巴掌就往脚上扇去，卢苇用足了劲，登时三道指印，儿子一跳，眼泪还没下来，哭声倒率先地动山摇。卢苇来不及制止，动静就引来了母亲，女人从屋里冲出来，双手往围裙上一抹，着急忙慌问，怎么了旸旸？儿子仗了奶奶撑腰，大喊起来，爸爸打我，好痛——母亲一跺脚，这才展开架势，立时出口汹涌，一顿朝卢苇袭来，又见父亲在菜园傻傻站着，也丢下一句给他，说你倒是看戏的，不晓得拦一下，旸旸是不是你孙子？我要你有什么用！卢苇愣住，脑子里一片嗡嗡响，多少年没听到母亲这样高声大气，儿时的记忆霎时涌现，那是母亲叉着双手与找上门来的林场女人互骂的场景，话比着话，一句比一句难听，没人知道这是少年卢苇最羞愧的时刻，也是他奋力读书，想逃离林场的源头。

儿子哭得伤心，小东西从未想过卢苼会动手，还不时拿眼睛瞄他，捕捉他的反应。看到这里，卢苼放弃了，任母亲抱起儿子，母亲还气咻咻的，发什么神经，一个破龙头有什么了不起，要打你带回去打，不要在我这里现眼。儿子也乘机气鼓鼓喊着，我再也不理爸爸了，我再也不跟他说话了——

祖孙俩同气连枝地进了屋，卢苼黯然，抬头间，发现父亲还静立在菜园前，正望着这一切，还是记忆中的样子，对任何事都不做表态。父子俩短暂对视，目光又很快分开，没有说一句话。这么多年，父亲一贯沉默忍让，让卢苼费解，难道就因为没能离开林场，因为母亲？可自己又如何？在家面对妻子和父亲也没有什么两样。卢苼苦笑。

这么一闹，卢苼也觉得无趣，想该走了。平复了心情，卢苼去看儿子，发现小家伙在母亲怀里睡着，母亲抱着他不断在屋里转圈，还示意卢苼赶紧走开，眼不见为净。卢苼回到屋前，给父亲打了个招呼，就往山下去了。

晚上，两台车回来，卢苼踉跄着从副驾上下来，一个女人跟着下车，走到另一台上，又转头对卢苼说，明天把你儿子带来看看呀，这么大了都没见过，藏得跟个宝贝一样。卢苼笑笑，要得。

进了屋，屋里空着，人都睡了，山里人都睡得早，卢苼没有睡意。酒意上来，卢荓跑到外面去吐，很久没喝这么多酒。卢荓的莽撞把几个昔日的男同学唬住，到头来是他们劝起他，没见你这么喝过，不要命了。还是女生敏感，悄悄问他，怎么了卢荓，遇到什么事了？卢荓摇头，不置一词。待胃里吐净，卢荓才一把坐在门前的藤椅上，任身体瘫软，人呆呆傻傻，万事放空，以为这样能忘记眼前的烦恼。

卢荓坐到半夜，夜空晴朗，不见一滴雨，满天的星斗，恍如神秘之境，怎么也望不穿。这是标准的林场夜晚，大山沉寂，四野虫鸣不断，没有人声喧闹，仿佛具有抚慰作用，卢荓很快安稳。

第二天，暴雨未至，云层里果然有阳光的踪影。母亲指着儿子对他讲，晚上一直缠着我问你是不是走了，丢下他一个，吓得发抖哟。卢荓笑，想小东西还知道害怕，还有挽救的可能。卢荓捏捏儿子的脸蛋，说，我们今天就走，爸爸带你去玩水，我们去温泉好不好？儿子认真点点头。这时节，山里的水凉了，来之前卢荓就计划好，要带儿子把本省的温泉都走一遍。

离开前，卢荓提出拍全家福，他一个人搬出椅子，一排摆在屋前，卢荓让父母坐在一头，另一头留给他和儿子。卢荓架好相机，将镜头对准不明所以坐上去的家人。镜头的背景正是小楼，小楼的背面是一大片层叠的松林。卢荓通过取景器看见一脸无知的父母和更加懵懂的儿子,他们都不明白这心血来潮的安排,只有卢芏知道,这是场无法张扬的告别。卢芏很不满意,冲一家人喊,什么表情,都笑一个啊。儿子左右看看,见没人笑,又只好摆出凝重的样子,像个心事重重的小老头。卢芏说,这样拍出来丑死了,你们都不会笑的吗。听了这话,镜头里的人才勉强动了动,父母稍稍调整了面部肌肉,试图做出微笑的样子,在卢芏看来比之前还要难看,儿子倒笑了,可惜与身边人不协调。卢芏只好作罢,算了算了,你们随意,我过来了。

咔嚓,快门响起,有一刻被永远定格了。

卢芏检查照片,照片里的自己端坐着,带着强装的笑意,别人看不出来,唯有自己明白。儿子呢,瞪大了眼睛瞧着镜头,双手恰到好处地摆在腿上,一个规矩的姿势,有小孩样子,卢芏满意。母亲最终时刻保持了微笑,只是那笑带着强弩之末的味道,开始变形。只有父亲带着一贯的平静,挺立上身,肃穆庄严,看不出任何心事。

卢芏觉得可以了。

母亲也凑过来看相片,看不出什么,便丢下一句,少一个人,拍什么拍,回去又挨骂。

儿子也学舌,就是啊,回去又要被妈妈骂。

母亲笑了,儿子也笑,笑得甜,甚至有些得意,好像讲了一句高妙的话,等待被奖赏。卢芏没有作声,他们还不知道这照片的宝贵。

奇怪的是，照片拍完，阳光就败了，登时阴云席卷，大雨奋力地砸下来。卢茔不知道这是留客还是撵人。见卢茔收拾起行李，母亲没再阻拦，只抓紧和儿子讲话，这分钟小东西倒不舍了，让母亲跟着一块走，说让爷爷守家呀，和以前一样。母亲笑，说旸旸有孝心，想着奶奶，奶奶没白疼你。儿子说，那你收东西啊。母亲不动，说，奶奶不能走，过几天是七月半，我要在家里烧纸。儿子好奇，烧纸，烧什么纸？我也要烧！说着望一眼卢茔，昨日的怨恨从眼睛里消失了，卢茔来不及表示，母亲立即做出惊吓状，小孩子不懂事，瞎说，饶恕饶恕，说着，冲屋外作了几个揖。见母亲这样，儿子更加好奇，问卢茔，爸爸，为什么要烧纸？卢茔说，就是给死掉的亲人烧钱。儿子好像明白，脱口而出，以后我也给你烧吧。卢茔哭笑不得，不知该欣慰还是难过，母亲却吓得不轻，摩挲起儿子脑门，反复三次，又朝屋外作起揖来，嘴里念着，小孩子无忌啊无忌啊。

母亲的动作让儿子抵触，转眼跑出屋去。母亲继续给卢茔的行李增添负担，以鸡蛋为首的土产，还有父亲刮的蜂蜜，老头子在山里养起了蜂，罐头瓶装的蜂蜜黏稠金黄，有些已经变红，一看就存了不短时间，是老头子的心血。卢茔只拿了两罐，说够了，其他不要。母亲没有理会，好像还在脑海搜刮什么能让卢茔带走的东西，又转身进屋。卢茔说，别找了，这些东西你们自己吃用。父亲搓着手，说，好不容易回来。卢芏望着父亲，男人越发见老了，鬓角早早飘白，额头的皱纹被七十来年的岁月雕刻，凹线里都包了浆，泛出光来。有卢芏时父亲整四十岁，父子俩倒像隔了一代，直到卢芏有了儿子，这早衰的面容才名正言顺起来。卢芏一时动情，说，你少做点事，什么年纪了。父亲像是没听见，父子俩不常这样交流，卢芏也有些尴尬，欲说不说时，屋外传来小家伙的哭声，卢芏赶紧出门瞧。

儿子小小的身子正蹲在屋檐下，嘴里嘤嘤有声，卢芏上前问，又怎么了？儿子立即扭头，满眼是泪，竖着小手食指对卢芏讲，痛，爸爸，蜜蜂蛰我。

你怎么惹它了？卢芏问。

没有惹呀，它掉到水里，我去救它，它就蛰我了，你看——儿子站起来，把食指伸到卢芏面前，卢芏俯身发现儿子食指肚上的黑刺，一头还嵌在肉里。卢芏说，别动。说着努力挤着指甲将那刺拔了出来，没事了，你很乖，你想救它是不是？儿子点头，我就是想救它呀，它为什么要蛰我？卢芏说，它不是故意的，你看，蛰了你，它自己也死掉了，这根刺是它身体的一部分呀。那只瘦瘦的蜜蜂倒在儿子脚边的水塘前，一动不动了。父子俩看着，儿子的哭声渐渐平息，另一种悲伤在小人儿心头升起，卢芏摸摸他脑袋，任小家伙的疑问在脑子里持续发酵。卢芏想儿子会因此记住这里，这也许是他以后唯一能记住这里的事了。和妻子的冷战终有结束的一天，也拖了小半年，直到妻子下了最后通牒，字签与不签，她都要带走儿子。带儿子去加拿大是卢荦后来听说的，卢荦知道妻子一家在加拿大有不少亲人，岳父母退休前就在那边置了房产，做出这样安排，早有苗头，妻子试探，分析种种，说为了旸旸以后打算，早点出去好，卢荦却不同意，他无法想象离开这里，他能去做什么？何况父母健在，他不能走。

这次放儿子出门，是妻子对卢荦的最后一点恩情。

小东西到底知不知道他要去的是什么地方，有多远的距离，这近乎永隔的分别对他又意味着什么？卢荦无法想象，更找不到机会和儿子谈这个。这一刻，卢荦只想留下他。父子俩一动不动地望着雨落下去。许是最初的疼痛过去了，儿子最后坦然地对卢荦说，爸爸，我不怪它了。卢荦一时怔忡，说，你们扯平了。

直到身后又响起母亲大剌剌的声音，卢荦才拉着儿子上车，剩下的旅程到来了。母亲自顾自将一包东西塞进后备厢，又打着伞跟着，一路送出了铁栅栏。只有父亲还立在屋檐前，仍不表露什么，目光深邃，卢荦这才明白，老头子一辈子都在用眼睛说话，可惜无人知晓。卢荦来不及对父亲说点什么，只是回视一眼，父亲点了点头。

母亲一直跟在车旁，嘴里抱怨着天气，看上去还有话讲，卢茔立即堵住，说好了好了，回去了。母亲叹了口气，语气先软下来，对卢茔交代，你不要耍脾气，凡事忍让，人家和你在一起不容易，你要知足，还有孩子呢。卢茔琢磨这话，又扭头看儿子，这小东西到底知道多少事情？母亲好像冥冥中感觉到什么，抹起了眼泪，透过车窗对孙子说，旸旸要乖啊，奶奶就来看你，你要等着奶奶啊。小人儿抱着平板，看也不看女人，嘴里说着，好的，奶奶。

等到后视镜里女人的身影逐渐变得模糊，跟着是小楼和整个林场，卢茔才问儿子，这里好不好？

儿子带着逃离的兴奋，说，还不错嘛。

卢茔不知道儿子的腔调是跟谁学的，竟有几分老成，卢茔有些冲动，对儿子说，你要记住这里，不管以后你到哪里，你都要记住这里，你记住没有？

记住了，爸爸，儿子嘹亮地回答，你已经说过一次啦。

花　匠

　　花匠不大认得花草，他对草木的知识不比常人多。比如电厂种了很多芭蕉，他是认识的，不认识就荒唐了，还有围绕整个厂区的法国梧桐和松柏，这些大树，花匠也认得，难度最大的是那些小型花草，花匠只认得一些简单的，譬如血红的鸡冠花，电厂办公大楼照壁上的爬山虎，要么是穿廊边的牵牛花，再就是荷花池里的睡莲，这些花匠都熟悉，杂草也有几样，狗尾巴和苦蒿。若是冷不丁有人买回一盆盆景让花匠去认，花匠就吃力了，花匠不可能主动去请教别人。

　　说起来，花匠成为花匠和他掌握了多少草木知识无关，电厂只是需要这么一个人去打理那些不断生长的植物，让草坪保持平整啦，给树木修枝啦，刷刷石灰浆啦，等等。花匠不用去种什么新的物种，他成为花匠那天，电厂每个角落里的草木都已各就其位，只要他不发疯除掉它们，几乎不用操太多的心。

花匠是个大胡子，这里的人很少有长这么浓密的胡子的，不是关云长那样的美髯，又长又飘逸，花匠的胡子是络腮式的，这张脸除了核心的眼鼻唇加油亮的额头，其他地方都见缝插针地长着胡子，这是花匠的独特标志，好像他这张脸比平常人要肥沃一些，胡子就如杂草一样遍地丛生，这样的人不做花匠实在可惜啦。

花匠两年前才离婚，在开发公司做后勤的妻子跟上司搞到一起，关于妻子的风言风语这些年花匠听说了一些。开发公司是电厂的上级单位，在城里。离婚是妻子提出来的。花匠问过一句，他们说的都是真的？妻子愤怒，真的又怎么样，你现在才打听是不是晚了点？哪有你这样的男人，啊，钱打个水漂都要冒个响，你连个屁都没有！妻子的话倒像是责难了，花匠百口莫辩。花匠从城里把女儿接回来。

花匠的遭遇受人同情，也有人看不起花匠，说他这么大块头，还张飞似的长了一圈胡子，脾气竟可以这么小，小到连妻子在城里乱搞也不敢声张。花匠没有把那个给他戴绿帽子的人怎么样，这让人失望，花匠怎么能这么软弱！平常他可对出没电厂的孩子颇为严酷，只要他们破坏了花匠认为不能破坏的东西，用弹弓打掉路灯啦，从荷花池里连根拔起睡莲啦，花匠就会抽一根黄荆条满路追赶那些小子。这些年花匠给人留下的印象不是他戴着草帽在花草间劳作，而是他一路撑人的形象。

人们说，这个花匠，就知道欺负小孩子。

花匠以前可不是花匠，也不住在这里，花匠的父亲是电厂老人，之前在工程局做机修工，水电站修好，电厂组建，缺人手，老头就被工程局推荐留下。那时花匠还在湖南老家和母亲生活，老头子稳定下来，一家人才跨山越河迁过来，这么算作了电厂子弟。

花匠初中毕业就去念了中专，为了赶回厂政策，否则按花匠家这种单职工家庭，要想回厂，难了。花匠进厂第二年，只有双职工双退才能保下一个名额。花匠不知道这算幸运还是不幸。起初花匠被分在父亲待过的机修队，可因失手导致一个当地合同工被电机砸断了一根手指，花匠在队里就待不下去了，倒不是上头压力，而是花匠自己内疚，那可是根鲜活灵动的手指啊。花匠一次次梦见那根手指掉在地上的样子，指根处翻出筋络，一弹一弹的，像是控诉，年轻的花匠受不了这画面。后来的工作也连连失误，掉了魂一般，任是再简单不过的活儿下手都犹豫。在旁人看来，这只会制造更大的风险，给自己也给别人。同事们很快不满，不断挑花匠的刺，对他冷嘲热讽。花匠只好主动申请去其他部门，也因为这个，前方哪个部门都不愿收留他，花匠就被调往了后勤处。花匠在这里认识了妻子。妻子当然怒其不争，机修队可是最牢靠的部门,是吃技术饭的,福利劳保和奖金要高出后方部门,后勤处只是个做杂事的地方,等于吃闲饭,有什么出息?妻子抱怨。妻子想让花匠重回前方,花匠不乐意,他已经厌倦和机械打交道了,每次穿过长长的山体隧道进入厂房,面对轰隆作响的发电机组,花匠的头皮就发麻,他宁愿窝囊地缩在后勤处,做个别人眼里的炮耳朵,比起前方,这里清静多了,可后勤处也满人满员,塞满了各种关系户,正好老花匠退休,无人顶替,花匠就成了花匠。

花匠成为花匠后,妻子一怒之下,托关系,去了开发公司后勤部,没几年就和花匠分开了。母亲去世前对花匠连连哀叹,都说人往高处走,你啊你啊,怎么就做了花匠呢,你让我怎么去见你老子哟。

花匠倒不以物喜不以己悲,觉得这倒轻松了,没人管束,落得个逍遥自在。更重要的是,他不会再因为失误而导致谁的厄运了。植物,到底不是人哪。

赶上周末,女儿总是回城,来了就这样,花匠连一个周末也留不住她,他知道女儿还是不喜欢这里。从前可不是,偶尔妻子带她来这里过周末,女儿可是舍不得走的,总是搭最晚一班厂车回去。花匠一次次送母女俩,一家人步下曲折的楼梯,女儿总是走到一半说,我东西忘记啦。这是女儿的把戏,妻子在,这伎俩就毫无作用。在广场边等车时,女儿的眼神才逐渐忧郁，上车前一再对他讲，爸爸，我不想回去，我要留在这里。那时女儿还小，才上小学，小辫子扎了一头，像个仙人球似的，花匠的心就一次次被扎中。花匠心酸，表面还得笑，伸手刮一记女儿汗涔涔的鼻子，说，你要上学啊，等下礼拜再来看爸爸吧。小人儿眼里就灌满了泪水，直到身后的女人搡了一把，提醒她抬脚上车，女儿才边淌泪边对他挥手，再见，爸爸。

现在，一切颠倒，女儿大了，只想逃离这里。

吃过晚饭，女儿不让花匠送，她把书包填满，作业啦随身听啦衣服啦塞了一包，就走了，没有告别仪式，连一句话都没有。房间里顿时清冷，等重新坐下，花匠才会从烟盒里抽出一支烟，迫不及待点上，让烟雾快速缭绕，填补女儿消失的空间。

女儿一走，花匠又是一个人。

花匠闲不下来。周末来厂区闲逛的人多，雾水人都把电厂当自家后花园了，任意进出。这里也当得起花园的称号，花匠不知道是哪位前辈高人做出的规划设计，不过听说第一任厂长是苏州人，花匠就明了了。电厂大小草坪就有四五块，最大的有大半个足球场那么大，草是草坪草，细小密集的叶子最是坚韧，有弹性，这里也是人们最愿意待的地方。花匠没有权限驱赶任何人，只有见谁忍不住拔了一根花草，哪怕出于无心，花匠才会往人跟前站一站，站得对方心神不宁。

次数多了，一见到花匠，人们就厌烦起来，更有谈恋爱的年轻人见他来了，干脆早早拍屁股走人，一脸晦气。有时花匠晚上还在外溜达，特别是游泳池上方的斜坡草坪，那里的野鸳鸯更多，从草坪的位置可以清楚地眺望江水，是个谈情说爱的好去处。夏夜里更有当地孩子翻过栅栏偷溜进游泳池，这本不是花匠该管的事，可花匠还是隔两天去游泳池里扫一圈，顺便沿着斜坡草坪走回来，不时用手里的电筒扫上一扫。花匠的这一举动让人恨得咬牙，没人知道花匠为什么这么做。有人背后猜测，花匠单身，精力无处释放，不出来撑撑人，心里就不平衡。当然，镇上的小阿飞们可不怕花匠，他来了，他们该干什么还干什么，花匠的电筒一一射过去时，那些人也不躲，一两个人还会冲花匠离开的背影骂两句，照你妈×啊，电厂是你家的？花匠听见一半，也就不恼。

花匠不爱待在家里，妻子没走时，花匠在家吃女人嫌厌，女人抱怨花匠胸无大志，竟然忍气吞声做这个，你哪点像个花匠了，啊？你懂花吗？一个大男人做花匠，我都不好意思说的……做花匠有什么前途，你不知道大家都在笑你？你不要脸，我还要呢……女人走后，花匠耳朵根彻底清静。女儿来后，也依旧如故，女儿不像她妈，话说起来没个完，她有自己的事做，花匠不打扰，花匠也是个不多话的人。

花匠更爱待在外面。

听说上坝公路摔死了人是女儿走后第二天的事。一早，花匠从食堂出来，就被一脸倦怠的保卫科卢队长拦住，问他昨天注意到什么没有？花匠问，出事了？花匠以为是平常的盗窃案，这是电厂的家常便饭。可卢队长说，出大事了，昨晚魏老三那帮人追一个外地人，赶到水文站下摔死了。花匠吃惊，这帮人闹事闹到电厂来了？卢队长说，凶残哟，大半夜，每人一把西瓜刀，把人逼跳了堤，摔得没一块好肉，跟他妈拍电影一样。对了，昨天我看见你家姑娘一个人在等厂车，你也不送送，以后多注意点吧。

卢队长走后，花匠顺着大路走，电厂厂区离大坝还有三四公里路，是从山体上开凿出来的，底下就是乱石堆砌的河谷，沿路上还砌着花坛，一路种着芭蕉，一直延伸到武警支队驻守的隧道前。出事的地方在中段，电厂水文观测站建在那里，从公路的护墩边伸出去的一架铁梯连接着水文站的混凝土圆柱。

花匠走上铁梯，脚下是钢板和铁丝网组合成的通道，能一眼望到谷底，沿壁是一个斜面，用混凝土浇灌，底下就是乱石的河滩，都是些大石，嶙峋着，垂直高度五六十米，人顺着岩壁滚下去尚且小命难保，何况从这里跳下去。花匠顺着栏杆往谷底望去，河谷里升着雾气，花匠看不真切，那些乱石阵扰乱了花匠的目光。

花匠走到水文站前，那门锁着，这里平常无人。花匠顺着河谷张望起来,水文站左侧就是隐在两座山崖间的巍峨坝体,清灰的坝身上布满了青苔,看上去也老了。河谷往前,就是镇子,拉拉杂杂地铺展开来,花匠不常去那里。

花匠没有看到乱石堆里的血迹。

女儿是坐七点半基地和电厂对开的厂车回来的,到厂里应是八点半到九点之间,女儿进门时是九点半,花匠就有些不安,问,怎么这么晚?

女儿说,和同学说了会儿话。

花匠有些警惕,哪个同学?

女儿有些不悦,同学就是同学,你管是哪个。

花匠说,是雪莉?

女儿说,还有谁。

花匠说,你听说了?

女儿一下明白,听说了。

花匠说,以后你坐车还是我送你,你回来我接你。

女儿哼一声,说得好听,你今天怎么不来?

花匠一时语塞,倒不是女儿呛他,而是女儿说到点子上了。花匠自嘲地笑了笑,追着进屋的女儿说,以后你去哪里要告诉我一声,我好知道,少出厂……

死人的风波还没停息,电厂又出了新情况。

花匠是在食堂外的护墙边发现那些淫秽画的，护墙一头是通往斜坡草坪的穿廊，穿廊的两头都种着石榴树，正是花开时节，花匠望着满树繁花像一朵朵火焰，现在还不到操心的时候，花匠难得看了一会儿。转身时，花匠才用眼角余光扫到了那些黑黢黢的线条。花匠凑上去瞧，才发现墙上画的竟是一对男女做爱的姿势，男的骑在女人身上，关键部位赫然醒目，笔触竟还有虚有实，用的是木炭，有刮空的痕迹，总之整幅画面影影绰绰又轮廓毕现，画面下还留了一行字，"有人××"，字迹也很拙嫩，肯定是那些半大小子。花匠四下一看，从穿廊一头操起一把竹笤帚，对着画就刮起来。

有人路过，围过来说，老张，又搞起卫生啦，硬是要当劳模哟。

花匠说，你自己看，这是什么东西——

来人就笑，点醒他说，你才发现，我们这里出了艺术家，好多家属院都有这些画，有的是油漆，擦也擦不掉……

花匠就更惊讶了，你说真的？

来人说，骗你做哪样！

花匠说，狗日的些，胆子越来越大！

恰巧工会的肖婆娘走过，也凑上来讲，就是，电厂成什么样了，大小流氓都来撒野，我都不好意思看的，怎么就那么下作，我女儿昨天还问我，妈妈，那画的是什么？你让我怎么解释？我看要好好打击一下，保卫科那帮人都是吃干饭的……

有人促狭，打断肖婆娘的话，说，肖姐，你不用解释，他们以后自己会喜欢的。

女人气得跳脚，当场啐那人一口，滚回你娘肚子里去，下流！我看你们都是一窝的，贼喊捉贼……

肖婆娘不分敌我地乱骂一通走了，有人在身后故意喊，花匠可不是啊！

众人笑，花匠却马着脸，下手更重了，墙皮被花匠刮掉了一大块。

转天，花匠行动起来，推出物资库里的推车，拌了半车石灰浆，开始沿各个家属院走，只要打听到那些不堪入目的画，花匠上去就是两刷子，可这些画偏偏没个准儿，打眼不打眼处都有，花匠几天下来也没涂掉几个，人倒累得够呛。

兴许有人故意和花匠对着干，他才刷过没两天的墙又冒出了那些画，还有人特地跑来告诉花匠，还变了花样哟，越画越精彩！花匠气得胡子都竖起来，脑子里一次次浮现那些画面，画中男女的丑态激怒了花匠，稍稍冷静，花匠才怔忡，想妻子是不是也这样一次次躺到别人身下，花样百出……

花匠认为这是挑衅！

女儿睡了后，花匠出门，他得出去做点什么，不出这口恶气，花匠难受。花匠不挑大路走，专走那些灯光幽暗处，最热闹的地方花匠也不去，花匠常去的是电厂边缘地带，这里与其他地盘交接，最是人杂。花匠每晚都出来一趟，尤其周末，女儿回了城，花匠在外的时间就多起来。若是冷不丁遇见一两个人被花匠的影子吓住，花匠就会咳嗽一声，表明身份。也有人问他鬼鬼祟祟缩在这里做什么，花匠就在黑暗中一笑，捉鬼，捉小鬼。那些人就明白过来，速速远去。也有人呛他两句，我看你才像个鬼，老鬼，吓死人。

花匠在外越留越晚，他不知道那么多的声音都经过了夜色沉淀，再听时竟声声在耳。夜晚的声音大多属于女人，吼孩子的，吼男人的，吼老人的，还有吼家中猫狗的，吼得那么一致，那么有力。花匠每每听见女人尖厉的声音打一扇扇窗里进出，心里才迎来安慰，觉得还是自己好，不会遭受这日复一日的煎熬。到深夜，家属楼里的声音才会一变，还是女人的叫声，不过这声音迥异于其他时刻女人的声响，仿佛一瞬间她们就变得柔弱起来，起初声音是收敛的，绵软无力又似有若无，好像之前的怒火全然熄灭，不用多久，这声音逐渐走高，却仍是抑制的，只有间或两声穿透力极强的尖叫才会让花匠浑身一震。

声音寂灭，花匠怅然若失。

花匠一次次被这些声音吸引，换来的却是一次次失魂落魄。

连夜无功而返，花匠倒像是专来听女人叫床的，这让花匠不安。今夜也是，花匠准备回去，当他走下吊装队家属楼时，才发现一个小影子对着什么发呆，花匠一下警惕，他闪身到一株柚子树后，看那小影子对着家属院的杂货棚缓缓褪下了裤子。这排棚屋花匠记得，才来刷过，上面那些画尤其不堪。等到影子前后一动一动的，花匠就出手了，他直接从台阶上跃了下去，巨大的声响让小影子一吓，以为什么人不慎从上头摔了下来。花匠抓住时机，一个箭步迈过去，一把就揪住了小孩领口，老子看你往哪儿跑。果然是个半大小子，十二三岁模样，裤子还没拉上，被花匠逮个正着。起初男孩不动，没明白花匠意图，等到花匠的手越捏越紧时，男孩才在他手里扭动起来，极力想要摆脱花匠的控制。放开我！男孩喊起来。花匠没有撒手，反而拖起男孩，男孩还想把裤子拉上，花匠说，你动动试试，老子把你裤子丢树上，在老子这里耍流氓，胆子比个子高——男孩不惧花匠威胁，双手很有经验地薅起裤子来，几下就让运动裤回到了自己腰上。你放开我！男孩一下恢复镇定。花匠看男孩得意地提起了裤子，脚下一绊就将男孩放倒，一个肘子就抵了上去，卡住男孩脖子。花匠用力，男孩就翻起白眼，花匠一时忘了自己在做什么，不是男孩的表情愈发奇怪，花匠不会松手。花匠一下惊惶，很快泄气，男孩也惊惶地挣扎起来，他哪见过这阵仗，浑身开始抖动，脚连续蹬着花匠身体，很有把劲儿的样子。花匠一下虚坐，把男孩坐在身下，双手捞过男孩裤管，一个鲁智深倒拔垂杨柳就把男孩裤子脱了个底朝天，男孩的破球鞋也被这惯势弹得老远，男孩双腿一空，赤裸起来。

放开我，放开我，你才是个老流氓……男孩叫喊起来。

花匠捏着男孩空荡荡的裤管，笑了，你倒会倒打一耙，老子抓的就是你这个小流氓。

花匠大功告成，一手捏着男孩裤子一手牢牢拴住男孩的手，俩人拖拉着往前走，男孩的每一阵反抗都遭到花匠的无情打击，加上裤子在花匠手里，男孩根本无力反抗，男孩一时想抓回裤子，一时又用手捂着私处，顾此失彼间，花匠赶着男孩来到了最近的保卫岗亭。

花匠喊了一声，把岗亭里昏昏欲睡的人喊了起来，保卫科的小陈瞪大了眼珠，很快清醒。花匠说，给你们抓到个小流氓。小陈连忙从岗亭里迎出来，老张，哪里弄来的？花匠说，吊装队，狗日的，脱了裤子要流氓哟，被我抓个现行。说着，男孩被花匠一把塞进了岗亭。小陈说，还是你厉害，卢队长蹲了几个晚上，屁都没发现一个。话音刚落，男孩就从岗亭里冒出头来，大喊，是他要流氓，他脱我裤子，我是要撒尿啊。花匠冲男孩笑笑，继续编，然后冲小陈讲，交给你了，告诉卢队长一声，好好审，没准儿是同伙。

小陈说，要得。

花匠放心地走了,男孩还在控诉,小陈倒来了精神,大吼一声,给老子闭嘴。

花匠睡了个好觉,梦里梦到了女人。

花匠哪想男孩会出事,会从保卫科二楼窗口爬下去,又不慎摔倒,男孩还是跑掉了,可他跌跌撞撞还没跑出电厂,就被一辆从山顶铁厂飞驰来的货车撞倒,再没有爬起来。司机主动投案,据司机说,男孩明显不对劲儿,我喇叭按得山响,他像没听见一样。

派出所的人是和卢队长一块出现的,一大早花匠横穿荷花池来到草坪边,发现草又冒了起来,花匠想是不是该除草了?是卢队长远远喊起来的,朝花匠招手,花匠穿过草坪,看见警察,这才警觉,什么事?

卢队长阴沉着脸,摆摆手,回保卫科说。

花匠在保卫科办公室听完了卢队长的讲述,那个小警察一言不发,只是盯着花匠,花匠没有管他,仍是不敢相信,目光死死地锁定卢队长,死了?

没人讲话,话都说清楚了,没人愿意复述,直到小警察说,卢队这边我了解了,说说你的情况。小警察边说边摊开了笔记本。

花匠问,能不能抽支烟?

小警察不耐烦地拨拨手,花匠掏出黄果树,没有给谁发,自己叼上一支,火苗在另一只手里抖动。

花匠狠狠咂一口,讲起昨晚经过。

小警察跟着问,你凭什么断定他要流氓?

花匠看着他,面孔陌生,不是常来电厂的老程,要是老程倒好办了,他不会用这样的目光审视自己。花匠不知该怎么说,还是卢队长出来讲,最近厂里不太平,才死过一个人,又出了那些画,七号家属院还有人砸路过的车,厂里才进口的凯斯鲍尔,几天就被碎了玻璃,那些货车也是,好几辆出事,都是小孩干的……我看要严打!

卢队长哗哗讲完,小警察就敲了敲手中钢笔,你说严打就严打,政府是你家开的?

卢队长尴尬,连忙摇头,不是不是,不是这意思嘛,我们也紧张,都是为了少出事,我们没有动小孩一根毛啊,不信,可以尸检嘛。

警察哼一声,哋,还知道尸检,你出钱?

卢队长不吭声了,看着花匠,示意自己尽了力。

警察这才合上笔记本,起身对花匠讲,最近哪里也不要去。

花匠点头。

警察走后,卢队长和花匠还站在门口,等人走远,花匠才转身,卢队长在身后说,责任不在我们。

花匠回头,看一眼卢队长,又甩起步子,卢队长的声音还是追上来，晦气啊，不是我说你，整天撵那些小屁孩，老子就知道要出事……花匠眼皮跳了跳，走出老远，卢队长还在喊，你要有个准备——

花匠没听懂什么意思，什么准备？

花匠很快明白，还来不及喘息，就有人打上门来。倒不是保卫科出卖了花匠，保卫科也遭了殃，那伙人在保卫科门前摆起了花圈，放起了炮仗，弄得鸡飞狗跳。花匠的家是随后被砸的。花匠的家在三号家属区，是邻荷花池和草坪的一块高地，从厂区公路边往上走百来级台阶，台阶旁有沿山体的护廊，几丛芭蕉翠竹沿路栽种，途中还有一个小空间，穿过一架月亮门，里面设着石凳石桌，还有一眼池塘，养着鲤鱼，鱼池旁种着一株桃树，花谢时节花瓣会一点点落满池面。到了顶上，是一座八角琉璃顶凉亭，可以俯瞰整个厂区的休闲区域和一角乌青的江水，再往上就是花匠的家，一栋被香樟围绕的六层小楼的一楼。花匠没有出门，女儿上学去了，花匠一个人待在屋里。那伙人踹起了门，没想门虚掩着，带头的人用力过猛，一脚没收住，干脆摔了进来，一跟头跪倒在花匠身前。花匠看着这突然跪倒的人，有些诧异，人群里很快传来笑声，花匠这才感到屋里一暗，更多人挤进来。

花匠摸向烟盒的手停住了。

有人指着花匠说，就是他，狗日的花匠。

话音刚落,人群就自动分出一条路来,水磨石地板上现出了一条狭长的光带,一个女人打这光带里现身。女人走上前来,看花匠一眼,就举起手,没有耳光,那只手在空中临时改了主意,就势冲花匠脸上抓去,好像这么一脸浓密的胡子,不抓就吃亏了。花匠没有躲,他像盆罗汉松似的不动。花匠的表现激怒了女人,女人抓得愈发凶猛,双手不停,在花匠脸上狂轰滥炸,跟着整个身子扑上来,花匠几乎要被这个瘦小的女人按倒在沙发上了。花匠不让自己倒下去,倒下去还像什么话!花匠撑着身体任女人出气,没多久,女人手里就沾满了胡须。没有人说一句话。就在女人嫌厌地想甩掉手心手背上的胡须时,几双大脚才狠狠朝花匠射过来,女人被挤出了攻击线,花匠被人按在地上,所有人都想打花匠。

邻居们围在门外,没有一个上前,是雪莉父亲老苏带着警察赶来的,这时女人的咆哮才响彻整个院子,所有人都听见了,花匠是个杀人凶手,专吃小孩不吐骨头……

警察老程进门呵斥,人群才开始松动,逐步往门口退,等人都退尽了,屋里光线才一点点填满原来的空间,好像比平常又多了些光,似乎经过这些人一挤,屋子陡然变大了几分。

花匠这才动弹了下身体,这一通拳脚让花匠险些没爬起来,双颊更是火辣辣的,像着火的密林。

花匠发现屋里只剩了一个人,是老苏,苏厂长。

花匠站起来，望着这个昔日老同学，当年一个班读书，花匠成绩不比老苏差，老苏到底上了高中念了大学，风风光光回厂……老苏也与花匠对视，看他原本顺贴的胡子夯起来，零零落落，像只斗败了的公鸡，身上的蓝色工装被人撕裂了一排扣子，老苏惊讶地发现花匠胸前一片光洁，连一根胸毛也没有。老苏意识飘移，再不说话就不得体了。老苏清了清嗓子，冲花匠说，你先休息一下，不要有负担，交给厂里，多想想女儿。说着朝门外喊起来，陈姐。后勤处的陈婆娘这才积极响应地趸进来，老苏说，屋里你帮着收拾下，我还有个会要开。

陈婆娘顺着讲，交给我了苏厂长，我来看着花匠，保证不会出事。

老苏睐了一眼女人，女人知道自己说错了话，立即找补，我收拾我收拾，当年新房还是我布置的嘛。女人说得更奇怪了，老苏顿了下步子，摇摇头走了。

花匠还是一句话没有。

花匠不动，女人也赶走了几个想钻进屋里的人，去去去，有什么好看的。等人散了，女人才兀自说起来，花匠，别人不知道你，我可知道，你别往心里去，生死有命，都是那个瞎眼的司机害的，那个婆娘我认得，桥头做消夜的，是当地一个泼辣货，男人前两年就过了的，一个人带着两个小孩，兄弟俩也是当地偷摸惯了的，那个当哥的才被抓进去，上次水文站追死那个后生,就有他哥一份,这个婆娘平时就凶,不找你出气找哪个?也是做给厂里看,无非想要几个钱,你就忍一忍吧……

花匠惊讶陈婆娘的消息灵通广大,张口就来。

花匠一时站不住,索性坐了下去,这才感到疼痛在身上发作起来,花匠咬了咬牙,嘴里满是血腥气,花匠咽了下去。花匠没觉得委屈,经了这一顿,花匠倒好过了些。

女人哪里知道花匠的心思,由着性子就讲起来,我说你也该找个人了,这么大个男人,往后怎么过,只要找个人放屋里,谁还说三道四,我保你风平浪静……

这是花匠离婚后第一次有人向他提到女人。

女人收拾起被砸碎的玻璃茶几,又扫起地,让花匠抬脚,女人说,你好赖是个职工,找个女人也不是难事,你啊,要是一个人倒好办了,带着姑娘,想找个黄花闺女是难了点,找个对等的绰绰有余嘛。

花匠突然开口,什么对等的?

女人抬头看一眼花匠,眉眼里都是笑了,这就对了嘛,日子要过下去的,你也可以找个带小孩的,互不嫌弃,还热闹,你瞧瞧你屋里,冷清得什么样子,我闻着都一股子酸味,连串门的都没有……

花匠不吱声,女人见他又拉长了脸,还是一笑,肥硕的身躯也花枝乱颤起来,怎么,你还不乐意,你怕什么,带小孩也吃不垮你……我帮你留心着。女人最后说。

晚饭前,女儿来了电话,说今晚住在雪莉家,不回来。花匠猜到这是老苏的主意,花匠恓惶,又是老苏!当年妻子调城里走的就是老苏这条线,花匠不知道妻子花了怎样的力气,总之事情成了。这次还是他,他本可以不来,这样的事还轮不到苏厂长出面,就该让那帮人冲自己来,怎么发泄,花匠都认。麻烦的是女儿,花匠很难和她解释,老苏能想到这个,花匠心里感激。花匠想不明白的只是——为什么又是自己?花匠想自己是不是八字不好,身边人总是遭殃。

花匠想起哥哥。

来雾水那年,花匠六岁,哥哥十二岁。花匠内向腼腆,哥哥却是个孩子王,刚来电厂一年,靠着在乡下练就的气力打了几场架,就顺利成为孩子头。花匠也享受了一段狐假虎威的神气时光,只是好景不长,哥哥再横,也没有横过那些当地小孩。

哥哥喜欢游泳,来了雾水依然保持着对水的狂热,有时他也带上花匠,父亲就多次在电厂的油库下逮到过兄弟俩。哥哥就是在这里出的事。是个大水来临的季节,那天花匠也在,是后去的,此前他和哥哥在荷花池钓鱼,哥哥不知几时溜掉了,等花匠反应过来,哥哥已在江里痛快地呼喊起来。花匠是从崖壁公路上下去的,穿过一片桉树林,拉着铁丝网的油库就建在公路下行的位置，看似险峻，实际离河谷还有不短的距离。花匠一路跑下去，果然看见乱石滩上七八个小孩的身影，绿得发乌的江水反射着盛夏的阳光，碎钻般的光芒让花匠激动不已，他已感受到江水的寒意。花匠眼角的余光扫过左侧的大坝，那高耸的混凝土建筑在山峡间阻挡了那么多的水，下游的江水看上去就浅了，即便如此，每年夏天这水都会带走一两个沿岸的孩子，有时是成人。花匠只是多看了一眼，就看到一股巨型水柱突然从坝身上射下来，然后才是一声巨响，大坝放闸了！这是花匠第一次目睹放闸过程，以致他竟呆呆地看了一会儿，这才想起哥哥应该还在水里。花匠居高临下冲回水湾喊起来，放闸啦放闸啦。没有人回应花匠的呼喊，花匠心乱如麻，没有别的办法，花匠只能顺着乱石滩中的小路连滚带爬跑下去。花匠愈跑愈近，嘴里还不断预警，水里的孩子听到了花匠的呼喊开始纷纷上岸，只有一个脑袋离岸还远着，阳光耀眼，花匠看不清那是不是自家哥哥，他冲那个还在水里载沉载浮的身影大喊，哥伢子——这呼喊引来了其他男孩的哄笑，花匠初来此地，一口湘音未改。花匠怯怯地看了一圈身边人，个个陌生，都不是电厂子弟，花匠一下紧张起来，哥哥什么时候钻到他们中间了？就在这时岸边人围过来推搡起花匠，花匠才听到哥哥的声音，是一口当地话，哥哥比他适应得快，已经学了一口如假包换的当地音，是一句骂人的话，意思清楚不过，是冲岸边那群男孩来的,跟着才又换了口音,是让弟弟快跑。花匠听得清清楚楚,可他怎么能跑,哥哥还在水里,他正奋力地想游回岸边。那些男孩发现了哥哥的速度,开始朝他游来的方向扔起了石头,石头雨点般飞落,哥哥的衣服也被裹着石头扔进了老远的水里,哥哥掉转身子去捡衣服。这时候,花匠看到大水汹涌地涨起来。花匠慌了神,哭起来,你们让他上来呀,让我哥哥上来呀。花匠几乎是哀求了,可他很快倒在一个比他高几个头的少年脚下,那人用脚狠狠踩着花匠说,给老子闭嘴,今天你哥别想上来,敢跟我们作对,找死——花匠在男孩身下扭动,看更多石头朝着哥哥的方向飞去,男孩们边扔石头边往乱石滩上跑,花匠也慌乱地往上爬,他还不怎么会水。看着卷着泡沫的大水越涨越高,整个回水湾都旋转起来,仿佛世界的中心,哥哥的身影一下被这大水抽离,花匠边爬边用尽全身力气喊道,哥伢子,你上来呀,你上来呀……

那是花匠最后一次见到哥哥。

花匠忘记哥哥长什么样子了。

隔天,女儿进门,看见那个穿着裙子的身影打纱门前一晃,花匠才尽力表现出平常,对耳朵里还挂着耳机的女儿讲,小点声,对耳朵不好的。

女儿这才看清眼前人,一下愣住,以为家里来了陌生客。

花匠摸着剃得精光的胡子说，怎么，不认得你老子了？

花匠整张脸泛出青光，那些原本在脸颊上遮天蔽日的胡子现在一一变成了胡楂，像遭到砍伐的森林，光秃一片。花匠刚剃完时，也被镜中人吓住，望着那个青幽幽的面孔，有些不认得。这是哪个？花匠对自己的年轻感到震惊——都透着一股青嫩劲儿了。女儿更是哭笑不得，眼神鄙夷。花匠也盯着女儿看，像是久别重逢，直到确定那件事、那个男孩没在女儿眉眼间留下什么阴影，才放下心来。是女儿先不耐烦起来的，看什么看，你不认识我还是我不认识你，剃了胡子倒不像个好人了。

花匠失口一笑，遮遮掩掩摆好碗筷，父女俩坐下吃饭。

女儿一看菜，眉头就拧起来，花匠歉疚，说，今天没打到蔬菜，都不好了，明天我早点打回来。

早点打还怎么吃？女儿拨动碗里的米，似乎想把它们一粒粒分开。

花匠说，是该学一下。从食堂打来的菜花匠总会再热一道，可热过的菜就失了味道，女儿不爱吃。

就你，还想学炒菜？女儿撇撇嘴。

女儿没来厂里前，花匠一日三餐都在食堂解决，女儿来后，花匠才开始学着做些简单饭菜，什么冬瓜炖排骨，土豆炖牛肉，芸豆炖猪蹄之类，只需掌握火候，完全不要什么手艺。

花匠攘菜的手抖了抖，不好说什么，不说就更不行了，女儿只会更不高兴，花匠说，你要相信你老子嘛，要不我找个人给你做。花匠说得无心，女儿也没有接话，只是舀了一瓢冬瓜汤浇在饭上就扒起来，吞下那口饭才讲，你都不放盐的？

花匠一慌，筷子急速在碗里一点，再塞嘴里一咂，是有些淡，花匠一下起身，我去加点盐。

女儿说，不用了，将就吧。

女儿发了话，花匠就不动，房间一下安静，父女俩像是各怀心事，彼此小心翼翼起来。还是女儿先开的口，单刀直入，你，是不是想找人了？

花匠一口饭堵在喉咙眼儿，没有吞。花匠望着女儿，转眼，女儿都是十六岁的大姑娘了，不是那个扎着一头辫子对他一次次说"再见，爸爸"的女孩。花匠无地自容，正要解释，女儿开口，等我走了你再找吧，还有两年。不等花匠作答，女儿又说，以后，你少管点闲事，被人找来打，舒服啊，做好你的花匠就行了。

花匠没想到女儿会这么说，虽是责难口气，花匠还是鼻子一酸，他用力吞下了那口饭，故作轻松，别听他们瞎讲，你老子我有分寸的。

女儿下巴一翘，就你——

母女与蛇

天太热了,热到院里的女孩汤离抓到了一条菜花蛇,是大中午的事,等传开了,汤家的那锅蛇汤都快被分完了。有这么粗,院里的光叔比了比自己的手腕,那蛇就缠在汤姑娘手臂上,一圈一圈,越缠越死,蛇头被汤姑娘一刀斩断,剩下那截水管一样在地上淌血哟瞎跑哟……光叔突然手松,让手臂吊在空中疯狂扭动,这渲染让院里几个踢球的小孩毛骨悚然,跟着才有胆子稍大的到大楼的侧边去寻,光叔说过,蛇头被汤姑娘扔进楼下臭水沟啦。

汤离的家在机电队大院二楼右手边的最当头,整栋楼处在一条盘山路的U形弯道中,二楼才与上学的大路齐平,多年前汤家就把墙打穿了一个洞,支起了一座由水泥预制板搭建的平台与大路连通,这样,汤离上学放学就不用绕道从院子里过了,除了上街,住户们很难看到女孩的身影。那条蛇是怎么误入平台的谁也不清楚,只晓得平台边有一棵两人环抱才能完全围住的法国梧桐和一棵无花果树，这平台就被置于树荫之中。

这是周末的一天，汤离觉短，平日午后她要睡到快上课才会被闹钟吵醒，可一到周末，瞌睡竟自动消减。汤离在床上翻来覆去，有些不安分，隔屋的母亲韵芬听见说，平时睡不醒，周末又睡不着，你跟床有仇，还是床跟你有仇？

我跟你有。汤离闷闷地说，她也搞不懂这是为什么，睡眠也太阴险了，反复无常，有意刁难人似的，要不就是天越来越热，女孩没有一点睡意。太热了，我去买个西瓜。汤离留下一句就打开通往大路的纱门，门外不单单是一块水泥预制板，门口还搭有一个小平台，能容下两张椅子，几个盆景什么的，这是汤家纳凉晒衣服的地方，也是汤离夏天傍晚吃饭的去处。平台用铁栏杆绕了一圈，并不与大路齐平，这位置实际还要矮几分，显得更隐蔽，老汤用水泥铺出了一条七八级的台阶，眼下那台阶上落满了白刺刺的阳光。

那蛇就是顺着台阶下来的，许是地面太热，它有些晕头转向，越往前越不知该往哪去了，一下就跌到了平台上，汤离那双白跑鞋猝不及防，条纹运动裤陡然灌满了风，整个人险些没刹住，女孩爆发出一道短促的尖叫。那蛇这才抬起头来，好像惊人的不是女孩的声音，而是她浑身的热气像过了凉水一样骤然变化。预制板被树荫遮挡，加上韵芬一早才在这里洗过一盆衣服，倒过水，多少还有些凉气，那蛇就懒得动了。

让汤离尖叫的倒不是害怕,而是猛然遇见一个什么东西,女孩很快镇定。屋子里传来女人的询问,又怎么了?女该回答,没什么,你睡你的。女孩的目光不离那蛇,看上去是条老蛇了,见了人也不躲,简直有些呆。汤离本打算放过它,可它偏偏不识相,一动不动拦着汤离的去路,从这里去王老三的小卖部很近,沙石料场边已经搭出了卖瓜人的帐篷,女孩可不想绕道从院子里走,再说,这情况不处理,母亲出来还不被吓破胆?汤离嘘嘘地小声喊着,想惊走这蛇,可蛇就像是聋了,也不管汤离在旁如何恐吓,就是不动。这让汤离冒了火,心里升起一个邪邪的念头。你不走别怪我啦。女孩说着顺手操起栏杆边母亲忘了收的晾衣竿,这晾衣竿可不是塑料的,是老汤在工地上自己焊的,一个铁家伙,为了美观外层缠了层红色胶带,一头的铁叉锋利无比,简直像把兵刃,一叉下去,蛇头正好卡在缝里,蛇身立即感到了不自在,可铁叉的力量无法摆脱,任是浑身扭动翻滚绞成了麻花,蛇头还是被铁叉牢牢叉住,动弹不得,直到女孩伸来一只大手。

汤离原本想把蛇一扔了事,可想到楼下还有小孩出没,也就作罢,但这么抓着也不是办法,手还沉,这蛇可不轻,很有些分量,再加上它在汤离手边不断故技重施,想尽办法缠绕上来,攻击性还不低,这么一来,蛇命就保不住了。

汤离用一把锈蚀的园艺剪剪掉了蛇头。

汤离一个人吃不了这锅蛇,汤煲好后,韵芬根据远近亲疏分送了几户人家,女孩捉蛇的事也当即流传开来,大家没想到汤家姑娘还有这胆量,这突发的谈资,正好佐餐。母亲韵芬更是震惊,没想到女儿手这么辣的。她注意到时,女儿正给蛇剥皮掏心,她一见,人都要晕倒,跟见了鬼差不多。

你是想吓死我?韵芬说。

蛇汤大补的,你不是老操心我营养嘛,这是送上门来的,又不要钱。汤离满不在乎,还嘲讽了下平日精打细算的母亲。屋里没有一丝风,韵芬却打起了寒战,简直要不认识眼前的女儿了,你,你从哪里弄来的?

门口,自己送上门来的。汤离对母亲的惊恐不屑一顾,她不明白为什么是个女人就要怕蛇啊老鼠一类的,她对这类东西从来没有感觉,如果它们不妨碍到她,她完全可以视而不见,可要是像今天这蛇胆敢仗着自己是条蛇(虽然它本来就是)而挑衅她的话,她也是会不客气的。

吃过饭,喝完最后一碗汤,汤离大喊一声,好爽啊。这次她没有抱着碗在门外磨洋工,而是端坐着和母亲一块吃,似乎有意等着女人的表现,韵芬果然碰也不碰那碗汤,目光每次都特意绕过它,只盯着桌上的一碗素炒丝瓜。

我看你明天抓什么,你要是这样,干脆去打猎好了。母亲还是耿耿于怀,更多的话她没法和女儿说,韵芬是个有些迷信的人,总觉得女儿把一条蛇杀了还拿来炖,简直凶险。韵芬的一个亲人就曾在家门口打杀了一条老蛇,转年男人追山就出了意外,摔死在溪谷里,那年韵芬和女儿一般大。这事牢牢印在韵芬心里,族里老人说,这是报应,那条蛇是家里先人化身,打不得的。想起这,韵芬一阵后怕,跟着是愤怒,这么想不是咒女儿吗?可报应的故事挥之不去,韵芬抵挡不住,心里都要发毛了,甚至吞一口口水都觉得像有条蛇钻了进去。

恰好这时候小卖部的连芳过来,人没进屋,只站在马路边朝门洞里喊起来,韵芬韵芬,有你电话,你家老汤,十分钟后打过来。

韵芬这才冲到门前,透过纱门对路上的女人说,好的好的,我就来呀。女人放下收拾的碗筷转身进屋,取出钱包,出门前对着排柜上的镜子稍稍理了理自己的头发和身上的连衣裙,是觉得自己胖了几分,可平时也没吃什么,怎么肉尽往身上堆?韵芬出门前对惬意地躺在沙发上看电视的女儿说,砂锅你给我刷干净了,我受不了,要是闻到还有一点味道——话没讲完,女儿就不耐烦了,跷着那双瘦精精的脚说,知道了,你要说几遍,接个电话就魂不守舍了?

韵芬想笑又憋住,想自己的心事都被女儿看穿了,真是大了。韵芬说,我有什么不守的,人家还在路上等我呢。

女儿哼一声，等你才怪，你自己看看。

韵芬歪着脑袋透过纱门往大路上瞧，果真，哪还有连芳的身影，只有最后的夕照打在路边的林带上，显得林子更黑了。韵芬小声抱怨道，不晓得做什么，这么急吼吼的。

女儿冷笑一声，说别人，不晓得谁急吼吼的。

韵芬被噎住。

王老三的小卖部就开在沙石料场边，顺大路拐个弯走五六分钟就到了，自从装了电话，小卖部就成了这一湾人的是非地，哪家的信息都瞒不过王老三。韵芬想着要不要和老汤说说女儿的事，她这样，自己确实有些担心，这哪像个女学生。

韵芬心事重重地走到小卖部门前，王老三果然歪在躺椅上看书，韵芬瞄了一眼，什么《孽海花》，看上去高深莫测的，都说这王老三爱读书能识相，没准儿能问问他。正想着，王老三一把将书放下，目光笔直地射过来，这倒让韵芬慌乱了，王老三得意地说，咄，韵芬，蛇汤也不分我一碗的。

韵芬怀疑自己听错了，女儿的事怎么传得这样快？这让韵芬有些不高兴，眉头一扫，觉得这不是什么好事。她愤愤地对王老三说，还说，都是那死丫头弄的，搞得我现在心里还不舒服。

韵芬这么一讲,王老三像是捕捉到什么讯息,嘴角立即浮起一道笑,你不舒服什么?

韵芬无知无觉,还有什么,蛇啊。说着声调就下来了,这个没妨碍吧?

王老三嘴里嗯啊两声,又问,哪样蛇?

还有哪样蛇,菜花蛇啊。韵芬不晓得这个王老三到底在想什么,她有些后悔对他说这个了。

王老三一笑,也是,五步蛇也不敢抓嘛。

韵芬听都不要听什么五步蛇,浑身一激灵,你还说,我都担心死了。

王老三还是笑,你家姑娘厉害的,才念高二吧,这胆识怕是要赶上穆桂英了。说着,王老三竟扯着嗓子唱了起来,天波府里走出来我保国臣……

韵芬不想听王老三唱戏,她担心的只是蛇的问题,菜花蛇,不要紧吧?

话音刚落,王老三就收了唱腔,闭眼想了一想,说,蛇嘛,不是说毒蛇就更厉害,一般蛇就没有什么怨念,不是这么分的。

韵芬说,那怎么分?

王老三仍微闭双目,还没张口,柜台上的电话突然响了起来,王老三圆眼一睁,对韵芬讲,先接电话,你家老汤。

韵芬这才转向柜台,犹豫地揭起听筒。

老汤还是那样，话没讲先在电话里通了通嗓子，一阵吭吭啊啊的，跟着压低声音对什么人说，我就来，给婆娘挂个电话。等到韵芬在电话里喊出第二声"老汤"时，老汤才回了话，谭木匠要回来，我托他带了几斤干鱼，还有两包干菌子。汛期来了，土建的都停了工，好几个都请假回来了，我们机电的就不准请，要待命。若是往常老汤这么说，韵芬也会跟着恼火一把，现在她满脑子都是女儿的事，不晓得怎么跟老汤说才好，要怪就怪他这时候来电话，王老三还没什么说法呢，也不知是好是坏，韵芬的心就吊着，一边听老汤讲事，一边斜眼盯着王老三，生怕错过他的什么表情。王老三也看出女人的魂不守舍，他手一抬，示意女人先接电话，韵芬就干脆转过身去不看他了。

韵芬说，不回来也好，留到春节再请就是。平日韵芬可不会这么要求老汤，春节她通常让他留在电站上，那时候能多得两个钱，这个算盘韵芬还是会打的，只是今天这么说，老汤也没有注意到。

老汤说，放暑假带姑娘来电站玩玩，就快考试了吧。

韵芬不听还好，一听老汤提到姑娘，心里就炸了，你家姑娘，我是管不了了。

老汤笑，怎么了，谈恋爱了？

韵芬说，谈什么恋爱！这样的姑娘还有人要啊！

老汤哧哧地笑，你倒会开玩笑了，有进步嘛。

即便老汤看不见，韵芬也把脸垮了下来，进步个屁，你再不来管管，你家姑娘都不晓得要变成什么样了！韵芬想打个比方，一时又找不到可以比喻的，只能干着急。

老汤这才收了笑，问，到底啥事情？

韵芬停了停，啥事情，你家姑娘今天了不起，青天白日抓了条蛇回来，我还没看到，一剪刀就把脑壳剪了，下午还炖了一锅汤，我动都不敢动，她几下就弄了，吃不完还让我去送人，我现在想起都反胃……

老汤不吭声，耐心听着，等到韵芬没了下文才又哈哈笑起来，说，不愧是我家姑娘！说完又觉得不妥，跟着问，你尝了没有，蛇汤可以哦，清热解毒。

我尝？我是野人啊！清热？我现在一身的火——韵芬不忿，说了句家乡粗话，也不怕王老三能听懂，老汤自然听懂了，想笑，又瞬间收住。老汤说，是哪样蛇嘛，你这么怕？这话问了个空，不见回答，老汤就又说，只要不是毒蛇，一条蛇嘛，打来吃就吃了，有什么好担心的，你家姑娘又不是妖怪。

韵芬听不得老汤这么说，这时候他还有心情开玩笑，韵芬没好气地说，你才是妖怪！一个姑娘家家，哪像个女学生？传出去也不好听，家里是没饭吃了？要去吃蛇！

这话让老汤也皱了皱眉，好像他没养这个家似的。老汤说，你自己没问问姑娘什么情况？这话将了韵芬一军，她确实没问那么多，就连那蛇是怎么跑出来的她都没搞清楚，这让她有些被动，干脆丢下一句，我怎么问，我懒得问，你们都厉害，都不怕死，你下次自己打电话问问，看她什么心理……

韵芬这么说，老汤也不好再追问，得到解脱似的，跟着讲，过两天，过两天我就打，你喊她来接。

韵芬哼一声，说得轻巧，她要接。

老汤说，不然，我写信嘛。

韵芬觉得这倒是个主意，可一想到老汤的字跟鸡扒的似的，没几个人能看懂，心里更冒火了，觉得男人真是没有用，当初自己真是瞎了眼。韵芬气鼓鼓地说，你自己看着办吧。

搁下电话，韵芬才掏出一张纸币冲屋里喊，连芳，收钱呀。

没有人应，许是不在家，韵芬又转身喊，王老板。

王老三竟不在躺椅上了，这让韵芬惊奇，他是什么时候拖着残腿跑掉的？待韵芬又喊起来时，王老三才打门洞里倏地现身，像是一直躲在那里似的，韵芬吓了一跳，不客气地说，钱我给你放柜台了。

王老三点头，也不讲话。

韵芬转身就走，王老三看着她，等女人走出了几步，才交代说，你回去把蛇头和蛇皮埋了，埋在家附近。

韵芬一听，连忙回头，埋了就行了？

王老三笑，还要咋样，你要请人做道场？

韵芬听了也忍不住笑，心里多少宽慰了些，仿佛就等着哪个人这么交代似的。等她走开时，王老三的声音又追了上来，对了，下回还是送碗汤来尝尝嘛。

韵芬头也不回，还有下次——

一路上，韵芬也拿不准王老三说的到底有没有用，她没有听过有谁要去埋一条残蛇的，像过家家，她担心王老三是不是想耍她，然后到处说，看她的笑话。

韵芬走回去，在大路边就看见女儿坐在平台上吃一支雪糕，吃得那么悠闲，好像之前那蛇连没有在她心里留下一点阴影。韵芬心一沉，匆匆走下去问，蛇头你丢哪了？

女儿狐疑地扫了女人一眼，明显流露出不快，她不明白母亲为什么要揪住这个不放，女孩说，怎么，你想玩啊？

这分钟韵芬越来越确定女儿真是随老汤，说出的话能把人气炸了，自己还不觉得。韵芬急得火起，我问你话，你甩哪里了？

女儿翻了个白眼，又用白眼的尾巴示意了下楼下的排水沟，不用找了，冲都冲跑了，你去江边找吧。说着女孩朝缓坡下的河谷望去，这里所有的水沟都朝着江水的方向。

韵芬心里一乱，快步蹚到门口的垃圾桶旁，想看看蛇皮是不是还在，可胶皮桶是空的，还有被水冲洗的痕迹，桶底汪着一层水，干净得都不像一只垃圾桶了。

垃圾你也倒了？韵芬失望地问。

面对女人一连串奇怪的表现，女孩只是快速把雪糕的最后一块刮进嘴里，似乎这才是最最重要的事情，我不倒难道等你啊，你自己不是说闻都闻不得？都给你弄干净了，还要怎么样？说着，也不等韵芬认可，女孩一下起身，进屋去了。

你什么态度！韵芬觉得女儿连这个都要和她作对，平时懒得可以，今天倒这么懂事，懂的不是时候！韵芬头痛，女儿的主动表现完全打乱了自己的计划，正当她不知该怎么收场时，院子里突然传来一个小孩亢奋的声音，我踢，我踢死你这个大蛇头……

韵芬下楼了。

这个点正是院子里孩子撒野的时候，五六个小人儿围着什么东西兴奋地跑着，一会儿东边倒一会儿西边歪，沙土地上拖出了一道道痕迹。韵芬从楼道里现身时，一个稍大些的男孩正抬脚朝地上一个黑乎乎的东西猛然踢去，韵芬都来不及喊住，男孩就出了脚，一坨黑乎乎的东西立即起飞，韵芬根本来不及躲闪，胸口就像被什么东西咬了一下，韵芬"哎哟"了一声，等她反应过来，才发现脚下落着的那个血肉模糊的东西，不是个蛇头又是什么？韵芬蹲下去瞧，那蛇的双眼都鼓突出来，张开的嘴里落满了土，一些说不清是血还是黏液的东西附着在蛇头被剪掉的位置，韵芬这才弹起身子，觉得自己又要呕出来了，作孽哟作孽哟。

男孩们没有动，韵芬就用兜里的手纸把蛇头包了起来，包好了，韵芬才开口问那排看上去傻眼的孩子，这东西哪里来的？

没有人吭气，还是踢了它一脚的男孩怯怯地指了指她家楼下的方向，水沟那里。

韵芬满意了，走之前还不忘教训一下这帮小子，蛇头不是用来踢的，你们不晓得去踢球吗。

为了不惊动女儿，韵芬把蛇头团在了手心，这样女儿就不会注意了。进门，女儿正戴着耳机端坐在书桌前，也不晓得是在听英语磁带还是流行歌曲，韵芬不动，这才听见女儿在轻声哼着什么，还是歌。韵芬忍不住抱怨，正经东西不听一天只晓得听这个，你要考音乐学院吗。屋里的女孩没有搭理女人，脑袋还随着节奏一点一点的，很是自得。韵芬就不再说了，她手心里还团着那个黏糊糊的家伙，短短时间，那层手纸就被什么浸湿了，韵芬感觉整条手臂都要抖起来。

韵芬走到平台上，舒了口气，蛇头失而复得，是个好兆头。韵芬顺手把蛇头丢进了脚边的一只花盆，她必须让手先空下来，剩下的就是找蛇皮了。

韵芬很快从屋里拿了一把火钳又拎上了门旁的垃圾桶，

一路走得飞快，生怕人撞见。垃圾堆不远，在通往学校的大路边，与小卖部的方向相反，那里原是一处平房，拆了才成了垃圾堆。韵芬庆幸，再晚一点，天就要黑了。韵芬屏住呼吸，走近垃圾堆，她料定女儿倒垃圾肯定只倒在边上，死丫头才不可能给你掼得远远的。等走近，韵芬才傻了眼，今天的垃圾尤其多，看来几天没人清理了，一整座垃圾山上又分布着东一堆西一堆的小垃圾，根本分不清哪一堆才是自家的。

韵芬骂起了留守处那帮吃干饭的。

只能蛮干，韵芬放下了垃圾桶，拿火钳在一堆堆垃圾上快速翻拣，可没翻多久，后脚就有人来倒垃圾了，是隔壁栋的一个熟人，那人远远看见韵芬在垃圾堆边薅来薅去的身影，还没走拢，就略带兴奋地喊起来，哟，韵芬，什么宝贝倒掉啦，现在来找。这一喊让韵芬呆住，杵在那里都不知该怎么回答了，只好等着来人靠拢，说，一个小东西，没什么。那人觑她一眼，小东西才难找，要不要帮你打手电啊。韵芬笑说，你帮我回去拿呀。这么一说，也就过去了。来人还算好心，运力把自家的垃圾甩得远远的，这样就不妨碍在近边翻找的韵芬了，那人说，那你继续，我让你家姑娘来送手电。说完笑着走开了。

韵芬这才注意，天是有些发黑了，那些杂乱无章的垃圾渐渐变得模糊，难分彼此，韵芬只好调动更多的注意力，争分夺秒在逐渐收紧的光线中翻找更多的垃圾，到明天，就更没戏了。

韵芬要把眼球鼓破了也没有见到蛇皮的半分踪影，这是韵芬第一次用心地把精力花在一堆垃圾上，如果她有心，会发现大家的生活质量都不高，这或许能给她带来些许安慰。可眼下，韵芬火急火燎，薅垃圾的动作明显变形，几乎只是用火钳胡乱地扫过垃圾表面，不是她多了一个心眼，朝垃圾堆外围看了一眼，她会永远错失自家那堆谈不上更出色的垃圾。

韵芬气得笑起来，死丫头真会倒，倒垃圾也没准头。韵芬在围墙外侧一丛斗鸡草边上发现了女孩倒的垃圾，那里有一堆裁衣服剩下的小碎布，不是自家的又是哪家？怪道找不到。韵芬顾不上身边的臭气和嗡嗡作响的苍蝇了，快速在那堆碎布中挑出那些一面白一面已经发黑的蛇皮，短短时间，蛇皮特有的纹路就消失殆尽，看上去像一截截自行车胎皮了。

韵芬恨自己不能早早看这么一眼，不然哪会被人奚落。

韵芬做贼一样回到门口，来不及喘口气就思量起来，埋在哪里是好？总不能埋在路边林子里吧，这时候韵芬可不想钻什么林子，院子边上也不行，被人撞见又该怎么解释？韵芬没想到为了王老三一句话，自己竟折腾了这大半天，浪费了一个本来美好的傍晚，想到这，韵芬简直恨起自己来，为什么要听王老三的,都是自己作怪!恨完了自己,韵芬又恨起王老三来,这个瘸子不是个好东西,一个小卖部老板整天读什么书,想考状元吗,妖里妖气!跟着,韵芬又恨起老汤来,什么时候打电话来不好,偏偏这时候,不是冤家是什么!恨到这里韵芬也就找不到人可恨了,她独独把女儿放过了。

韵芬坐在平台上,看天真正黑下来,四野的虫鸣比往日更加汹涌,只是听来竟不觉得吵了,这时候起了风,风从河谷地带盘旋而来,带来了丝丝凉爽,韵芬突然有了些惬意,恨完了该恨的人,心中的气也就消了大半。她看着垃圾桶里的蛇皮,又盯着花盆里的蛇头,那包纸已经散开,蛇头黑漆漆地摊在那里,眼睛里死灰死灰的,再射不出光来。

韵芬一下有了主意。

那花盆大小合适不过,原先种着一株三角梅,说起来还是王老三的老婆连芳送给自己的,可韵芬对莳弄这东西没有耐心,一度花开之后就任那花自己死掉了,如今盆里连草也不长一棵,土也像是死了很久。

韵芬说干就干,花盆里的土果然板结得厉害,韵芬费了不小的劲儿,每铲出一点,就把土块碾碎,碾得那么用心,想让这硬成疙瘩的土活过来似的。等盆里的土快被掏空时,韵芬才把蛇皮和蛇头填了进去,蛇皮被韵芬卷成了圆盘,一圈又一圈的,蛇头就放在圆盘正中的位置,这么一来,盆里的蛇就像复活了一般。韵芬不经意被唬了一跳,手中的铲子掉地,当的一声,屋里立即传来女儿机警的声音,谁呀?韵芬回答,你娘。

韵芬双手合拢,嘴里喃喃有声,要怪你就怪我吧,不要找我家姑娘啊。等韵芬把土一抔抔填上时,才发现碾碎的土竟多出了许多,韵芬索性全部堆了上去,堆出了一座小小的坟包的样子。

傍晚沉没

一

女孩坐在葡萄架下数碗里的米，对这栋老楼的居民来说，这就是她在吃晚饭了。他在二楼的过道上看她。筒子楼边是树林，清明前桐花已经开了，白蒙蒙一片，他闻不出什么香味。女孩埋着脑袋，那双深褐色筷子许久才挑动一下，但这并不意味着筷子就能成功伸进女孩嘴里，有时筷子故意抖动，上面的几粒白米就会落回那只永远也见不到底的碗里，而碗沿上的几片青菜也遭受着同等的冷遇。

如果你有兄弟姊妹的话，就会被饿死。电厂青工张奥叼一支烟踅进院子，目光并不看女孩，女孩抬起头，第一眼发现的是楼上的他，很快不感兴趣般扭转齐刘海的脑袋。

关你什么事！

他放心地听到她这么说，但女孩语气里的迫不及待又让他有些懊丧。

这样，你会发育不良的。张奥吐出一口烟，嘿嘿一笑。他听出那话里的别样味道。张奥就是这样，谁让他比他们大十岁呢。十岁太关键了，如果他平白无故添上十岁，就能站出来说点什么，甚至能捶两下张奥的肩或者脸，遗憾的是，他还太嫩，正处在青黄不接的年纪，身体里的荷尔蒙没有想象中那么多，多巴胺也是，小心思倒是有了一堆，可这并不会让人害怕。

他等着女孩回答，女孩却噤了声，很快扭转了坐姿，将背影留给了他和院子里的男人。

天还没有黑下来。

张奥看到女孩背过身去，连背影也那么好看，一截光溜溜的脖颈，黑浓的发丝顺着肩胛的弧度自然分叉，张奥倒退两步，女孩也跟着扳动身子，张奥就舍不得离开了。这个点，江山他们快到了，他们约好去电厂体育馆打球，在雾水这一带，那是唯一的一座室内球场。前些年电厂还没有弄围墙把自己的地盘圈起来，镇上随便什么人都能溜进去，把那一块好地弄得乱糟糟臭烘烘的，现在终于清静，绵延的围墙砌了起来，大门处门卫森严，摆两副拒马就可以冒充军事基地。不是他，江山那帮人怎么可能进得去。

张奥将烟头一弹，目光瞟过二楼，那个叫家光的男孩正直直盯着他，他感到那目光中掺了点什么，类似刀子一样的东西，他立即扭转目光，锁定男孩，这次他终于看到男孩的躲闪与慌乱，他正想说点什么，院外就传来摩托的轰鸣，一道尖锐的喇叭声穿透了这个寻常的傍晚。

张奥！张奥！幺鸡的公鸭嗓响起，他嘴里才吐出一句，小兔崽子。

女孩还在锲而不舍地挑着碗里的剩饭，张奥顿住脚步，留下一句，庭芳，跟我去电厂啊。

谁要跟你去，你跟你妈去吧。女孩说起话来，倒不像她吃饭的架势，伶俐到不行。女孩作势起身，看来已打算放弃这顿晚饭。一楼窜出一个女人的身影，不大的院子也似乎被挤了一下，好像有什么东西把张奥往外推了一把，他听见女人扯着嗓子喊起来，死丫头，饭要吃到明天的，是不是？

张奥站着不动，等待女孩与他擦肩，瞬间，话已传过去，如果你吃饭能像说话这么快的话，也不会饿死。

关你屁事。他惊讶地听到女孩回答，脸上露出的笑还没来得及回收，就被打了个措手不及。张奥闪了闪僵硬的脖子，让脖颈发出咔嚓的声响，他想如果不是那个死女人跑出来搅局，庭芳是不会这么对他的，对了，还有楼上那个眼巴巴的小孩，他正得意地看着这一切。

这个傍晚简直糟透了。张奥暴躁地喊了声，操！

张奥和你说什么？女人警惕地看着女孩，这分钟她连女儿碗里的剩饭都放过了。

他喊我去电厂。

去他个鬼，这个混球什么事都干得出，你小心被骗。林雁恨恨地看着张奥走出院子，又补上一句，我要是再看见你和他说话，看我不撕了你的嘴。

女孩丢下一句，凶我有什么用，有本事你去撕他的嘴。

噫，要翻天！女人就势翻了个白眼，可女儿已溜进门里，这个白眼顿时落了空，落进了院外灰笼笼的天色里。

女孩进门，一把坐到电视机前，等着新闻结束，女人跟着进来，收拾起她丢在桌上的碗筷，又剩饭，你是不是得了厌食症了？你看看你的腿，都能做两把鸡毛掸子了。

我完全看菜的。女孩打了个哈欠。

看菜？老娘还要怎么做？啊？我哪天是重样的，你菜也挑，肉也挑，你要吃人肉吗？

不重样也难吃。女孩也不示弱。新闻播报还没有结束的迹象，一群人在镜头前正襟危坐，不注意看，还以为定格了，她看不下去，索性进了自己房间，这里倒还清静些。女人又在门外嚷开了，电视不晓得关，手脚长出来做什么的？女孩不答，女人就放低了声调，我去你阿芳阿姨家走一趟，你老实待屋里，门锁好了。女孩还是不答，她知道母亲是去打麻将，却从不老实交代。

我说的你听见没有，电视看完就睡，不准乱跑。林雁把脑袋伸进屋里，瞧了女孩一眼，见她翻着一本书，便放心了些。桌上洗了苹果，你要饿了可以吃。

晓得了。女孩头也不回。女人转身后，才想起问，你又要好久回来？

林雁走出院子，转眼天光已照不见路，留守处的路灯又坏了几处，迟迟没人来修，几天前各处院子都丢了衣物，大多是住户们没来得及收的，又是女人的私密物件，胸罩、丝袜和内裤。要死了，下作得很。大伙议论，莫非单位出了色情狂？也有人反对，我看不像，肯定是外头什么人，这里又不是电厂，什么人不能摸进来？只有林雁沉默，她觉得奇怪，同样晒出去的衣物，只有庭芳的贴身棉裙不见了，自己的却样样不落。想到这，她还隐隐不安。

赶到阿芳家，女人才落一口气，屋里雾气缭绕，一口火锅正被撤下来，屋里弥漫着食物被煮烂的味道。

开春还吃火锅，也不怕上火烧胃的。女人讲。

阿芳说，也是怪，菜薹才上市就老了，清炒老方嫌嚼不动，只能加豆腐煮。

我看他就是想吃豆腐。后脚赶到的九枚钻进屋来。

吓人一跳。林雁说，你几时跟着我的，是说背后凉凉的，跟了个鬼一样。

鬼才跟鬼呢，九枚说，你没做亏心事怕什么鬼。

林雁说，好笑，我做什么亏心事，最近你们不是不知道，留守处里女人内裤到处被偷，还不知道偷去做什么，你说怕不怕人。

偷去做什么，还不是蒙在脸上当头罩用，电影里不都这么演吗？九枚调侃。

要死了，那是丝袜。阿芳说。

我不管什么丝袜，九枚讲，我家小子以前就喜欢把我胸罩戴脸上，还问我，妈妈，像不像奥特曼，你说好不好笑。

女人们笑作一团。九枚继续说，我看是内贼，不过也说不好。今天还有个大新闻，你们看到没有，罗家老二清早在街上裸奔，从设计院一直跑到桥头去了，真正一丝不挂，鞋都没穿一双，作孽哟。

你看了？阿芳问。

九枚说，我买菜回来呀，路上撞个正着，就在电厂门口，我怎么走都不好。罗老二直条条的，连不怕冷，还冲人笑，你说吓不吓人。

林雁说，你倒是看够了，小心长针眼。

九枚笑，怎么，你嫉妒啊。

阿芳努努嘴，示意男人还在屋里，讲这些，没见过男人啊。

九枚也不管，仍高声大气，我们哪像你好福气，男人就在身边，可以每天看，管够，我们那些死男人天远水远的，一年能看几次？

女人们笑岔了气。阿芳说，促狭鬼，想男人想疯了吧。

林雁不好讲什么。

老方洗完碗回到客厅，问一句，笑什么，这么高兴，今天还差不差角子？我得出去一趟。

又去哪里挺尸？阿芳问。

还不是老薛那里，他老子还摆着，得去看看。

白天不是送过礼了？阿芳有些不高兴，老薛家的事，老方从来上心，什么意思！

那是代表工会，晚上还得自己走一遭，就不陪你们了，你们慢慢玩。

老方远远听见机电队的响器声，抑扬顿挫的，看来是全套班子，锣鼓钹笛，揉成仙乐。人走了，还是得有点响动。院里新架的碘钨灯白刺刺地亮起来，照得夜更深了。

老方钻进去，里头闹哄哄的，灵棚扎在院子一角，五个道士通体黑衣，冠带齐整，手里的响器大鸣，老薛领着妻儿举着经幡跟在一个老道士身后绕棺，老方不便打扰，等着这一场结束，径自坐到棚外的方桌上吃茶。

老方，薛师傅走了，工会表示了多少？有人问。

统一价，五百。老方呷一口茶，怎么，就惦记这笔钱了？

对方笑，我是惦记不上了，怕是你走了，我还没走。

老方也不恼，从托盘上拈过一支烟，红塔山，看见老薛不吝，他多少欣慰。有人凑上火，老方就势点上，说，怎么，还想活两百岁？到时工会还在不在，难说，怕是五百也没得给。

那人说，能活到那岁数，谁还在乎五百块，五百万都不换。

想得美，怕是到时五百万不如今天五百块，你说是不是，老方？同一个院的老姜插进来讲。

我不晓得，老方摇头，谁能看那么远，不如买注彩票做两天梦还好。

人啊，就得见好就收。物业办老吴哼一句，你们都怕死，我倒乐意走在前头，老哥们还能凑一堆给我热闹下，要是一个个都走了，热闹也没得看，你信不信这些孙子第二天就能把你烧了。

有点厌世了啊老吴。老方批评说。

一桌人笑，笑声凄凉。这时乐声经声戛然止住，众人扭转脑袋，看见家属正齐刷刷给道士先生行大礼，一条条麻布孝服长长地拖到地上，旋即被身体带动，飘了起来。

老方扔掉烟头，起身。

薛师傅，您老人家走好！老方举着三支香，顶着脑门，给遗像作了三个揖,膝盖又精准地落到棺材前的蒲团上,郑重给亡者磕了三个头。家属齐刷刷跪倒,行回礼,老方触景生情,鼻子跟着一酸。

讲起来薛师傅和父亲同辈,一拨来到雾水的,当年水电部组建这支施工局,局里人大多从湖南抽调,彼此乡里乡亲,到这异地自然格外亲。到他们就算第二代,又基本子承父业,十七八岁就开始各自拜师父,关系就更复杂,一旁的老薛就是父亲一手带出来的。

老方磕完头,抹一把眼角,搀起了老薛一家,老薛率先起身,问了声,哥,吃了没?

老方点点头,看好日子没有?

看了,说后天好,去区里烧,停一向再回老家葬。老薛回答。

老方说,好,是要落叶归根。老方的目光越过这一家老小,跟着问,小妹呢,还没到?

在路上,应该快了。

老方说,好好。

老方看了眼表,还早,也就不动,回到一旁的桌上,准备再混混时间。小妹这一去多少年了,他难得见她一次。

院外传来一阵摩托的轰鸣,老方顺着声音望过去,以为人来了,可只看到张家小子的长发从楠木门里一闪而过。

这个狗日的。老方闷闷骂一句,旋即才想起,张奥的爹还是薛师傅的徒弟,他爹被派到巴基斯坦援建回不来,张奥得来磕个头。老方立即追出去,张奥、张奥……

张奥从后座上一个闪身跃下,一身汗被风吹冷了几遍,那气味就凝在了身上,像烤焦了的搅搅糖。他照常丢下一句,我先走了。

等等。江山还没有走的意思,身后那辆摩托也停了下来。江山一只脚斜跨在车上,人歪着,很快甩出一句,你们院那个女孩,越来越标致了。

张奥心里一惊,这个老鬼什么时候发现的!可面上,他还得赔着笑,装着糊涂,哪个女孩,我们院有标致的?

江山愣了愣,也不发作,跟着讲,就是那个长手长脚的,你们院还有几个女孩,跟我装糊涂?

张奥讪笑,那个算什么,小姑娘一个,能有什么用。

我看倒能用了。江山拿眼觑他,张奥眉头一紧,知道江山一旦这么盯着人,就说明他认真了。这混蛋仗着老子在镇上开夜总会,打小就是当地一霸,上学时他就有几分憷他,没少吃过他的亏。不过那时还好,单位还有一拨不怕死的子弟,能和江山这一帮抗衡,可眼下子弟们早星散到各个水电站去了,只剩他一个落在这里,孤魂野鬼似的,他就是想跳起来扇江山一个耳光也不能。

张奥继续觍着脸,和颜悦色,能用什么,这怎么说的。

江山不吃他这套，面色冷酷，有机会约出来，大家认识认识。

张奥就在心里骂遍了江山十八代祖宗，可嘴上却无法表示出半点情绪，见他杵在路边不说话，江山又问，怎么，有难度？

张奥很快回答，我和她根本不熟，她哪里会听我的，现在的小女孩你不知道，厉害得很，嘴都跟刀子似的。

江山听了，也不作声，扭一把脖子，让脖颈发出骇人的咔嚓声，再猛然定住，两道目光直射过来，不是吧，今天我看你和她说了不少话，你在这里还罩不住吗？

张奥恨不得揍自己两拳，今天晚出来两步，就被江山逮到了，早知道逞什么口快。他硬着头皮讲，不是这意思，她啥也不懂，能和我们玩什么，丢份儿啊。说着，还尴尬地哈哈笑了两声。

江山不为所动，冷冷地说，不为难你，就是想认识一下，做个朋友，你不要有负担。

张奥说，哪里哪里，自家兄弟说这些。说完恨不得把自己舌头咬掉，这时候还攀什么弟兄！

江山说，那就好，回头再说。说着两指并拢，对后车做了个前进的手势。

张奥站在路边目送这伙人离开，摩托车像野兽吼叫着朝树林间的水泥路轧去，不知谁吹出了一道尖锐的口哨，哨声像是对他的嘲讽。张奥倒吸了口冷气。贱！他骂了自己一句。这时候，风扯云动，头顶的黑穹透出一盘大月亮来，他看见树林间的大朵桐花正簌簌往下落。

二

桐花从树林间消失时，气温一天天升高，人在户外的逗留的时间也越来越长。这时间，幺鸡炸出一个新闻，晓不晓得，江山家出事了，夜总会被人举报，涉黄涉毒，江山老头被区公安局带走，江山也跑路了。听到这消息，张奥简直不敢相信，又不放心，一个人连夜去看，果然，明珠夜总会气派的大门被白色封条封住，两旁罗马柱上还残留着一摊浑浊的呕吐物，整面墙的霓虹通通熄灭，空气中红绿的光突然消失，张奥险些要找不到这栋三层小楼。

张奥站在楼前傻笑，掩饰不住地心花怒放，活该！还想打庭芳主意，不是丧心病狂是什么？对比起来，张奥觉得自己简直是个好人。

眼下好人正在院子里溜达，气温逼近夏日，唯一的好处就来了，庭芳穿上了裙子，还是在葡萄架下，旁若无人地挑着碗里的米，也不在乎院里多出几个观众。葡萄架上的叶子转眼密集，这样楼上的男孩就很难看到庭芳了，所以那小子也溜了下来，在院子里四处张望。

张奥立即喊起来，家光。

做什么？少年闷闷不乐地吱了一声。

给你个美差，帮哥去买包烟，零钱你买泡泡糖吃。张奥掏出两张票子，朝少年晃了晃。

你没有腿吗，谁要吃泡泡糖，幼稚！少年扭着脑袋，看上去很不情愿。

张奥耐住性子，我还有其他事，帮帮忙。

少年待着不动，鞋头一下下踢着水泥地的缝隙。

咦，喊不动了是不是？回头给你一张智力卡，"吞食天地"，玩过没有，三国哟。张奥亮出了王牌，他早知道这小子惦记这张盘了。

果然，少年利索地踅过来，一踮脚取走了他举得高高的钞票，张奥一愣，这些小鬼都这么高啦。

买什么？少年仍有些屈辱地问。

当然是红塔山。

少年走后，张奥得意起来，这里离瘸腿王老三的小卖部有段距离，这段时间他可以独自欣赏庭芳吃饭的芳姿。

天，是越热越好啊。

王老三的小卖部开在从前的拌合楼旁，从这里走过去，来回得花二十分钟，家光可不想浪费这长时间，不想让张奥的奸计得逞，如果他只花一半时间就重新出现在院子里，那无疑是一个奇迹,短跑可是他的强项,上次运动会他拿了年级第一,打败了隔壁班那个叫卢禄的高个男生,这事,庭芳应该还记得,她是班里的啦啦队队员。

说跑就跑,家光脚下发力,双星球鞋在地面交替运动,这一刻他感到自己无比轻快,他就是风之子卡尼吉亚。可才跑几步,路上的人就多起来,家光看见母亲和一群妇女在路旁散着步,他就是想躲也躲不过,女人一眼发现了一旁跑过的少年,家光、家光,要死了,小心运煤车。

家光头也不回,我没空理你啊。

身后传来女人们的哄笑,母亲指不定又在讲他什么坏话,可眼下他哪里顾得上这些,他必须甩开这群愚蠢的女人。

跑到王老三的小卖部时,家光已经有些气喘,才吃过饭,腹部一下岔气,竟作痛起来,他咬着牙,掏出张奥给他的票子冲门口下着棋的王老三喊道,老板,来包红塔山。

你喊哪样?王老三潦草地扫他一眼,目光又掉进棋盘里,学校都不兴教礼貌了么!对面下棋人也抬起头来,是家光呀,怎么,学会抽烟了。家光也认出了对方,是父亲的朋友谭木匠,他什么时候回来的?家光暗恼,嘴里还得老实喊一声"谭叔叔",跟着解释,我给张奥买的。

谭木匠笑了,张奥没有脚的吗?

少年走后,下棋的两个人起了争执,谭木匠说,悔棋没屁眼哟。

王老三说,才落了一半,另一半是自己掉下去的嘛,要不然,我生儿子没屁眼。

谭木匠说,你本来就没儿子,算了算了,不下了。

王老三说,接着来接着来,没下完嘛,下次保证注意,输了我请你喝酒。

谭木匠说,酒就免了,才体检,脂肪肝。

王老三说,脂肪肝不妨事,不要吃肥肉就行了。

你说得轻巧。谭木匠有些不高兴,瞅眼天色,夕阳已经远在大坝的方向,说落就落,不过他也没有离开的意思,睁只眼闭只眼看王老三无耻地把子落在了另一路上,下不为例啊。

王老三说,放心放心,我又不是物业办老吴,狗日的最爱悔棋。

谭木匠哼一声,还说,人都没了,有什么意思。

王老三说,论自杀,我佩服老吴,一点不犹豫啊,触电门这种事,谁能做得出。

谭木匠讲,老吴以前就是电工,爬电杆属他最快。

王老三说,老吴也是背时,儿子和老师吵了一架就不念书了,老吴没点办法,书都没念完啊,你说能做什么?儿子不争气就算了,女人又跟人裹到一起,你说他还有什么念想，听说薛师傅走的那天，老吴就有点不对劲儿。

谭木匠叹一口气，老吴就是脾气太好，他那个婆娘是个厉害角子，他在身边都守不住，能怪哪个？

王老三说，厉害有什么用，现在那婆娘天天上街堵她姘头老潘，跟个疯子一样。老潘饭店都不管了，整天躲瘟神一样躲着她，你说可不可怜。

哟，轮到你可怜，你去呀，去安慰她呀！一道凌厉的女声从身后传来，王老三手一抖，一粒棋子应声而落，险些打乱整个棋盘。王老三媳妇端一盆水，一把便朝小卖部门前泼去，沙石地上的尘土噗地一下升腾，像炸起一个雷。王老三挥挥手说，现在泼哪样水，没看我这里还有客人。

女人背转身，只用鼻子出气，什么客人，买东西才算客人。

谭木匠讪讪的，脸上挂不住，想走又不便马上提出，正好有人来打电话，老板，挂个长途。

王老三指了指柜台，打嘛。

谭木匠乘机起身，老王，你忙，我先回了。

王老三扶墙站起来，还没下完嘛，我开瓶啤酒，接着下。

不喝了不喝了，脂肪肝。谭木匠急忙挥手，改天再来。

王老三颤巍巍站在门口，要得嘛。

谭木匠回到家，儿子正趴在桌前看电视，谭木匠就有些来气，作业写完没有？儿子在椅子上晃了晃，并不理他。谭木匠又问，你妈呢。

出去了。儿子说。

谭木匠突然感到紧迫，女人不在家，总觉得少了点什么，心里不踏实，他常年在外，一年难得回家一次，可回来了，女人还不老实待屋里，想起老吴，谭木匠难免兔死狐悲，一个家说没就没了。

我问你，你们班上吴大头怎么回事，怎么就不念书了？

就是不想念了嘛。儿子也不看他，不晓得今天父亲吃错了什么药，气氛有点不对。

什么叫不想念了，×毛都没长齐，能做什么。谭木匠说。

儿子拧着眉，露出轻微的厌恶，反感父亲的粗俗。

老宋骂他是个草包，他就赌气走了。

宋家仁？

还有谁。

谭木匠记得这个人，一个小个子，从前的上海知青，下放到局里，起先在实验室做技术员，后来调到学校教起了化学，是儿子的班主任。

就没了。

没了？

谭木匠一时没了话语，父子间的对话从来这样，能省则省，又随时能中断。谭木匠费劲想了想，还是添了句，你莫要学他。

我学他做什么，其他人还把他当英雄，我看就是个草包。儿子如此清醒，倒让老谭不好回答了。

老谭一高兴破天荒和儿子玩起了游戏，那台三年前儿子让他买的任天堂，父子俩玩着"坦克大战"，是老谭要求的，儿子不屑地说，根本没难度。这小子果然玩得溜得多，老谭笨拙地操纵着手柄，守在老巢旁，看着儿子在前冲锋陷阵。

女人进门时，冷笑一声，你倒起个好头，我都不让他玩，你回来倒好，还给他做了个伴。

老谭赔笑，劳逸结合嘛。

儿子乘机得势，手柄一搁，不玩了不玩了。

老谭只好缴械，转而问起女人，你去哪儿了，我转一圈你就不在家。

女人白他一眼，好笑，我是你影子，要时刻围着你转。

谭木匠自知理亏，又不好表露受了老吴事的刺激。到了晚上，两人上床，谭木匠才显出一点手段，女人直挺挺躺在床上，任老谭忙碌，还煞风景讲，好了没有，轻点，儿子听见。谭木匠连喊女人换个姿势都不能，很快了事。

隔天傍晚，女人拎着老谭翻出来的包裹出门，径直走到庭芳家来，雁姐在吗？话音刚落，女孩端着碗出现。哟，庭芳，才吃饭哪，你妈在吧？

女孩努努嘴，嗯——

庭芳，叫人，闷葫芦一个，也不知道谁生的。林雁端一只盘子从厨房里出来。

穆阿姨。女孩被迫动了动嘴皮，一个闪身就出了门。女人的目光还一路尾随，心里嘀咕，倒数这丫头标致。

女人转身，看见林雁正布菜，两口人吃饭，也不见俭省，三菜一汤，像模像样的。女人说，还没吃呐，这是老谭替你家老苏捎来的，说是一包天麻，死沉死沉的。

林雁赶忙抹一把手，双手接过，谭木匠几时回来的？

女人说，前天刚到，又做了体检，才想起还有老苏捎的东西。

林雁说，我拆开，你拿点，给你家子强炖排骨吃。

女人按下，不用费心，你留着，那小子不吃的，说有股尿骚味。

林雁笑，味道是不好闻，我家庭芳更是闻都闻不得，嘴挑得要死，连米饭都挑，只吃那细长的，你说精怪不精怪。

女人笑一声，庭芳多苗条呀，是个美人坯子，以后还不知道谁享福呢。

林雁赔笑，心里却像吞了只苍蝇。吃过了吗？和我搭个伴，我家庭芳就不喜欢和我坐一桌吃，死丫头非要出门，说什么清静，没有饭菜油气，你说气不气人。

我说你好福气呢,生了个林妹妹呀,我得走了,要捎什么东西给老苏,拿过来就是,老谭只待两个礼拜的。女人扭扭腰,施施然转身,林雁跟在后头送她,我准备准备,又要麻烦你家老谭了。

女人头也不回,麻烦倒也没什么,早点准备就是了。

林雁这才回转,又想起女人的话,什么林妹妹,不是咒自己早死吗?看得出女人还在生自己的气,她和九枚那场口角,自己和阿芳夹在两头,左右不是人,到头来还是冷了这一位。林雁心里有些歉意。

穆婆娘走进院子,看见庭芳一袭淡蓝碎花棉裙,坐在葡萄架下,身下一张老藤椅,单手托着碗,一双筷子正挑着碗里的米饭,目光凝滞。都说这丫头冷得很,我看倒有点呆,白长了这副相貌。女人哼一声,一眼扫过院子,几个老头正围着一盘棋吵吵嚷嚷,工会的老方也在。他倒有脸出门,女人嘴里啐一口,他和薛家小妹的事才被捅出来,什么旧情复燃,一对人加起来都快九十岁,恶不恶心!

女人一脚迈出院门,没想与张奥撞个正着。这个短命鬼急吼吼从院外赶来,一脸灿烂,女人看着就来气,更没想对方抬脸就喊了声,姐来啦。

女人顿住脚步,你喊我什么?

张奥脸上还挂着笑,说,姐啊。

女人一怒,放你的狗屁,没大没小,姐也是你叫的。

女人气鼓鼓走掉，张奥还愣在那里，不懂女人为何翻脸。想到那个夜晚，张奥还很后悔，为什么稀里糊涂就被她勾了去。

看见庭芳，张奥的喜悦才回头，驱走了女人带来的不适。庭芳还坐在老地方，讨厌的男孩没有出现，果然是中了自己的奸计，被一盘游戏搞定。张奥得意万分，一个猫步弹过去，小声对女孩说，有个电影你看不看？

什么电影？女孩问。

张奥仰了仰脑袋，迅速从荷包里掏出两张票，你自己看。

女孩瞄了一眼，竟是今年最热门电影，莱昂纳多·迪卡普里奥和凯特·温斯莱特主演的《泰坦尼克号》，学校里都在疯传这电影如何如何，没想到张奥竟弄到了票，你怎么弄到的，什么时候去？

张奥吃了一惊，怀疑自己听错了，庭芳一点过渡都没有，没有一丝矜持，这让张奥很不习惯，可面上还得装出处变不惊的样子。小意思，明晚七点半，正好周末，位置也很好哟。

去区里看？女孩问。

镇上哪有得看，我骑车，明晚直杀区里。

看得出女孩动了心，张奥窃喜，直到女孩又机警地问了一句，你不会骗我吧。女孩的大眼睛在傍晚的光线里忽闪忽闪，带着几分狐疑，张奥的心都要融了。杀了我，我也不敢啊。张奥甩了甩手中的票，正经八百的电影票啊，区里工人文化宫放映，你自己看清楚。女孩还是没接张奥的票，她现在考虑的可不是真假的问题，而是如何顺利脱身，这几日阿芳阿姨家鸡飞狗跳，母亲一连几晚都待在家里，她得想个办法……女孩陷入沉思，一旦她思考起来，就不需要身边有人了，这只会干扰她的思绪，所以她重新拿起筷子，脸上恢复了平静，冷冷地对张奥说，我知道了，你可以走了。

嚱，又变！张奥感觉自己的心智都要跟不上女孩的节奏了，心里的鬼火和兴奋同样炙烈，他弄不懂眼前的女孩为何让他如此神魂颠倒，他更想不到这时楼上又悄悄多出了一双目光。

三

男孩早早在院里颠球，今天的球特别滑，一次次从他脚下溜走。男孩母亲在楼上喊，又发什么癫，太阳都没落。男孩只是不理她。他看着张奥从走廊上推出了那台"豪爵铃木"，这台车可是张奥的宝贝，轻易不骑出来，车子还很新，乌黑油亮，排气管上保管立不住一只苍蝇。男孩不禁往前挪了挪，路过的光叔也一把靠拢，和张奥并肩观赏了一会儿。

光叔说，你小子倒买了个媳妇，整天大门不出二门不迈，你在家里骑它吗？

张奥有些心不在焉，你说什么？

光叔直摇头，好车就要多骑，放着放着，就放坏了。

张奥终于明白，跟着哈哈大笑，连说光叔有道理。看着一旁眼巴巴的男孩，张奥更是一拍肩说，走，跟哥兜风去。男孩摇头，他不信任张奥的技术，那车买回来也没见张奥骑过，他怀疑他根本不会骑车。

这时间庭芳迟迟不见，男孩瞄了一眼庭芳家的纱门，那门阖着，瞧不出动静。等他转身再看张奥时，张奥已经远去，院外的马路上只留下一道淡蓝的烟雾。

庭芳出现，傍晚才真正降临。

女孩背着一只书包，手里没有碗，步态也一改从前的散漫，三两步就蹦下了台阶，林雁追出来喊，去少英家复习不要太晚，要不要我来接你？庭芳头也不回，不要！

庭芳从跟前走过，男孩立即起身，你要去哪儿？

庭芳头也不转，丢下一句，好笑，你也来管！

男孩猫腰跟出两步，小声说，你要和张奥去看电影？

庭芳就不动了，一下转身，恶狠狠地盯着男孩，谁告诉你的？

男孩说，我早看出来了。

庭芳说，你敢说！

男孩就沉默了，面对庭芳他总没有办法。女孩走后，男孩才奋力踢了一脚地上的足球，那球正中一只母鸡的腰窝，鸡身一下扑腾，几根鸡毛立即飘浮，鸡主人杀猪般的叫声还未响起，身后就传来一道熟悉的笑声，踢鸡算什么本事……

男孩转身，吴大头斜歪在楠木门外，嘴里叼一根斗鸡草，油亮的脑门在傍晚的光线下像一只大号白炽灯。家光惊讶是他，这个消失已久的家伙，据说连他老子的葬礼都没有参加。一时间涌出许多传闻来，有说吴大头去深圳的，有说他在学卡车的，更离谱的说法是他上少林寺做了武僧，总之人不见了，说什么的都有。

家光当然好奇，大头，你跑哪儿去了？

吴大头憨笑，并不回答，目光盯着马路上袅袅走远的庭芳，那个就是你们班花？

家光有些不高兴，连吴大头都盯上庭芳了，他没好气地回答，是又怎么样？

吴大头吐掉嘴里的草秆，笑了笑，我觉得一般嘛，一点肉都没有，有什么用。

家光转而暗喜，这小子果然眼光粗俗，他放下心来，看着吴大头没有走的意思，他也不便撵。说起来吴大头和他还做过校队队友，吴大头比他高一级，据说还留过一级，年纪就大他两岁，人看上去很粗野，做后卫是把好手，抢断从来凶狠，人也够义气，一旦场上两拨人闹起来，吴大头总是第一个出头的，他的标准动作就是飞铲，不论场上还是场下。这让家光多少有些好感。他又问，你跑哪儿去了，还以为你不回来了。

吴大头神秘一笑，我去的地方多了，你要我从哪里说起？短短时间，吴大头就是一副见过世面的样子，尤其他说庭芳"一点肉都没有"更让家光觉得有些异样，他也说不好那是种什么感觉，反正和自己是大不一样了。

家光点头，你回来做什么？

吴大头捡过地上的足球，突然起了个大脚，足球飞速朝左边的院墙飞去，一把卡在了菱形孔洞里。家光还来不及心疼那球，李家阿婆就窜出来，家光，你要把鸡杀光的是不是？

家光正要解释，李家阿婆就发现了院里的吴大头，顿时喊起来，大头，你回来啦。

吴大头毫不在意对方，可对方显然没有放过他，大头，你妈跑哪儿去了，我好几次找她，她都不在。我泡菜坛子还在你家哟，你妈上次借去……

老太婆的话让吴大头很不爽，他可不想谁提起母亲，还这么大声武气的。他对家光说，说正事，有个朋友开了家游戏室，在新街上，去玩玩？

家光踌躇起来，就我们？

吴大头说，还有队里几个，今天是我生日，我请客。

家光不知道吴大头哪来的钱，看情势他也无法拒绝，正好这时李家阿婆端着碗晃到院子里来，想揪住吴大头，大头，你妈是不是在街上老潘家……家光赶紧一扭头，快走。

两人从小路穿过树林，家光以为能追上庭芳，可庭芳的背影恰好从跟前闪过，转眼那台"豪爵铃木"只剩闪着红灯的车屁股。这么快，找死啊，吴大头说，那不是张奥和你们班花嘛，他们什么时候搞到一起了？

我要是你的话，就把车练好了再带人。庭芳说。

驶出树林没多久，张奥的车就险些剐到一旁的自行车，那车一拐竟栽进了路沟里，车主的咒骂还未响起，张奥就吼起来，没长眼睛啊！

庭芳坐在后座上，坐姿有些别扭，张奥故意不断加速，她不知该搂住张奥的腰还是继续将手撑在背后的抓手上，她几乎要坐不住了。

张奥在等那双手环过来，搂住他硬邦邦的腰，他从未和庭芳靠得这么近，近到少女的体温像团小火一样时时在背后灼烧，那双手却始终没有改变主意。

下车时，庭芳还脸色铁青，张奥却扬扬脑袋，一只手插进发丝浓密的额头，说，哥快不快？庭芳翻了个白眼，对着后视镜理了理自己凌乱的头发，我是来看电影的，不是来出车祸的。

庭芳说完,张奥的手才想起似的伸向裤兜,兜里空得可怕,哪里有票的影子。张奥一下慌乱,女孩却不为所动,冷冷地盯着他,你最好快点掏出来,不然的话,你就要去买两张高价票了。庭芳的目光扫过文化宫前的小广场,三三两两的人正在聚拢,手里挥舞着票子。

张奥一身冷汗,前后几个兜被摸了个遍,还是庭芳指了指他的海军蓝衬衫,你瞎啦。衬衫兜鼓鼓的,张奥当即掏起来,是一卷钞票,都是大票子,张奥一张张摊开,电影票果然被卷在最里头,张奥夸张地亲了一口票,我说呢,不可能丢了。

白痴,庭芳说,还不把钱塞回去,等着人惦记吗?

张奥这才把钞票重新塞进兜里,电影票却被抽了出来,递给庭芳,票还是你保管好。庭芳接过票,扫了眼时间,还早,离电影开场还有一个钟头。这正中张奥下怀,他早早赶来就为了和庭芳多待一会儿。

他们去了工人文化宫背后的夜市街,张奥知道那里有家刨冰很出名,念中专时张奥就是这里的常客。街上都是年轻人,他和女孩挤进人群也有几分情侣的感觉,这让张奥十分得意。庭芳背着书包的样子真是可爱极了。可还没走几步,张奥就发现人群里一张熟悉的面孔,那丧气的三角脸,目光随时吊着,不是他又是哪个?真背时!张奥暗骂起来,他一把抓过庭芳的手就往街边的遮阳棚下钻,这是一家消夜店,刚刚支出摊来,老板正鼓捣着炭炉,一脸的炭灰,看见两人闪进来,也不客气,吃哪样?还要等一下。

张奥走也不是坐也不是。那家伙好像看见自己了,这让张奥有些烦躁。庭芳看着面前魂不守舍的男人,只是冷笑,做什么,你看见仇人了?

张奥不作声,点起一支烟,狠狠吸一口,又把脑袋探出摊子,想看看那人是不是朝这边嗅了过来。

江山耐心等着电影结束,等着张奥和女孩跨上那台"豪爵铃木",天已经晏了,离场的人群水一样四散,江山瞄准了张奥的车,机器可不会像人群那样愚蠢地乱跑,直到张奥和女孩跨上车,利索地离开,江山才打起响指,两台车跟着缓缓汇入了马路。

江山是在小镇入口将张奥的车别下来的,张奥一个急刹险些撞上斜插过来的车,庭芳的身体更是狠狠地贴上来,张奥寒毛都立了,生怕庭芳会飞出去。

江山跳下车,连连说着,好险好险,看不出你骑车还挺猛,差点没赶上。

张奥心一沉,难怪来时路上一直有车尾随,自己几次加速也没能摆脱,原来是这帮老鬼。他应该早想到的,张奥懊恼起来,但也得稳住,他转身对庭芳说,不要怕,是个老朋友。

庭芳哼出一句，是才怪。

张奥低声说，你先走，不要管我。张奥硬着头皮下车，一把站到江山跟前，故作轻松，最近跑哪里发财去了？

张奥不说还好，一说江山就鬼火冒，但他忍着，目光直勾勾盯着下车的女孩，庭芳径直朝新街走去，完全不在意自己摆出的阵仗，这让江山也愣了一下，而幺鸡几个更是傻傻地任女孩走过身边，好像没这个人似的，这让江山喊叫起来，给我拦住！幺鸡们这才手忙脚乱把女孩截下来，女孩即时尖叫一声，不要碰我！

江山上前，挤出个笑，误会误会，就是想认识一下，不要紧张嘛。

女孩不吃这套，很快开口，你是哪根葱，走开。张奥的心也悬起来，担心江山要吃不住庭芳的话了，他对江山说，你让她走，有什么事我们谈。

我他妈和你有什么好谈的，你的任务完成了。江山脸色愀然一变，有笔账，我回头再跟你算。

张奥没想到江山翻脸如此之快，还会嫁祸，张奥也干脆心一横，要算现在算，免得老子没空。

你倒比我急。江山顺手掏出了一把刀，那把雕着一面龙一面凤的甩刀还是张奥送给他的，作为生日礼物。识相的话，把她留下，不然我认得你，这刀可认不得你。

幺鸡在一旁嘀咕,也认得,就是张奥的刀嘛。

江山眉头一拧,很不高兴,这种时候他讨厌一切玩笑,他吼起来,妈的,老子说不认得就不认得。

幺鸡发现自己的唐突,本来还想在众人面前表现一把,却讨了个亏吃,嘴里不得不附和起来,不认得不认得……

谁也没想这时女孩却笑了,你们是在演戏吗?

这话加重了江山的焦躁,他发现气氛完全不对,他踱到女孩跟前,想确认一下她到底哪儿来的勇气。他亮出了刀,你不怕?

女孩昂着脑袋,腿已经抖起来,嘴里却仍不甘,我怕牢不够你坐。

哟,江山倒抽了口冷气,他从没见过这样的女孩,简直是只母刺猬,这挑起了他的兴头。你说哪样,再说一遍?

女孩看也不看他,张奥在对面使劲摇头,示意她不要说话,女孩还是没有忍住,你聋了?好话不说二遍。

江山一怔,这才想起张奥说过的话,女孩果然有张刀子嘴。江山有些臊皮,他也不知该拿眼前的女孩怎么办了,恰好这时候张奥又跳出来,有什么事,冲我来,吓唬女人算什么本事。

江山一把抽走了女孩跟前的刀,指着张奥说,怎么,想英雄救美啊,老子正要和你算账,听说是你把夜总会卖了,我爹还在里头,老子有家不能回,这怎么算!

张奥一听不对，这事不是闹着玩的，他立即喊道，不是老子！

江山冷笑，扭头对庭芳说，你看看你男朋友，有胆做，没胆认，这种人，跟他做什么。

有本事你杀了他。庭芳更冷地说。

噫，江山怀疑自己听错了，这个妞子竟如此冷酷，这让江山有限的智慧受到了挑战，而他很不喜欢这感觉。好好，我就满足你。

江山，差不多了，闹出人命以后大家没得玩。幺鸡拽着江山的手。张奥挨了一顿拳脚，这没什么，是江山的一刀让他踉跄了两步，他坚持没有倒下。他的目的达到了，女孩已经跑远，张奥笑起来。

一个叫老尖的也跟着说，就是，我也不想吃枪子，何必搞成这样，我看张奥也不像个叛徒……

江山一把甩开幺鸡，怎么，你们怕了？老子倒了霉，你们就缩了，什么意思？

三个人不吭气，只是抵着江山。张奥乘机开口，江山，你老子不是我卖的，你自己清楚，今天你为个女人搞我，我不跟你计较。你要么把我摆在这里，要么以后不许碰她，不然，老子和你同归于尽——

呸，还敢赌老子！江山气得跳脚。今天真是晦气，女孩一根头发都没摸到,倒过来还被张奥威胁。江山咬得腮帮子痛,你当老子不敢,老子今天就把你废了。江山对着面前三人说,给我闪开!

三人不动,彼此看看,还是幺鸡发话,大家都是弟兄,你要弄死他,别怪我们,我们就当什么也没看见。说着,幺鸡第一个挪开步子,左右两人也跟着往路旁一闪,三人快速上了一辆摩托。这形势让江山也傻了眼,他万万没想到这帮平日与他吃喝玩乐又称兄道弟的人临场却把他给甩了。

我×你们祖宗!江山怒吼一声,声音孤零零地被摩托车的轰鸣所掩盖,江山感觉手中的刀都要握不住了。

这时间张奥终于倒下来,支撑这么久,他已经尽了力。江山迟迟没有上前,直到一阵杂沓的脚步声响起,他才转身,新街上迅速涌来几条黑影,江山有些头大,又是什么状况!他不动,等着来人一个个在黑暗中显形。一个声音率先抵达,哎哟,有人杀人了。一个脑门锃亮留着极短发楂的少年冒出头来,身后紧跟着六七条发育不一的身影。

那个女孩又出现了。

家光,快,张奥要不行了。女孩带着哭腔,一眼发现了蜷在地上抽搐起来的张奥。

一伙人逼近,江山晃了晃手中的刀,压住阵脚,嘴里喃喃有声,还有救兵……谁他妈敢管闲事,张奥就是下场——江山话音刚落,头上就吃了一棍,为首的少年二话不说,冲上去就把江山抢翻在地,少年们立即叫好起来。男孩和女孩乘机从江山身边跨了过去,两人一把扶住有些失神的张奥,张奥哆嗦着,女孩将耳朵贴了上去,听见张奥努力笑了一笑,说,露丝还是太胖了啊。

午夜电影

是夜间来到这里的。校长和那个讲一口上海话的教务主任来城里接的她，她和男友小武等在单位基地门口。他们到得比约定时间晚，教务主任对此表示了泛泛的抱歉，校长却没有丝毫表示，他透过降到一半的车窗问，都收拾好了？那就走吧。

此去路程并不远，一个半钟头，到达时天完全黑下来了。还在路上时，车外已是一派朦胧，冻雨无声下着，校长那嘹亮的呼噜声甚至盖过了车声，三长一短，短的那一声尤其使人心惊，听上去那口气是无论如何也回不上来了，令人心悸。不仅如此，她更担心校长那摇摇欲坠的庞大身躯，那肉山随时可能崩塌，朝自己这头倾斜过来，一路上，她揪心的只是这个。接着车下高速，真正进入镇子，她才晓得目的地到了。水汽弥漫的街道上浮着一道蓝光，转眼又是山道，碾过一道坎，车身猛烈颠了一下，校长"咳"的一声，终于苏醒。

到了？他问。

到了。司机回答。

起初，她只看到校园建筑的一派轮廓，影影绰绰的，实体都隐在浓密的行道树后，黑森森地存在，有渐强的奔腾声在那里回旋，像无数匹马在奔走，打着响鼻。车停，校长丢下一句晚安，人就弃车而走，霎时隐没在暗夜里。教务主任一指车前的铁门对她说，司机带你上去，好好休息。她点头，感谢了忙不迭抽起烟来的教务主任。她下车，一下站到风里，有种快要飘起来的感觉。这是一处风口。学校在山坡上的事实也让她有一丝说不出的讶异。她在门前深吸了一口气，闻到淡淡的煤烟、肥皂水以及什么东西沤在墙脚的腐烂味。

她被分到初中部，教历史，一周七节课。子弟学校自有一种氛围，与外间的学校不同，耳边回荡的依旧是熟悉的单位口音，可她终究是新来者，在那间两个人的办公室里，和那位英语老师格格不入。英语老师姓张，三十出头的女人，窄额细眉，目光犀利，脸上散发出丝丝缕缕的冷淡气息。张老师教高三，更衬出她的尴尬来，她也不知道自己为什么会被安排到这里。报到时，教务主任也只是潦草地指了指办公室的位置，喏，就是打底当头那间。说完便埋首桌前，没有带她过去的意思。

她一下站到门前，不知该说什么，人立在门框里，像帧照片被定格，可没人出来问一句，甚至连她的到来都没有察觉，这让她恼火，她敲了敲门，我是吴莉莉。她忍不住说。

屋里人这才打桌上扬起脸来，斜睨了她一眼，她不禁打了个寒战，正待解释时，女人开口了，你就是吴莉莉？我是张勤。她接不上话，心里预备回答的种种话题没了去处。此后更是如此。张老师只是端坐在办公桌前，长久地静默，不声不响，看上去这是唯一与世界相处的方式。她不理解，学校竟还有这样的人，难道就因为她是校长夫人？张老师的家她远远瞧过一眼，在校长室的背后，一条石板小路延伸进的一个凹形院子，院墙内伸出一棵橘树，还有一架木马在月亮门内纹丝不动。很少有人去那里。

她知道她每个周末都回城，有时坐留守处的车，有时到高速公路边去拦那些开往省城的班车。她就在路上遇到过她，一个人，一身素衣，而那些不眨眼的车子就像狂风一样掠过她，连不知减速。那些疾驰而来的依维柯、尼奥普兰她不是没有坐过，开起来是飞，轻飘飘的，空间狭小沉闷不说，过道还被车主加塞了塑料板凳。她几次回城就蹲坐在这样的板凳之上，被两旁人挟持，碰上查车时刻，售票员总是站在过道上扯开嗓子喊，注意了，前头查车，中间人头埋一下，大家好过。于是从后往前，过道上的人像多米诺骨牌一样倒下来，她的背就一次次被一个中年男人的头压住，而她的脸也险些贴上前面一人的屁股。这时候,她不得不怨恨起小武来,自己明明做司机,却从来没来接过她,而她急匆匆回去,也不过是和他待上一两个晚上,完成作为一个女友的义务,然后兴味索然地回来。

她不走,小武却来了,一个人游手好闲,白日睡得充足,晚上精力充沛,只是折磨她,她简直没法好好休息,只盼着这野兽般的人赶快走。可让她没有想到的是,就在小武走前一天,张老师竟对她讲,晚上来家吃饭,叫上你那位。这让她很是意外,这是哪一出?她猜不出来。中午与小武说起时,小武倒见怪不见,不就吃个饭嘛,还能吃了你。她也就懒得跟小武讲这其中的古怪了,说了他也不明白。

放学前,张老师果然先走,她提出去帮把手,被一口回绝,一顿便饭,哪里用这么多人。说着人就出了办公室,走出老远,她还透过窗户看她,依旧是一道震慑的背影。

她和小武掐着时间出门,朝那扇月亮门里去,院子里很干净,粗糙的水泥地坪,透着冬日的萧瑟劲儿,一小圈花坛绕着这排平房,花坛里满是枯萎的菊花,实在没什么看头。进了房门,竟无人,她蓦然喊一声,张老师。一个声音很快在侧门内响起,吴老师,你们先坐,马上就好。是教务主任的嗓音。她意外,目光呆呆地从侧门边回到屋内,客厅里异常素净,没有任何杂物,一组灰色布艺沙发安静地落在大门左侧的落地窗下，朝着日出的方向，窗头一角还能瞥见一小段江水在山脚拐弯。她顿时喜欢起这个位置来。沙发旁是一架书柜，一些外文原版书和杂志堆在那里，以及更多的电影碟片，可屋里连台电视也没有，只有一面鹅卵形穿衣镜立在墙角，她对镜捋了一下出门前吹干的发丝，却见到镜中有人出现。是教务主任，从餐桌后的推拉门里出来，手中是一盘颜色鲜浓的红烧肉，抬头间对转过身来的她说，食堂吃久了，换换口味，很久没做，吴老师尝尝。校长也跟着出现，手里端一口热腾腾汤锅，骨汤的味道立即飘散。等汤锅坐下，教务主任顺势调整起桌上的菜碟位置，双手挪动，样子像极电影中的老牌侍者，举手投足里有一种自信。他很快点上一支烟，给小武也发一支。她这才介绍起身边人来，可看上去他们对小武的来龙去脉已了若指掌，她都不用多说什么。校长跟着问起这些日子是否还过得惯。她浅浅答一句，蛮好的。几个人表面熟络起来，张老师这才进屋，不大的客厅里悄无声息地多出一个身影。她打量一下小武，讲一句"都来了"，算是开场，然后上桌，校长这才致欢迎辞，是对着她和小武讲的，这让她感到郑重，整个人都僵硬起来，甚至没有感谢校长和校长夫人的一番美意。好在气氛随之一转，与她无关了，教务主任立即说起了局里的人事变动和改革风向，他一再提及小武的"老板"，说即将升任局长了，可喜可贺。这些话自然是冲着小武说的，可小武全无兴致，对任何恭维话都无动于衷,眼下,他正费力地对付一条盘龙黄鳝,头也不抬一下。

宴请之后的办公室氛围并没有多大改观,张老师见到她也只是一径点点头,没有更多的交流意愿,脸上依旧寡淡。可她总觉得与张老师相关的什么东西被她忽略了,又一时想不起那是什么,想忘记又偏偏萦绕心头。直到一次她又路过那扇月亮门,目光再往门内探时,门内空空,脑子里这才闪过一个事物——木马,那架油漆剥落的木马,从前见过,做客那天却无端从院子里消失了,看张老师年纪,许是有孩子的,可她从未见过那么一个小人儿。

她问她,在办公室里,两个人的氛围总让人觉得可以说些什么,可她一开口,对方目光中的躲闪就令她犹疑,她跟着不安,直到她反问,你不知道,他们没告诉你?

她摇头,告诉什么?她看见她眼角的颤动,仿佛一种评估,但很快,对方就细声讲起来,是个男孩,白血病,保到五岁。简短的几句,让人震惊,她哪里想到会是这样的结果。她连声说着"对不起",可悔恨终究难以表达。这些事原本可以向别人打听的呀,为什么非要问她,在她以为可以问的时候。她觉得自己干了一件蠢事。

寒假的时候,她约一个姐妹逛商场,在商场二楼女装区看到一个酷似张老师的女人，拥有同样的身段，侧身是浅浅的一弯弧线，一丝一毫也不多占这个世界的空间似的。不是女友被导购小姐缠住，她都想上前相认，打个招呼了，这不会给她添更多的麻烦，她知道。然而还没等她迈开步子，女人却从上行电梯上回过头来。不是她。她失落的同时也舒了一口气。

除夕那天，她编好短信给她，感谢她的关照，当电视里传来新年报时声时，她及时掏出手机摁下发送键，可迟迟没有回音。直到返校前几天，她才接到一个电话，询问她是否愿意和她一块回学校，有便车。是张老师的声音，她简直惊喜，原以为这号码她已弃用（她是从教师通讯录上抄来的），她自然满口答应，她早在家待腻了，产生了新一轮的厌倦与窒息。想象中的寒假生活也不过如此，父母内退在家也让她难以忍受，人还未见得多老，就陷入琐碎得不能再琐碎的关于鸡毛蒜皮之事的纠缠中，能提前离开，她求之不得。

她再次站在她曾离开的地方，基地门脸还是老样子，不过是吊上了几只大红灯笼，例行贴着"欢度春节"几个字。气温比她第一次离开时低得多，但路面还未下凌。她就在路旁等她，不时跺着脚，怪只怪她又来早了，但这次无人迟到，一辆白色马自达很快停到跟前，车子很新，她没有在意。直到车窗降下，响起一道浅浅的喇叭声，她这才俯身往车内看，她端然坐在驾驶位上，她就更惊讶了，原来她会开车。

她们很快上路，她的驾驶技术挑不出任何毛病，车速竟也不低。她没有问她是什么时候买的车——对她来说这些肯定都是无聊至极的问题，她不如不讲，依旧与她保持一种办公室状态，即彼此感知对方的存在，又没有必须交流的负担。如果她不说什么，她也可以让自己成为一件行李。出了七零八落的郊区后，她们就行驶在山间了，这里的山说大不大，但绵密，永无尽头似的，这让她绝望，然而让她更加绝望的是那些远山上孤零零的房子，孑然独立，她不知道上面的人如何能忍受这与世隔绝的生活。

三月的时候，山色起了变化，一种鲜嫩的颜色出现，山腰上好几丛杜鹃正蠢蠢欲动，而河岸边的梨花、李子花、桃花已经绚烂。隔壁办公室的王老师还给她们摘来几枝桃花，插在从化学实验室里讨来的玻璃烧瓶里，房间陡然有了春意，她不由赞叹了几句，只有张老师一如既往到视若无睹，她简直害怕她会说出什么煞风景的话来，然而没有。她这才凑近去闻那桃花细细的味道，好几只花苞还紧裹着，在已经打开的花朵的背后或其他不起眼的关节处，悄然存在，这倒有几分像她的处境了。

房间也不再冷得瘆人，这是天气回暖的好处，她在外面的时间也变得多起来。一次，她一个人在黑下来的校园走动，步伐轻盈，无声无息，在几栋教学楼间穿梭，听各处的响动,黑暗给她了隐匿的快感。

一道七八级阶梯,阶边的花坛无人打理,已被杂草占据,地坪上一棵法国梧桐,笔挺的,全然没有城里行道树的猥琐,主干被锯除,那些丑陋又残缺的爪子茫然地向四周伸展着。一间狭长的红砖屋,窗被铁栏封住,窗帘死死把守着屋内的秘密,不释放出一丝一毫的信息,就连那门也经过了特殊处理,外层包着白铝皮,夹层是塑料泡沫,敲上去是哑声,门和门框几乎天衣无缝,她将手指按在交接处,再贴上耳朵谛听,却什么也没有听到,离开时她照一眼门牌,三个斑驳的美术字贴在门框上——电教室。

转天午休,她无意中提及这地方,张老师一眼递过来,你去过了?语调升了半拍,她却不觉,只顾说,那里平时都没用的吗,好冷清啊,倒像——倒像一间停尸房了。她也不知道自己为什么会这么突兀地形容起来,那印象开始强烈,可昨晚明明没有这样的体验的。张老师脸上掠过一丝波澜,她却不察,只听到一句,有时候放放宣传片,学生看看,平时不作用的。

又一个周末,张老师换了装束,紫罗兰色烟囱领羊绒衫,篦过的头发根根收束在一个髻里,因而显得脸更加紧致,两片薄唇上涂了口红,掩盖了原本的深紫。第一次见到她,她就被这张嘴唇吸引,比较起来,自己的几乎称不上唇色了。还有那淡淡的香水味，那味道一经身体的微温便散发出一种她从未感受过的味道，令人迷惑的味道。

这是她回城时的样子。

她知道她走了。晚饭后，那辆白色马自达短暂出现在通往山下的路上，车灯早早亮起。她正好站在操场尽头的那排皂角树下眺望小镇，暮色之中，镇子在山脚一路匍匐，星星点点的灯光勾勒出镇子的轮廓与边界，从西边的大坝到东边的铁路桥，正好是它的长度，一条微小的银河或不规则的幕布，很有一种异域感。等她转身，身后的世界已是大片的黑暗，几盏绿铁皮灯罩的老式路灯亮在有限的教学楼和办公区的阴暗处，远远的，带不来更多光明。

她只是好奇。

呈梯级式的办公区层层叠叠，红色砖墙，一处处院子，各自相连，有些地方被木板封闭起来，成为死路，更多的地方院子套院子，几进的深度，遍布凋敝的花坛与园圃，远眺时有一种神秘。

她又闯入这里，起初她根本没加注意，以为又是一处办公区的进深，一个衰落的无人照拂的场所，不想是故地重游。

一扇门疏忽大意，门缝里进出一缕光，细听有大提琴的柔软曲调，她惊奇起来，以为是一处琴房。她楼下就住着一位音乐老师，时常有钢琴叮叮咚咚的曲调传来并伴随一个小男孩的失声哭泣，这画面让她想笑。她的手指不自觉弹奏起来，一曲烂熟的《致爱丽丝》，手触到门边的时刻，不及细想，一根指头点开，她一半的脸露在光里，门内却黑着。起初，她只看到一块屏幕散出的朦胧光芒，一段哀婉的音乐随着投影仪的光线上下起伏。原来有人在这里看电影。她立在原地，目光搜寻着躲在这里看电影的人，可座椅区昏暗，她搜寻一圈才发现两段模糊的身体，身体正结束交谈，一胖一瘦，开始分明，而随着电影画面的陡然转暗，她几乎又要看不见他们了。可短暂看来的一幕——那犹如一根香肠配着汉堡包的一幕——已让她难忘。她一下呆住，嘴角迟迟发出一个不和谐的只有自己能听见的破音，啊。

她险些忘记回避，忘记自己的出现打乱了电影的旁白和屋内的氛围，甚至打乱了对方的沉重呼气与吸气。在两段身体的惊觉之间，她才夺门而出，可门外布满青苔的排水沟绊了她一下，她几乎就要摔倒，可身后并没有声音追上来，没有人要求她停下。她只顾疾走，竟不觉外头变了天，春雷一阵阵在山顶炸响，最初的一个惊雷惊吓到了她，轰然的巨响，在她逃离的路上。在明白那只是一道春雷之后，她生气的只是自己竟没有发现那是雷声。

还有不安，挟着窗外的疾风劲雨，开始蚕食这四处漏风的屋子和屋子里的她。她只能回想，回想电教室或更早前的那次宴请，他和他在厨房里眈当眈当的样子，以及更多被她所忽视的场景：在教师食堂的固定位置，两个人安静地吃饭或低声交谈；要么是猎豹车上，一前一后，副驾的窗永远降着，一只枯瘦的手永远伸出来；更多的是晚饭后的散步，在那条通往后山的小路上，两个身影远远地离开人群，消失在暮色里……

已经够了。她都不用再想。

她开始等待，等待一个电话或者一道敲门声的响起，一个声音出来告诫她，有些事情……可是没有。她不理解这沉默，哪怕得到一次严厉的训斥也要比这令人好受得多。

愁闷难解时，小武倒来了，让她到镇上去，他送领导来开会，可以见见。她这才下山，又去得早了，小武还没到，她一个人在留守处办公大楼外等候，四下看看，才想起以前竟没好好看过这里。这一带的红砖房还是四十年前修大坝时建起来的，地名依旧沿用当年称呼，比如吊装队、机电队、厂房、设计院、俱乐部，等等，主街是一条人字形斜坡，谷地里是单位医院所在，早年栉风沐雨的生活她没能赶上，等她来到时，这里的一切已有了颓败的迹象。

草草走完一圈，小武的黑色大切诺基才飞扬跋扈赶来，穿黑色夹克的男子一俟车停就大步下来，骤一眼看还以为是年轻些的父亲。留守处前早候了一拨人，校长的身躯竟也插在人群里，占了好几个位置似的，她看了他几眼，竟有些眼生，可校长端然的，当男男女女围上去争喊来人时，他却不动，身旁陡然一空。

等一行人涌进门洞，小武靠近，她才问他有没有听说校长的事，小武吊儿郎当，讲一句，你们校长，不是相扑吗？她笑不出来，对小武的玩笑感到恼火。她把刚才的一幕讲一遍，小武才说，这有什么奇怪的，五滩水电站晓得吧，有很多国外公司参建那个，局里重点工程，什么法国杜梅茨、德国霍尔梯夫、意大利英波基洛，全部欧洲一流公司，他在那里干过，听说也是个领导。小武洋洋得意说一回，重点落在那些他也说不清楚的公司上，她倒有了一种释然，再问什么，小武只是答不上来。

两人沿着河边走，赶上丰水季，河水渐涨，淹没了冬日河床上的大片鹅卵石，杂草冒起来，一下转了色彩，绿莹莹地高过鞋面。小武提议不如回一趟学校，看眼时间，似乎还来得及。她拧一记小武，每次来，总是急吼吼，见缝插针办事，简直没有多话可说，上回坐起抽烟的工夫还讲一句风凉话，你好像胖了。她穿衣穿到一半，索性立住，将套住脑袋的圆领衫又整个褪下来，人笔直站在床头，俯瞰自己，不时捏一捏紧要部位，还好，一切还紧绷着，并没有兵败的迹象。她踹一脚小武。上次的隐患她还没和他说起，她无法想象那意外，两地分居，多一个孩子，她哪能周全过来，他们又不是校长和校长夫人。

她这才觉得好笑，孩子，他们怎么会有孩子呢。可这些话她不想对小武讲，好像她有义务保守那个秘密。分别时，小武才神秘地说，你的事我和老大提了，他答应了。

她意外，问一句，我什么事，答应什么？

小武看着她，几乎要跳起来，调动啊，你不是最讨厌这里吗，还真想待一辈子？

这是第一次，她看见小武坏坏的脸上写满了成就。

小武走后，她才上山，路过校外的教师宿舍时，看见王老师正在收拾筲箕里的萝卜干，一个大男人在暮色里悠然地干着女人的活计，一双筷子攮来攮去，却没有半分的滑稽。她突然想到什么，好像为谁开脱。踏进校门时，路灯一下亮起，山风开始拂面，竟有了暖意，她放慢步伐，路过办公区时，发现梧桐树下的两个身影，熟悉的，那一幕又无情地钻出来。她尴尬，本想避走，却还是被打上招呼。吴老师回来啦，小武没来送你？宋主任的公鸭嗓响起，那架宽大的镜框几乎盖住了他一半的脸，漫画人物般失真。她只好立住，看另一个敦实的身影打树下出现，校长一下站到亮处，投下一片更大的阴影。回来了，澡堂还没关。一种务实的关切，她竟有了感动。她看着他，想瞧出更多的变化，可那脸上什么也没有，仿佛她从未发现什么，那一幕也从未上演。心思乱起来的只是她，是她触到了这变化，并且没人来解释这一切是怎么发生的，或许别人早已心知肚明，唯独她没有。

她见到她，见她回城的装束已换成一贯的浅色套装，一丝肃然之气又回到她脸上。短暂的自由结束了，她想，她还不知道吧，她已掌握了那个秘密。她鬼魅般落进自己的位置，回避她的存在，这一次，长久沉默的换作了她。她不动时，她却有了反应。莉莉，你病了？她问。她只是摇头，见她仍不住地望着自己，她只好问，张老师，你回城做什么呢？轮到她有片刻的慌乱了，她看出来，好像这是个显而易见的傻问题，无从作答。

她又碰到他，在春末频发的暴雨过后，她匆忙赶去上课，在通过办公区和教学区的那个拐角时，一头撞上巡视回来的校长。这一天的煤渣路上布满了密密麻麻的飞蚁尸体，褐色的，她从来没见过这么多的飞蚁密集地死在一条路上。她小心翼翼，可还是听到蚁虫躯体被碾压的声音，那细微的爆炸，让她头皮发麻，她索性飞奔起来，就这样一头撞上了他。校长仰了仰身体，仿佛早有准备，还一手扶起身子歪斜起来的她，双手落在她肩膀上的力恰到好处，她却一阵觳觫，抱歉的话更是一句讲不出来。她顿在那里，等着他训话。可校长只是指指她脚下，说一句，慢一点，鞋带松了。她就尴尬地望向那双跑鞋，松松垮垮的，蓝色鞋带果然从那个蝴蝶结中掉出来，长长地拖了一地，不成形状。她顺势蹲下去，遮掩尴尬，还有几分恼火，恼火自己的狼狈，目光矮下去的瞬间才又瞥见校长的脚步一点点走远，每一步都那么吃力，她就怎么也系不好那个结。

她没想到校长还会来，在上课时间，办公室里只剩她一个人。他进门，她却不觉，待发现时，校长才示意她坐，她当然警觉。她记得这是他第一次来这间办公室，至少她来后是这样。他站在那张空缺的办公桌前看了看，又绕到椅子旁，指肚悄然划一下桌面，没有灰尘。

吴莉莉，你可以走了。他说着，绵软的大手从西装的口袋里掏出了一纸文件。

是调令。

她惊诧，没想到事情竟推进到这一步。她双手接下那薄纸，看见校长的签字就落在主管领导那一栏里，利落的，笔锋没有半分的犹豫。

谢谢校长。她说。

他回以微笑，却没有走的意思，顺势在那张空缺的椅子上坐下来，几乎要坐不下去，她生怕那椅子承受不住校长的力，会瞬间崩塌什么的，可椅子看上去比她以为的要坚固，虽然她明显听见榫头的脆响，椅子明显在调整某种姿态迎接他，像她一样。

难为你和她一间办公室，张老师——是这样的人。这一句就稳住了她，好像解释什么。她哪里晓得校长今天来的目的，不完全是为了让她离开，她简直无从防备。

是吗。她问，张老师以前也这样？她当然不信。

她果然看见校长嘴角一动，似笑未笑，里面的苦味她也看出来。校长说，以前她可不是老师，我也不是校长。

校长竟主动说起以前，她满是意外，以为故事就要开场，可校长没有继续说下去的意思，话锋一转，对她说，那天是你吧。她看见校长意味深长的眼神，一时没有转过弯来，不晓得他什么意思，难道，难道他们竟没发现那是她？

见她沉默，校长却也没有责备，没有一丝兴师问罪，只是告诉她，我以为她带你去过，很久了，她一个朋友也没有。

她听到了"朋友"两个字，有些不敢相信，张老师是以"朋友"待她的吗，她觉得好笑，那个地方又和做朋友有什么关系？她心里种种存疑。可这一刻，她也顾不上是否唐突了，直接问出来，张老师，她晓得吗？

校长眉头一蹙，封锁住一个表情，她看不出这方面他有什么好隐瞒的，她也不动。直到校长坐够了，一下起身，椅子再次发出动静，仿佛也松了口气。她起身送他，被他拦住，两人一时挤到门口，校长背对她说，有些事情，不是你想的那样。还是来了，她想，她还是听到了这解释。可不等她表态，校长叹息一声，有时候，你和她像，也许你们能成为朋友。

"朋友，也许你们能成为朋友"，她一再琢磨这句话，不明白校长为何如此判断，为什么他来只是想说张老师的事。张老师是需要朋友的吗？她疑虑，虽然比起初来，她和她的关系已大大改善，可她仍是那样一个人呀。

她的时间也不多了。因为要走，更多人无视起她的存在，连往常擦身而过的招呼都省略，她觉得这样也很好。她确实不喜欢这里，不喜欢这间建在山麓上的学校，不喜欢这里的红色仿苏式楼群和那些锈铁栏杆，以及路灯、煤渣操场、木头电杆上的电铃，更别提那些能爬出猩红色蜈蚣来的竹席天花板。一切看上去都那么老朽，像一个老仓库被人突然揭了顶，露出历史的陈迹与凋敝。

张老师，我要走了。她终于说出来，虽然她明白她早已知晓这动向，可这段时间，她们谁也没有说起。

这就算告别了。她等着她反应。

她果然还是那样，没有在意她的情绪，说话前抿一口水，她的杯子里永远只倒半杯的水，好像能随时抽身离开。这样也好，她说，你还年轻，待在这里也没有意思的，迟早要回去，早点多好。

再没什么郑重的话了，直到离开的前夜。屋里还有小武，这是他们在这里的最后一晚，小武没有像往常那般纠缠上来，只是站在房间里看她收拾最后的一堆衣物，狠狠吸烟。随即电话响起,打破这静寂,还是那个声音,只一句,晚上有空吗,来看看电影吧。

她觉得她等到了这时刻。

还是那几级台阶,一个凹形院落,红墙黑瓦,一棵直耸的法国梧桐,春天已从这里过去,她果断换起了夏日衣衫。她看见院子里的那道颀长身影,喊一声"张老师",语调温柔,却也仅限于此,没有更多的寒暄。她转身一推虚掩的房门,等待她进入。

她又一次来到这里,如同初见。

这是个能容纳四五十人的封闭空间,四扇大窗被厚厚的红色法兰绒窗帘遮挡,常年垂地,一丝天光也透不进来,房间里沁出一股久未通风的味道。教室是阶梯式,果然酷似一座小型影院,就连座椅也像是从电影院里搬来的,绵软宜人。幕布就垂在讲台上,音箱则高高架在房间的四个角落,空间虽大,却透着一种私密。很明显,这是她的领地,她都不用求证。

见她茫然,她让她先找一个位置坐下,她准备放电影了,投影仪里很快射出第一缕光。她顺势在第一排正中的位置坐下,这个位置正对屏幕,可她却让她往后坐两排。那才是最佳观影位。她说。她只好绕到第三排坐下,这时头顶的灯熄掉,只有一道柔和的光芒在眼前铺展,她眨了眨眼,不敢相信这一切竟是真的,她有种身处梦境的错觉。

她一直记得她放的那部电影叫《西西里的美丽传说》,她竟没有看过,她觉得电影里的女人就像是她,而自己,不过是围绕在风华绝代的玛莲娜身旁的那个少年,只是见证。

她不动时,她才起身,然后灯光亮起,她和她就整个从黑暗之境剥离出来,像两枚白森森的水煮蛋。女人再看她时,神情里已有了异样之处,她还看到她从手袋里掏出的那架相框,缓缓地递过来,木质相框的边缘已经泛白,像框内孩子的脸,白皙到透明,却乌发乌眼,照片的背景再熟悉不过,半边的月亮门露出来,身后的橘树开始挂果,一个男孩歪冲着镜头,肩头露出一把木剑的柄,一条鲜亮的红领巾扎在胸前,双手伸展,童颜威武,一个哪吒的表情。看着这混搭的一切,她简直要笑起来。可这明明是一个混血儿!她再次呆住,仿佛面对一处无法理解的剧情,落幕的一句是,这是我儿子,皮埃尔。